**编者简介**
# 劳丽·R.金
《纽约时报》畅销小说家，专攻犯罪小说，也曾撰写过以福尔摩斯为主题的小说《梦中的间谍：玛丽·拉塞尔与福尔摩斯》。

# 莱斯利·S.克林格
美国推理作家协会会员，曾编著最新注释版的《福尔摩斯全集》，并出版多篇研究福尔摩斯的著作。

**译者简介**

梁宇晗，男，1983年生，英语二级笔译，资深小说译者。各类欧美文化均有涉猎，尤其喜爱奇幻科幻。主要译作有《提嘉娜》《宇宙过河卒》《发条女孩》等。

# 与福尔摩斯为邻

[美]劳丽·R. 金、莱斯利·S. 克林格 / 选编
梁宇晗 / 译

重庆出版集团 重庆出版社

IN THE COMPANY OF SHERLOCK HOLMES
Copyright© 2014 by Laurie R. King and Leslie S. Klinger
Published by agreement with Donald Maass Literary Agency
Through The Grayhawk Agency
Simplified Chinese Translation Copyright ©2016 by Chongqing Publishing House Co.,Ltd.
All rights reserved.
版贸核渝字（2015）第145号

### 图书在版编目(CIP)数据

与福尔摩斯为邻 /（美）劳丽·R.金,（美）莱斯利·S.克林格著；梁宇晗译.
-- 重庆：重庆出版社,2016.10
书名原文：In the Company of Sherlock Holmes
ISBN 978-7-229-11255-4

Ⅰ.①与… Ⅱ.①劳…②莱…③梁… Ⅲ.①长篇小说-美国-现代 Ⅳ.I712.45

中国版本图书馆CIP数据核字(2016)第121953号

### 与福尔摩斯为邻
YU FU'ERMOSI WEI LIN

劳丽·R.金、莱斯利·S.克林格 选编，梁宇晗 译
责任编辑：邹禾　肖飒　方媛
装帧设计：OCEAN
oceanleaves@163.com
责任校对：胡琳

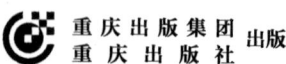

重庆市南岸区南滨路162号1幢　邮政编码：400061　http://www.cqph.com
重庆出版集团艺术设计有限公司 制版
重庆市俊蒲印务有限公司 印刷
重庆出版集团图书发行有限责任公司 发行
E-mail:fxchu@cqph.com　邮购电话：023-61520646
全国新华书店经销

开本：787mm×1092mm　1/32　印张：12.25　字数：228千
2016年10月第1版　2016年10月第1次印刷
ISBN：978-7-229-11255-4

**定价：45.80元**

如有印装问题，请向本集团图书发行有限公司调换：023-68706683

版权所有　侵权必究

致阿瑟·柯南·道尔爵士：

真实如钢，耿直如剑。

注：
①本书相关译名以群众出版社《福尔摩斯探案全集》(陈羽纶、丁钟华译本)为参照。
②本书注释若未标明译注，为编者加入。

IN THE COMPANY OF SHERLOCK HOLMES

# 序　言

　　那么，这个叫福尔摩斯的家伙究竟是谁呢？此为世界上最完美的观察与推理的机器，但其方法似乎在很大程度上依赖于被尼古丁刺激的强大想象力；一个精通拳击和武术的战士，同时又自称是所有穿皮鞋的生物之中最懒惰的一个；一个有毒瘾的无精打采的业余演员，同时也能够承受最极端的体力劳动；一个孤独的人，却有两个朋友（一个是医生，一个是管家），并且都愿意为了他甘冒生命危险。

　　一个解决谜题的人。然而他本身就是一个谜。

　　福尔摩斯，作为一个原型（这个词意为"原创的典型"），在过去的150年中已经成为了一个定义性的形象，是荣格所谓的"艺术科学家"形象的一个变种。在柯南道尔创造这一形象之前，我们的世界尚不得而知它缺少了什么，不过从另一方面来说，我们应当退后一步，因为一旦一个原型诞生，他就成为了——用新千年的术语来说——一个"迷因（meme）"。

　　迷因是一种具有传染性的人造物——影像、想法、短语或是行为——它会像病毒一样传播。而且就像其他任何一种病毒一样（无论是生物学意义上的还是计算机科学中的），它会生长、繁殖、变异，更重要的是，它会影响它的宿主。而且，正如一个病毒的DNA可以保存大量的基因信息一样，一个病毒式的迷因可以用它狭窄的肩膀去承担大量的意义。

自从福尔摩斯的形象首次面世以来，各种变形的福尔摩斯主题一直在上演。有些异想天开，有些则极为严肃，有些甚至还使得我们领会了一些关于我们自身的知识。那是因为，夏洛克·福尔摩斯既和我们一样是个普通人，同时也是一个超级英雄，他并不依靠比常人更强大的力量而战，他依靠的是智慧、经验、几个值得信赖的好朋友，以及偶尔出场的剑术和骑鞭。就像艺术科学家一样，福尔摩斯拿起一团毫无联系而又惰性十足的冰冷事实，用他那被尼古丁染色的瘦削双手将它揉成一个形状，然后用一道启示之光击破了它，也带给我们极度的兴奋。

仔细想想，或许我们不应该把他当做一个原型，应该把他当作一个有生命的泥人，使他获得生命的乃是人类的需求。

无论如何，在这个新时代，夏洛克·福尔摩斯没有任何衰退的迹象。在一又四分之一个世纪之后，世界再一次听到了他在实验室里兴奋的呼喊，男人和女人们仍然觉得福尔摩斯是一个理想的容器，足以容得下各种各样的故事、愿望和思考。

您手中的这本书汇集了另外一些不安分的思想：男人和

女人们在寻找漫漫长路上的旅伴，并且欣喜地发现自己……正与福尔摩斯同行。

\* \* \*

这本书在到达您手中之前经历了一个奇妙的旅程。最初，2010年"左岸犯罪"在洛杉矶召开大会时，莱斯接到组织方的请求，希望他牵头安排一次以夏洛克·福尔摩斯（这倒不怎么令人惊奇）为主题的小组座谈会。他同意了，选中了劳丽·金参与座谈小组，随后他又邀请了简·伯克、李·蔡尔德和迈克尔·康奈利。"但他们都是大会的贵宾！"有人这样告诉他。他知道这个，但他也知道他们都是福尔摩斯探案的粉丝。我们的小组座谈会大获成功。简、李和迈克尔都对夏洛克·福尔摩斯的相关话题发表了渊博的评论（通常都以"嗯，我并不真的十分了解福尔摩斯……"作为引语）。

这次小组座谈会引发了编撰一本书的想法。2011年，我们真的编成了一本书——《夏洛克的研究》。令我们感到极为开心的是，有如此多的朋友想来玩这个"游戏"，利用福尔摩斯探案全集激发的灵感来创作新的故事。另外一些人表示他们很乐意参与，但手头上还有其他工作，因此在第一卷书结集出版之前，我们就已产生了继续编辑第二卷的念头了。

在第一卷书的准备过程中，柯南道尔遗产基金会——由阿瑟爵士的旁系亲属所掌管，自1922年以来拥有十个福尔摩斯故事在美国出版的版权——声明在新的故事中若要使用福尔摩斯和华生的形象，必须得到他们的许可。我们对此不能苟同，但出版方选择通过付费来使问题简化。

与此同时，福尔摩斯的世界变得更大了。《大侦探福尔摩斯2：影子游戏》打破了有史以来关于福尔摩斯的电影的所有票房纪录（莱斯担任了此片的技术顾问，对其成功具有极为关键的作用）。由本尼迪克特·康伯巴奇和马丁·弗瑞曼主演的《神探夏洛克》在英美两国均创下收视率的佳绩，也给福尔摩斯系列小说带来了新一代的读者。几乎与此同时，由约翰·李·米勒和刘玉玲主演的《基本演绎法》也登上荧屏，对福尔摩斯和华生的形象进行了颠覆性的演绎。

2012年，我们已经做好了本书的出版准备工作，但柯南道尔遗产基金会通知出版方，如果我们没有获得福尔摩斯和华生形象的使用权，基金会将阻止此书的发行。由此，酝酿已久的争端得以彻底地爆发。

"莱斯利·克林格诉柯南道尔遗产基金会案"已在联邦法院记录在案，"解放夏洛克！"运动也应运而生，该运动的目的是寻求权威的判决认定，在新创作作品中使用福尔摩斯和华生的形象不应由美国版权法所禁止。该论点是：由于50部最初由柯南道尔所著的福尔摩斯故事已进入公共领域（换句话说是不受版权保护的），那么剩余的10部——尽管仍能保持其原创角色和剧情的版权保护状态——并没有重新定义故事的中心角色，因此福尔摩斯、华生和其他人的形象都应该可以以新的方式免费供人使用。

州地方法院赞同了我们的诉请，第七巡回上诉法院也是一样。我们创造了历史，夏洛克·福尔摩斯"自由"了。（其实算不上像詹狄士诉詹狄士案[①]那样绵延日久，不过有时候我们感觉还真有点像呢——特别感谢我们已被拖延了很久的作者们的耐心！若想了解诉讼案的细节，请访问www.free-sherlock.com）。终于，我们得以出版这部充满了惊人故事的短篇小说集，所有这些出色的作家和艺术家（当然，除了我们这一小群中的几位）都是第一次展现出他们是如何"被福尔摩斯激发出创作的灵感"的。

我们希望你能与我们同样发现，这一切的等待都是值得的。

劳丽·R.金，莱斯利·S.克林格

---

[①] 萧伯纳《荒凉山庄》中的情节,该案拖延20年后仍未能判决。——译注

# 目　录

|  |  |
|---|---|
|  | 序言 /1 |
| 迈克尔·康奈利 | 驼背人 /1 |
| 萨拉·帕瑞特斯基 | 意大利艺术品商人奇案 /22 |
| 迈克尔·西姆斯 | "银色火焰"回忆录 /55 |
| 安德鲁·格兰特 | 华生医生的案件记录簿 /78 |
| 杰夫里·迪佛 | 嘲讽的垂钓者案 /108 |
| 劳拉·卡尔德维尔 | 带血的名画 /151 |
| 约翰·莱斯克洛特 | 敦刻尔克 /175 |

| | |
|---|---|
| 文本:利亚·摩尔、约翰·瑞裴翁<br>绘图:克里斯·多尔蒂、亚当·卡德维尔 | 空拖鞋疑案 /232 |
| 科妮莉亚·芬克 | 失踪男孩 /240 |
| 丹妮丝·汉密尔顿 | 会思考的机器 /252 |
| 迈克尔·德尔达 | 以汝之名 /282 |
| 哈伦·埃里森 | 读福尔摩斯长大的人 /308 |
| 南茜·霍尔德 | 我不名誉的女祖先案 /322 |
| 莱斯利·S.克林格 | 交割会 /345 |
| 加恩·威尔森 | 我是如何遇见福尔摩斯的 /355 |
| | 作者简介 /361 |
| | 致谢 /371 |

IN THE COMPANY OF SHERLOCK HOLMES

# 驼背人

迈克尔·康奈利

命案发生的地点位于多希尼山上的一个豪宅社区，通往这个社区的道路有保安室与旋转门把守，其中的每一所住宅价位都在一千万美元以上。这座城市的贵族们居住于此，电影业的大亨和大型企业的首脑们在这些高居山顶的宅邸之中俯瞰着其他所有人。然而有些时候，这些虚饰的外观和精干的守卫并不能保护人们免遭来自内部的伤害。哈里·博施向保安室里一个穿着灰色制服的男子出示了他的警徽，未发一言。人们正等待着他。

"知道是哪一幢么？"保安问。

"我会找到的。"博施说。

栏杆抬了起来，博施开着车驶进去。

"怕是想找不到也难。"他的同伴杰瑞·埃德加说道。

博施开着车经过了一大片散布于圣塔莫妮卡山脉南麓的豪宅庄园。广阔的绿色草坪上从未曾有过一根杂草，因为它们不需要。他从未到过多希尼庄园，但这里确实比他想象的还要更为奢华。在这里，就连客人都有独立的客房。他们路过的一座庄园，其车库有八个门，想必其中正存放着主人所拥有的名车。

对于当前的任务，他们只知道最为基本的一些情况。一个男人——一个在电影制片厂工作的男人——死去了，而他的妻子——比她死去的丈夫年轻得多——当时在场。

很快，他们来到了一所住宅前，其门外的车道上停放着三辆警车。在警车的前面是一辆来自当地验尸官办公室的车，而再往前，则是一辆在街道上会显得很出格，在这里却似乎相当合拍的轿车。那是一辆玛瑙红色的加长型豪华奔驰车。博施开着的这辆破破烂烂的黑色福特车看起来就像是千里马旁边的一头骡子。

埃德加显然也注意到了这一不合情理的情况，并且做出了自己的解释。

"想听听我的意见么，哈里？她已经叫律师来了。"

博施点了点头。

"那样就最好了。"

博施把车停在奔驰的前面，两人下了车，沿着车道往回走。通往宅院内部的灰色鹅卵石车道前面已经拉起了黄色警戒带，两头各系在门边的两个石狮子上。一位警官正站在警戒带前，他在罪案现场人员登记单上记下了他们两人的名字。

在通往内院的超过十二英尺高的大门前面还有另一位警官。他为他们打开了一扇门。

"警长和验尸官的团队都在你们右手边的图书馆里。"警官说道。随后，就像是无法控制自己一般，他补充道："你们能相信还有这样的地方么？"

他问这个问题的时候，眼睛看着埃德加。警官和埃德加都是黑人，看起来警官认为只有他的黑人同胞才能同感于此处的奢华程度完全超出了必要限度。

"哪有人会真在自己家里设个图书馆呢？"埃德加回答道。他和博施走进房子里，首先进入的自然是门厅，然而就是这个门厅，面积已经比博施的整个房子都大了。他朝右手边看了一眼，看到了目前现场的最高指挥官，也就是巡逻警长，后者将很快把指挥权移交给身为谋杀重案组组长的博施本人。

博施和埃德加从一间超大的起居室中穿过——它的面积实在太大，因而被分为两块设计风格完全不同的区域，每一部分都有只属于它自己的钢琴和壁炉。一张华丽的送餐桌成为了两个区域的分界线。桌上有许多酒瓶，内中存放着琥珀色的酒液，显然其层次各有不同，然而它们对于博施来说都过于高端，他无法鉴别出其中的区别。

"这是要干吗？"埃德加问，"一边是白天用，一边是晚上用？实在是有点儿离谱啊。"

博施没有回答。鲍勃·菲兹杰拉德警长正在房间另一边一扇关着的双开门旁等候着。那扇门后面一定就是所谓的图书馆了，博施想道。

"情况怎么样，诺克斯？"他问。

菲兹杰拉德的外号乃是警方简洁特质的一个典型。在警局里，任何一样事物的称呼最终都会被缩短为首字母缩写词或者最为短小的词语。外号也是一样。鲍勃·菲兹杰拉德原本的绰号是"鲍勃·诺克西奥斯①"，这来自于他不加掩饰的恶劣态度，特别是针对女性新人的态度。随着时间推移，这个绰号被缩短为简单的三个字"诺克斯"。

"一个名叫詹姆斯·巴克利的人眼下正躺在这间屋子的地板上，"菲兹杰拉德说，"他是拱廊电影制片厂的CEO，或许我该说曾经是，这会儿他的样子可叫人不敢恭维。他死了。他的妻子叫做南希·迪瓦伊，现在正在房子另一边的一间书房里坐着，和她的律师在一起。"

"关于这边发生的事情，她是怎么说的？"

"她一个字儿也不肯说，哈里。她的律师也不让她说话。所以我们现在还不知道到底发生了什么。你们赚得那么多不就是要应付这种情况的么？"

"没错。"博施说，"律师什么时候到的？"

"我的人接到报警电话的时候就在了。电话就是律师打的。顺便说一句，他声称这是一起意外。不过我看不像是意外，要我说的话。"

博施无视了菲兹杰拉德的侦查工作。事实上，也确实没人要他说话。

---

① 原文为noxious, 意为"令人生厌的"。——译注

"律师叫什么名字?"

"姓克林格。标准的律师姓氏,要我说的话。名字还不知道。"

博施不记得自己曾经与姓克林格的律师打过交道。他很可能是个家庭律师。住在这座山上的人大概不会经常为罪案辩护律师的服务付钱。

"好的,诺克斯。"

他转向自己的搭档。

"杰瑞,你到那边去,先从女的那边下手。"他说,"律师也许会允许她与一名探员交谈。我先看看现场,等会儿到那边去跟你会合。"

"听起来不错。"埃德加说。

他转过身,向超大起居室的另一边走去。博施再次将目光投向菲兹杰拉德。

"你是准备让我进去,还是让咱俩在这儿站上一整天?"

菲兹杰拉德耸了耸肩,然后在门上敲了一下,把门打开了。

"他们还叫我诺克斯呢。"当博施从他身边走过时,他说道。

博施走进图书馆,看到一组验尸官的手下,其中有一位法医犯罪学者和一个摄影师,大伙儿都正在一座砖砌壁炉旁边围绕着倒在地上的死者忙碌着。死者穿戴整齐,下身穿蓝色牛仔裤,上身着一件高尔夫衬衫,鞋袜都很齐全。博施认出了暂委验尸官，立刻就高兴起来。阿特·道尔是饱受裁员和士气低落困扰的验尸所中为数不多的几个高水平专家之一。但与在解剖室中所起到的作用相比，他在现场的价值还要更大。此人是个罪案现场的艺术家，能够非常敏锐地感受到谋杀在遗体上所留下的细微痕迹，因此多年以来，他始终被称呼以这样一个极有识别性和荣誉感的绰号。这个绰号是不能够以任何方式缩写或是缩短的。

　　道尔不仅拥有卓越的侦探技能，同时他还十分乐意与在场的警探分享自己的发现，并讨论各种可能性。这种事情是非常少见的。大多数暂委验尸官都害怕得出错误的结论，或是发表不合时宜的言论，又或是担心在法庭上面对辩护律师的攻击，因此甚至不敢在罪案现场指出死者可能的死因——甚至连面对着一具沉在游泳池底部的尸体时也是一样。

　　道尔正在摆弄死者的头，用戴着手套的双手稳稳地捧住它，并使其左右转动。随后他将手放得更低，按压死者的颈部。博施听到他对另一位探员指出，尸僵已经开始缓解了。探员在他的写字夹板上记了一笔。

　　博施决定在前往死者身边之前首先调查一下周围的环境。图书馆的四面墙壁都排满了和天花板一样高的书架，这些用红木制成的书架每一个都有十英尺高，书架的上层设置了一道黄铜栏杆以及相应的带轮梯子，这把梯子可以沿着栏杆移动到任意位置，便于拿到放置于高处的书籍。书架的摆放有意避开了一面墙上的两个窗子以及另一面相邻的墙上的一道落地双扇玻璃门。

其中一扇门是开着的，玻璃碎片从门把手旁边的窗格那里延伸出来，散布于黑色的橡木地板之上。在玻璃碎片的尽头处，是一块有马铃薯那么大的白色石头。看起来就是这块石头击碎了玻璃。

博施小心翼翼地绕过地上的玻璃碎片并且避免碰到门，从门口走了出去。紧接着他来到了另外一个宽阔的庭院，这里有着精心修剪过的草坪以及一个闪耀着光芒的蓝色游泳池。他这才意识到这座居高临下、远离城市的宅邸是多么的安静。安静得简直有些妖异了。略微沉思了一下之后，博施转过身准备回到屋子里去，这时他看到了数块白色的石头，它们是草坪和沿房子边缘种植的植物之间的分界线。同时他也看到了这些石块中间有着一个非常明显的缺口，这也就意味着不论是谁抓起石头打破了玻璃，都只可能是临时起意，而不会是按照事先计划行事。

博施通过开着的门回到屋里。他看了看道尔，想知道后者是否已经注意到他。答案是否定的。但是博施曾经多次与暂委验尸官打过交道，他知道在靠近尸体之前应该先征求对方的同意。他从自己外套的左边口袋里抽出了一双乳胶手套戴上，并且故意把它们弄得啪啪作响，试图引起道尔的注意。

没什么效果。博施轻咳了一下，开口说道："夏洛克？"

道尔完成了对死者颈部的检查，抬起头来看着博施。

"啊，哈里。欢迎你来到我们的小圈子。游戏就要开始了。"

这牵强附会的比喻让他自己也微笑起来。得到他的默许后,博施走了过去,蹲在尸体旁边,姿势就像是棒球场上的捕手。他将一只手放在地板上以维持平衡,身子前倾。这时他才发现死者的前额左侧有一道极深的伤口。他早先认为死者头上戴着一顶难看的黑色假发,实际上那却是头发被伤口流出的鲜血染红,随后血液干涸形成的颜色。

"你今天来得挺早的。"道尔说。

博施点点头。

"我总是如此。"他说,"我喜欢集合厅空无一人的样子。喜欢它在大家一个个走进来之前的样子。"

道尔点点头。

"但是近来,你要保持这个习惯估计有点困难。"他说,"我的意思是,你得早早地离开一个和你同睡一张床的女人。"

博施从死者身上抬起目光,看向道尔。他强忍着不去问对方是怎么知道汉娜的。他再度将目光转回到死者身上。

"好吧,你看出些什么来了,医生?"

"情况很明显,探员。死者体表只有前额上的这一处撕裂伤,伤口很深,检查表明凶器刺穿了额骨,使得脑组织暴露。如不能得到及时处理,这种伤势足以致命。"

博施点点头,同时将手伸入外套的右口袋里准备拿出笔记本。

"我看到你在检查尸僵情况。关于死亡时间,有什么结论了吗?"

"我们已经做过肝温检测,尸僵情况也说明死亡时间应该是昨天晚上,估计是在十点到十二点之间。等我们将巴克利先生运回解剖室后,可以试着估测更精准的死亡时间。"

博施将这一情况记录下来。

"关于凶器,你能否给我一些意见?"他问。

"我可以为你指出,我身后的这座壁炉理应带有全套的工具组,但现在拨火棍却不见了。"道尔说,"这件工具通常有着尖头和倒钩,用于将燃烧着的木柴拨开、推动、钩住或是拉动。"

博施的目光从道尔肩膀上方越过,看到石砌壁炉旁边有一个铁架。铁架上面有四个钩,用于放置不同的工具——其中有一支铁铲、一把扫帚和一支用于夹起木柴的双柄火钳。然而第四个钩子上却空无一物。

博施环视一下整个房间,并没有发现拨火棍的踪迹。

"你能否告诉我一些被我忽略的盲点?"他问。

道尔皱起眉头,调整了一下自己的位置,从而也暴露出了他身体的弱点。道尔已经快七十岁了,常年以来脊柱侧凸的疾病使得他的背驼了起来。他的脊柱简直就像太平洋海岸公路一样曲折,走路时不得不使用拐杖才能维持平衡。博施经常会想到,道尔一生都在学习、研究的东西——人的身体——却背叛了他,这一定让他深深地为之痛苦。

"我可以告诉你很多事情,探员。"道尔说,"但只有你才知道这些事情是不是你的盲点。"

"洗耳恭听。"

"很好。首先，你需要记下这一件事。"

道尔倾身向前，用两只戴着手套的手按压死者的胸部和上腹部，然后继续说道："当我们排空死者的气道时，闻到了很特别的一种味道，像是含白垩土壤里产出的杏仁和橡木的气味。"

博施立即陷入了迷惑。就在刚才，道尔指出死因很可能是头部所遭到的重击。

"我不明白，"他问，"杏仁的气味？你是说他同时还中了毒吗？"

"不，完全不是那样。我是说，如果你返回到起居室里，你会注意到大量的干邑白兰地，放在屋子中央的一张路易十四时期的木质涂金桌子上。"

"没错，我看到了那些酒瓶。不过我连路易十四和路易·C.K.[①]有什么区别都说不上来。"

"对，这个我知道。不管怎么说，你可以到那张桌子上去找一个泪滴形状的酒瓶，它一定是放在一个橡木盒子的里面或是上面的。我确信，我们的死者在死前不久刚刚品尝过'金诗阿卡纳'。"

"金诗阿卡纳又是什么东西？"

"是一种干邑白兰地，探员。是这世界上最高等的干邑白

---

① 当代美国喜剧演员。——译注

兰地之中的一种，也是纯度最高的一种。在法国橡木桶中陈年达九十八年之久。我上次查询过它的价格，是五千五百美元。"

博施紧紧地盯着道尔，过了好久，他不得不打破了沉默："那么你是说，你知道了这个人之前在喝哪一种白兰地，就因为你让他的尸体打了一个嗝儿？"

"可以这么说，探员。"

"你品尝过这种五千五百美元一瓶的酒吗？"

"事实上，没有。我听说品尝一口金诗阿卡纳能够改变人的一生，不过直至今日，我尚未有幸品尝过。作为一名公务员，我微薄的薪水只足以让我偶尔体验一下那些知名的干邑白兰地的香气——其中自然也包括金诗阿卡纳。"

"也就是说，你嗅过它的气味。"

"据说干邑白兰地的嗅觉体验是其带来的整体快感之中不可或缺的一部分。我永远不会忘记金诗阿卡纳。我的确对高档的干邑白兰地有一种特殊的癖好，而且，正如你所说，我曾为那些我有幸既嗅闻过，也品尝过的酒的香气做过分类。"

博施低下头，盯着尸体看了一会儿。

"好吧，我不确定他死前喝的酒对我们会有什么帮助，不过没关系，我想我会把这事记下来的。"

"这其中有很多重要的意义，探员。路易十四是用来品味、欣赏的，它只适合于极为特别的场合，或是——"

"瞧瞧这地方，医生。"博施打断了他，张开双臂，似乎他所指的"这地方"不仅仅是这个奢华的图书馆,而且包括了四壁之外的同样极致奢华的一切。"我觉得,喝一瓶五千五百美元的酒不会让这个人破产。路易十四之类的名贵酒对这样的家庭来说或许就像我们喝瓶果汁一样容易。"

"不是这样的,警探。路易十四的存世量极为稀少。你所拥有的财富当然足以购买到一瓶,确实如此,但你终其一生恐怕也只能买到这一瓶。"

博施逐渐弄清楚了对方的观点。

"好吧,那么你认为这有什么意义呢?"

"我想这意味着,在他死亡之前,这间屋子里发生了一些事情。一些非常坏的事情。"

博施点了点头,但是道尔的结论并没有帮他多大的忙。一般来说,每一桩谋杀案之前都会发生一些非常坏的事情。一个喝多了昂贵干邑酒的死者并没有什么特别的象征意义。

"我想如果你抽一点他的血,会检验出酒精成分。"他说。

"我们得出这一结论之后就会立刻通知你。"道尔说,"一旦我们将巴克利先生运回教会路,将马上进行这一检查。"

他所说的教会路就是验尸所的所在地,位于市中心附近。

"很好。"博施说,"那么我们继续吧。你还有些什么发现,医生?"

"接下来我将为你展示死者的临终时刻。"道尔说,"首先,请看他的左手。"

道尔抬起死者的左臂和左手,将其递到博施面前。后者立刻注意到四个指关节上都有轻微的变色。

"这是瘀伤?"他问。

"正确。"道尔说,"是生前伤。冲击发生的时间与死亡时间非常接近。血管遭到破坏后,开始向周边组织中渗出血液,但由于心脏停跳,这一过程几乎是刚刚开始就停止了。"

"那么也就是说,有搏斗的迹象。我们的凶手身上可能会有这一拳造成的瘀伤。"

"并非如此,探员。"

道尔将死者的手握成拳头,然后拿出一把尺子,将它放在拳头的指关节上。尺子的表面与每个指节上的瘀伤点完全重合。

"这是什么意思?"博施问。

"我想说的是,瘀伤的形态表明他的拳头击打的是一个平坦的表面。"道尔回答道,"如果瘀伤是在互相搏斗中产生的话,很少会显得如此均匀。人的身体可不是平坦的表面。"

博施用钢笔敲打着笔记本。他不太清楚这个瘀伤的情况会给他以什么样的启发。

"别那么急躁,哈里。我们再看看尸体的下半身。特别是右脚的脚底。"

博施横移到尸体的脚那一侧,开始观察死者的鞋底。一开始,他什么都没有看到,但当他将头探得更低的时候,他看到了一处微小的闪光。他低下头,更为仔细地观察死者的鞋底。他再一次看到了闪光。

"那是什么?"

"是玻璃,探员。我想你会发现它与门边地板上的那些玻璃碎片是一样的。"

博施抬起头来,看着那道双开落地玻璃门以及散落于地板上的玻璃碎片。

"他从玻璃上走过去了……"他说。

"的确如此。"

博施再一次将目光转回尸体身上,看了一小会儿,然后站了起来。他的双膝吱嘎作响。他向后退了半步,以便站稳。

道尔朝他的助手打了个手势,后者过来扶着他以站立。助手同时还将拐杖递给了他,他双手伸入拐杖的臂环里,倾身向前,借助拐杖站定身子。他注视着博施,脑袋轻微地来回晃动着,似乎想要找寻更好的观察角度。

"干什么?"博施说。

"我可不会将此视为单纯的衰老症状。"道尔低声说道。

博施转过头看着他。

"你说什么?"

"BPPV,探员。你得了这种病。"

"哦。什么是BPPV?"

"良性阵发性位置性眩晕,首字母缩写BPPV。你在蹲下和站起的时候都需要重新找回平衡感。这种情况出现有多久了?"

博施被这种冒犯给激怒了。

"我不知道。你瞧，我已经六十岁了，我的平衡感自然不像以前——"

"我再重复一遍，这不是衰老的症状，这种情况大多数是由于内耳的感染而引起的。由于你的身体每次都是朝右边倾斜，我猜测问题很可能出在你的右耳里面。你想让我帮你看一下吗？我刚好带了一只耳底镜。"

"什么，就是你拿来往死人的耳朵里塞的那东西吗？谢了，我可不干。"

"那你应该去看一下你自己的医生，好好检查一下。尽快。"

"当然。"

道尔抬起一支铝制拐棍指了指那道落地双扇玻璃门，于是他俩一同穿过了房间。两人低头看着地上的玻璃碎片，就好像它们是等待着被解读出占卜结果的茶叶。

"那么……"博施开口说道，"你认为他就是那个穿过门走进屋的人？"

"指节上的瘀伤提示我们，他用拳头击打的是一个平坦的表面。"道尔指出。

"你认为他是在外面，并且最初他试图用拳头打破玻璃。"

"正是如此。随后，他捡起了那块石头。"

道尔用他右手的拐杖指了指地上的白色石头。

"用拳头敲打大块玻璃，这可不怎么聪明。"博施说。

"如果他把玻璃打破了，从他的手开始到胳膊肘都会被划出大口子。"道尔说。

"他脑子大概不太清楚。"博施说。

"他脑子里根本一片空白。"道尔说。

"干邑白兰地。"博施说。

"他很有可能已经醉了。"道尔说。

"并且怒气冲冲——应该是这个房间里的某个人让他非常恼火。"博施说。

"这个人躲在这个房间里,还把门锁了起来,不想让他接近。"道尔说。

"他打不开通往屋里的那扇门,于是来到了外面。"博施说,"他认为自己可以打破这道玻璃门。"

"玻璃还挺结实。"道尔说,"他的手受伤了。"

"因此他捡起了石头。"博施说。

"他打破了玻璃。"道尔说。

"他伸手进来,打开了门锁。"博施说。

"他走了进来。"道尔说。

两人对话的速度很快,以头脑风暴的方式将整个情节补充完全,就像是合两人之力共同思索一样。

现在,博施又从门旁边走到了尸体身边。他低头看着詹姆斯·巴克利的眼睛。死者双眼圆睁,惊讶的神情定格在他脸上。

"房间里的这个人已经在拿着武器等着他了。"他说。

"可以这么说。"道尔说。

"这女人很可能把灯给关了。"博施说,"当他走进房间的时候,她就用拨火棍打中了他的脑袋。"

"女人?"道尔问。

"概率更高。"博施说,"大多数发生在住宅里的谋杀案都是由家庭争执引起的。"

"基本演绎法。"道尔说。

"别把那个让人恶心的单词放在最前面。"博施说。

他环视整个房间。再没有其他值得怀疑的东西了。

"现在我们只需要找到拨火棍就行了。"他说,"这人在这儿躺了整整一晚上,凶手有足够的时间开车出去把它扔到太平洋里。"

"但也有可能,凶器未曾离开过这座房子。"道尔说。

博施看着他。他明白道尔知道了一些事情,或者推测出了一些事情。

"什么?"他说,"告诉我。"

道尔微微一笑,将左手拐杖上端的胶皮小棍拆下来,朝着书架的方向推过去,最终,它停在书架旁的地板上。那里有一道痕迹,像是什么东西在地板上磨出来的,呈现出完美的四分之一圆形。

"什么样的东西会留下这样的痕迹呢?"道尔问。

博施走过去,低头看了看。

"我不知道。"他说,"是什么?"

道尔用戏谑的目光看了他五秒钟,不过道尔也知道这就是极限了。

"也许是一扇门?"他说。

这下博施立即就明白了。他看着面前的书架,这一排书架上放着的都是老旧的皮革精装书,看起来似乎年纪跟道尔差不多。博施又向前走了几步,观察着书架的木质结构。他没发现有什么值得怀疑的地方。在他身后,道尔开口说话了。

"不能拉开的门一般都可以推开。"

博施将手放在他面前这一排宽达三英尺的书架的侧边上。他推了一下,这道似乎不会移动的支柱便向内推进了半英寸,从而触发了一道以弹簧驱动的擒纵机构。

他放开手,整个书架便向外移动了几英寸,这时博施就可以将它拉开,如同拉开一道厚达一英尺的大门一样。当书架向外移动的时候,他可以听到其底部与地板发出的轻微摩擦声。这就是那道四分之一圆形痕迹的来由了。

一盏电灯自动开启,将门后的密室一览无遗地展露出来。

博施走了进去,发现这个密室的面积非常小。这里没有窗子,房间大小相当于一个审讯室,或是市区附近的男子中央监狱的一个单人间。

房间里堆满了各式各样的箱子。其中有的是打开的,里面装着一些书籍,它们或是准备要放到对应的书架上去的,或是要以捐赠或者其他方式处理掉的。另外还有两个木箱,外面打着葡萄酒商标的图样。

"怎么样?"道尔在后面说道。

博施继续往里走。里面的空气带着霉味。

"看起来就是个普通的仓库。"

博施看到摞在一起的五个纸箱上方的白墙壁上有一些黑色的污迹,看起来像是干掉的血。他将最顶上的一个纸箱挪开,想要凑近去看,这时他听到一样重物掉到箱子后面的声音。他倾身低头看了一眼,立刻开始挪动箱子,把它们在房间中央堆成新的一摞。当从墙边拉开最后一个箱子的时候,他便看到了一支拨火棍正斜靠在墙角边。

"找到了。"他说。

博施走出密室,吩咐摄影师将拨火棍的位置拍摄取证。这一工作完成后,博施再度进入小房间,将这件铁制工具取了出来。他拿的是它的中间部分,避免碰触手柄或者尖头,特别是似乎还附有干涸的血迹与毛发的尖头。他走出密室,刑事专家拿着塑料证物袋将拨火棍的两头套了起来,并用胶带扎好封口。

"那么,探员。"道尔说,"你找到你需要的东西了吗?"

博施思索了一下,然后点了点头。

"我想是的。"他说。

"是谋杀吗?"道尔问。

博施没有急着回答。

"我想以现在的情况来看,她有充分的理由提出自己是正当防卫。"他说,"但她必须首先对我坦白交代。如果她的律师够聪明的话,会让她和我谈的。我们有可能当场就把整件事情解决掉。"

"那么，祝你好运了。"道尔说。

博施对他道了谢，开始走向大门。

"别忘记了，博施探员！"道尔在他身后叫道。

博施转过身来。

"别忘了什么？"

"去见医生，看看你的耳朵。"

道尔微笑着，博施同样回以微笑。

"我会的。"他说。

博施来到图书馆门前，停下脚步，考虑着。他的好奇心最终压过了不想让道尔抓到把柄的念头。他再一次转过身，面对着暂委验尸官。

"好吧，你是怎么知道的？"他问。

道尔假装着没听明白。

"知道什么？"

"知道我早上离开了一个和我同睡一张床的女人。"

"哦，那很简单。当你在尸体旁边蹲下来的时候，探员，你的裤脚往上提起来了。因此我看到你脚上的袜子一只是黑的，另一只是蓝的。"

博施不由得想要低头去看自己的脚踝验证这一说法，但他克制住了这种冲动。

"那又如何？"他说。

"基本演绎法。"道尔说，"这使我确定你早上起得很早。

你是在天亮之前就起床了。另外，这也使我确信你穿衣服的时候没有打开床头灯。一个男人只有在不想吵醒同睡一张床的伴侣时才会这么做。"

博施点了点头，但这时他想到了一个漏洞，马上就指了出来。

"你说和我同睡一张床的是个女人。你怎么知道不是一个男人呢？"

博施自豪地露出微笑。他骗住他了。

但是道尔不为所动。

"探员，就算我不了解你有子女，并且曾经与一个女人结过婚的背景，我的嗅觉也不仅仅可以应用于鉴别干邑白兰地。当你刚到此处的时候，我就闻到了你身上徘徊不去的白麝香气味。我知道你之前正和一个女人在一起，袜子只不过是让我更进一步地确认了这一事实。"

道尔的脸上露出毫无破绽的笑容。

"还有其他问题吗，探员？"他问，"我们得把巴克利先生装进袋子里运回教会路了。"

"没有了，我问完了。"博施说，"没有其他问题了。"

"那祝你在寡妇那边好运。"

"谢谢，夏洛克。"

博施转过身，走出了房间。

# 意大利艺术品商人奇案

萨拉·派瑞斯基

我妻子被召到埃克塞特去陪伴那位对她而言近乎母亲的女家庭教师了,而我也刚巧想要与我的老伙伴兼室友夏洛克·福尔摩斯先生共度数周的时光,因此我回到了贝克街的老公寓。最近一次我们夫妇二人说服他与我们共同进餐的时候,我注意到福尔摩斯已经陷入紧张、焦虑的情绪之中,就如同往常没有智力方面的竞赛占据他的头脑的那些时候一样。

正如往日这种情况之下他惯常的表现一般,他整日整夜地拉着小提琴,发出尖锐刺耳的噪声。这对我来说倒并非不可忍受,但公寓楼上的住户却声称,他必须在凌晨2点至6点之间保持安静,否则便要诉诸法律。"我们知道福尔摩斯先生是一位伟大的天才,还曾经多次避免我们的君主陷入极为尴尬的境地,但我们必须请求他能够让我们略微休息几个钟头。"他们的律师如此说道。于是我的老友就又捡起了吸食可卡因这一严重损害身体健康的习惯。

我以作为挚友和医生的双重身份请求他不要这样做,然而却徒劳无功:福尔摩斯蜷缩在他的椅子里,含糊不清地说着自己并没有邀请我前来陪伴他，我只不过是个不速之客，像我这样溺爱妻子的人本应陪着玛丽一起前往埃克塞特。在这种时候，我的朋友总是表现出一种暴躁的心态，或是嫉妒我的妻子，又或是因为我更喜欢和她在一起而感到生气：我们结婚之后就搬到了新的住所，并未将这间公寓作为我们的婚房。

我试图用哗众取宠的媒体上刊登的一些罪案将他从这种精神恍惚的状态之中唤醒过来。舰队街车夫被刺死案"简直就是最为陈腐不堪的犯罪"，而胡佛灵公爵夫人的翠玉冠被盗案"肯定是家里的女仆做的"。然而后续报道却表明他的判断全是错的——胡佛灵家的幼子由于对窘迫的财务现状感到极为不满，因此将翠玉冠偷走，卖得的钱财在一场前往蒙特卡洛的灾难之旅中被挥霍一空；另一方面，调查发现被刺死的车夫原来是个俄国间谍，当时正在尝试窃听一位哈布斯堡王朝外交官的机密——福尔摩斯在药物引起的恍惚中沉浸得更深了。

当然，这其中有一个不可忽视的区别，那就是与我的那些主顾，或者应该说是患者们相比，我的这位朋友尽管头脑聪慧，性格却反复无常，而且显然根本不乐意听从我的劝告。当我和他同住的第三个星期开始时，我被召唤到格洛斯特宾馆去照料一个在夜间遭受暴力袭击的男子。

当我到达的时候，我注意到宾馆的经理格莱斯先生对于这位遭受殴打的住客并不怎么关心，反而更在意我此行会不会让这一秘密泄露出去。

"我们宾馆现在有一位意大利王子和一位法国伯爵夫人入住。"他领着我走向仆人们使用的楼梯,准备从那里登上二楼,"任何丑闻,或是任何能使客人们觉得袭击事件在格洛斯特宾馆是家常便饭的迹象对我们的声誉都是极其重大的损害。"

我停下脚步,转过身:"我倒以为住客们对自己健康的关注会使你更加尊重那些你请来诊视他们的医护人员。若是你不准备带我从主楼梯上楼,我宁愿回到我自己的诊所,那里想必已经有些患者在等候着了。"

格莱斯先生连忙向我道歉,并且带领我穿过铺着红色地毯的大厅走向主楼梯。这会儿,有很多女士正在往下面走,或是去逛街购物,或是和她们的朋友们在咖啡馆见面。

那位受伤的客人躺在靠近宾馆二楼东北角的一间套房里。这是宾馆之中较为隐蔽的一个部分,从这里的窗子向外看,只能看到鹤鸵路周边密密麻麻的住宅,以及远处的海德公园中那些最高的树。此外有一道通往宾馆马厩的备用楼梯。

伤者是个年约二十五岁的男子。他的名字像是意大利人——弗朗西斯·丰塔纳,来自纽约州布法罗——但他的肤色却相当白皙,与意大利人并不相同。若不是绑着绷带,或许他还是颇有些帅气。此人的脸部遭到暴打,指尖上也有相当深的割伤,如此奇怪的伤势令我无从判断他究竟是如何受伤的。丰塔纳声称当时他睡得很熟,但在凌晨三点的时候,房间门口出现了煤气灯的亮光,而他也立刻被惊醒。

"我从床上爬起来,马上大声呼叫,询问来者何人。没有人回答,但是一个蒙面男子迅速穿过起居室,重重地给了我的头一下,不断询问我把'那东西'放在什么地方。我全力反击,但那人衣着齐整,我只穿了睡衣。他踩住我的脚,要求我立刻说出'那东西'的下落。

"过了好一会儿我才搞明白,他要的是我从美国带来的一幅小画。那是我家族的传家宝,据说是出自提香之手,我本来准备到邦德街的卡雷拉艺术馆去鉴定一下。这个暴力分子翻开了我的行李,最后在行李箱中的一个秘密夹层里找到了它。我们又争斗了一会儿,但他比我强壮,而且正如我所说,他还穿着衣服和靴子。他离开之后,我马上就跑到一楼,他们都以为我疯了,但是看到我身上的伤,夜里的值班人为我清洗、包扎了伤口。当然,我已经提出了正式的投诉。那强盗肯定是从粗心大意的宾馆服务人员那里拿到了我房间的钥匙,若非如此,他怎么可能进得来呢?"

格莱斯先生责难地看着丰塔纳:"我们没有把钥匙给任何人,丰塔纳先生。正如您所知,我们已经详细质询了夜间的守门人和值班经理,昨夜根本没有人向他们索要您房间的钥匙,很有可能是您自己没有把门锁好。"

丰塔纳怒气冲冲,准备争辩一番,但我及时阻止了他的爆发。我解开他的绷带,并要求他在我检查伤处时乖乖坐好。他右颊边的伤看起来最严重,似乎是遭到了某种重物击打——或许是一根棍棒。我用双氧水冲洗了伤处，再涂上含有鸦片制剂的油膏，这样便能够最大程度地缓解疼痛。接下来我开始查看他的指尖。

"你的手指是怎么弄成这样的？我在一个伤口里找到了一小块碎玻璃，而且这些伤口看起来全都是玻璃割伤的。一开始我还以为你用手抓住了袭击者手里的刀呢。"

"有什么区别？我看你简直跟这个格莱斯一样麻木不仁。你是个医生，莫非还要学警察查案么？我想是那张画上覆着的玻璃在我们的搏斗中碎掉了。不论怎么想，这种可能性最大。"

我抑制住了继续质询的冲动，只是拿出放大镜，仔细检查每一个手指，确保没有玻璃碎片残留在伤口中。随后我再次拿出同样的油膏，为他的手指涂抹起来，并且告诉他说在一天之内就可以正常穿衣吃饭，不会有任何痛苦，但在接下来的二十四小时里，他最好能够完全避免手部动作。

他看起来对此并无异议，还告诉我说他的仆人现在正待在仆人专用区域，但是马上就会搬到这个房间里来照料他，宾馆已经同意提供一张带轮矮脚床。并且仆人在场也能够更好地抵御可能到来的再次袭击。

"还有，记得别把这事告诉我妹妹。"当我将医疗器械收拾到包里的时候，他补充道。

"你妹妹？"我问，"丰塔纳小姐也居住在这家宾馆吗？"

"不，她和她的朋友们一起住在肯辛敦。但她有可能会来看我，若是她真的来了的话，我得让她相信我在几天前就已经回国了。如果她知道这次袭击的事，肯定会非常担心。"

格莱斯先生和我都承诺，万一那位妹妹知道了有一位医生来到宾馆的事，我俩也不会说出是丰塔纳先生需要诊治。"你的伤并不严重，"我一边穿起大衣、戴上帽子，一边对丰塔纳先生说道，"但如果还有什么需要的话，可以送信到夏洛克·福尔摩斯先生的住处，我现在正在他家作客。"听到福尔摩斯的名字，丰塔纳的脸色明显有了变化，而我也必须承认这正是我想要得到的效果。尽管如此，他并没有多说什么，于是我就此告辞了。

格莱斯和我离开的时候，我环视了一下套房中的起居室，昨夜搏斗的迹象非常明显：书桌的抽屉被抽了出来，长沙发的坐垫凌乱不堪，而我的患者的行李箱连同其中的秘密夹层全都被砸成了碎屑。格莱斯以为我的目光是某种不以为然，连忙许诺会立即派女仆前来打扫整理房间。

这天晚上我很晚才回到贝克街，身心都十分疲惫，因为在这一天我为一个难产的妇女接了生，死神只差一点就带走了她。我早就忘记我那位来自美国的伤患了，因此当我看到他打扮得衣冠楚楚，正在我们的门口跟一个女乞丐争执不休的时候还是很惊讶的。

"啊，医生，你可来了。这个死老太婆正在跟踪我，我敢对老天发誓，她从海德公园角就一直跟着我走到这里。快滚开，臭婆娘，不然我叫警察了。"

"哎，你真是个小滑头，没错吧，先生？你想从一个可怜的老乞婆那里夺走她丈夫留下来的最后一点儿遗产，不过，用不着叫警察。我不会伤害你的，先生。"

我走了过去，想要命令她别再骚扰我的患者，然而她身上层层叠叠的围巾和裙子散发出和她的乡土口音同样浓郁的气味。我转身抓住丰塔纳的胳膊，拽着他走进了公寓楼的大厅。在我们上楼的时候，我询问他为何不耐心在床上休息等待伤势恢复。他说，因为我提到了福尔摩斯的名字，他就想到最好能够请求这位著名侦探的帮助。"警方派来了一个韦彻警官，但我不喜欢他的态度，一点也不喜欢。他就好像是因为我成为了一起罪案的受害者而责备我一样。"

那位著名的侦探正懒洋洋地躺在扶手椅上，身上穿着的还是那件已经很脏的睡袍，看起来并不比门外的那个女乞丐更有魅力。他的气味也不怎么样，不过那是出自他经常接触的那些化学品。他的目光慢慢地转向我，当他看到我还带来了一位客人的时候，呆滞的眼神变为了愤怒。

丰塔纳似乎并不认为福尔摩斯的装束和作派有什么奇怪之处——或许他早已得知天才都会有某种程度的怪癖。他单刀直入，不等对方发话，就如竹筒倒豆子一般把他遇袭的经过说了一遍。当他说话的时候，我的朋友闭上了眼睛，但那并非是我所担忧的放弃思考时导致的困倦，因为我注意到他的十指指尖相抵，那是他在听取他人叙述，同时进行思考时的习惯动作。

等到丰塔纳说完之后,福尔摩斯依旧闭着眼睛,喃喃说道:"除了你之外,还有谁知道你把这幅画从美国带到英国来了?"

"没有别人。"丰塔纳说。

"你妹妹也不知道。"福尔摩斯说。

"哦!比特丽丝?她当然知道了。"

"你父亲是个典型的学者。"福尔摩斯说。

"我父亲是个银行家,先生,或者至少在去年的大罢工使他丧失了所有的产业之前是。特别喜爱意大利经典艺术作品的是我母亲。但这有什么关系呢,你又是怎么知道的?"

"你是以文艺复兴时期的一位伟大诗人的名字命名的,而你妹妹的名字则来源于另一位伟大诗人的情妇。"福尔摩斯懒洋洋地说道,他的眼睛依然是闭着的,"但你的口音令我很惊讶:完全不像是美国人,倒像是温彻斯特公学的毕业生。"

丰塔纳的嘴唇绷紧了,但他却装着若无其事地说他母亲的家族原本出身于吉尔福德,因此得以设法将他送到温彻斯特去接受教育。

"对,这我能想到。"福尔摩斯说,"我写过这方面的论文,专门论述英格兰各家公立大学教出来的不同口音,我在这上头可是很少犯错的。不过,我们还是回到眼下的话题吧,你在卡雷拉艺术品店得到了什么结论吗?"

"昨天早上我去过卡雷拉艺术馆,但是卡雷拉大师不在,我可不想把如此重要的事情交给一个学徒去处理。我留了一张名片,请他方便的时候来我的住处坐一坐,但尽管我今天按照华生医生的医嘱在床上躺了一天,他却始终都没有来。"丰塔纳的语气听起来有些恼怒,"英国人不是以礼貌而闻名的吗,可我见到的却没几个懂得尊重别人,不管是警察还是宾馆经理都是一样,就连可能会做成一笔大生意的画廊主人也没表示出最起码的礼貌。"

福尔摩斯指出,卡雷拉大师其人实际上并不是英国人,但他又补充道:"也许正是他在夜间攻击了你。若是他从你手中夺走了画,他自然也就知道自己不需要再去拜访你并且检查那幅画了。"

闻听此言,丰塔纳的眼睛亮了起来。他紧绷的肩膀放松了,眼神中的怒气也消退了。"还有你的妹妹,比特丽丝·丰塔纳小姐,她是否同意你将这幅画拿来估值的事?"

丰塔纳不安地挪动着身体。"她认为若是这幅画果真价值巨大,就会引起公众的注意,这是多此一举;另一方面,如果事实证明它不是伟大的提香的作品,反而会使我们的父母万分失望。"

"她现在和她的朋友们一起待在肯辛敦?她是和你一起横渡大西洋的吗?"

"是的,就是因为她要来,我才决定和她一起来的。我母亲认为索姆——我母亲的一位老朋友——可以带领我妹妹进入社交圈,因为我母亲本人需要照顾我父亲,无法担负这一职责。"

随后丰塔纳重述了一遍他不想让他妹妹知道此事的请求；她为他们的父亲操的心已经够多了。她不需要知道她的哥哥遭到袭击，家传的昂贵画作也被抢走一事。福尔摩斯略微坐直身子，看着我："我的老伙伴，你一定已经很疲惫了——我能看得出你今天为一位难产的产妇接了生——但既然你的患者身在此处，也许你可以为他再次检查伤口，换条绷带之类的。"

我不知道他是如何得知我在这天下午进行了何种医疗作业，但以我对他的了解，我可以猜测出是我的衣服上显示出了某种特别的、仅在此种情况下会出现的迹象。我解开丰塔纳的绷带，并且高兴地看到伤处已经开始愈合了，伤口周边的皮肤颜色变得更深，有些地方已经结痂。这时福尔摩斯从他的扶手椅中站起身来，严肃地看着我为伤口清洁、涂油膏。当我使用干净的绷带重新将伤口包扎起来时，我的朋友向后退去，很快我就听到了浴室里传来了水声——的确是个值得高兴的信号！

我将丰塔纳送到街上，不过我们等了好久也没等到出租马车。终于，我目送着我的病人安全地登上了一辆马车的车厢。我感觉到那个之前跟丰塔纳说过话的女乞丐似乎正躲在转角处的一个门洞后窥伺，但由于贝克街位于帕丁顿火车站附近，在这里出没的女乞丐相当多，加之街道相当昏暗，我并不能完全确定那就是她。

等我回到楼上时，福尔摩斯已经洗完澡，并且穿戴整齐了。这些天来,这是他第一次穿上干净的亚麻服装。哈德森太太正在为他送上一盘烤腰花,还有土豆和一份拌好的色拉,看起来像是早餐和晚餐的混合体。另外,哈德森太太还为我准备了烤牛排。

我的朋友像是任何一个长期缺乏营养的人那样吃光了所有的食物。

"很不错的问题,华生,真的很不错。"

"对他的故事你怎么看?"我问。

"我倒是不怎么关注他的故事,使我感兴趣的是那幅画。"福尔摩斯说,"除此之外还有一个事实:他的伤是他自己造成的。"

"自己造成的?"我重复道,"他脸颊上遭到的重击差一点就把他的骨头都打碎了。"

"他是个左撇子,我在他打开名片盒时发现了这一点。"福尔摩斯指出,"理所当然地,你会注意到他右边脸伤得比左边重多了,而且两边的伤处是完全对称的。"

他拿起一只里面塞上了碎布的袜子,将它递给我,并且让我用它来击打自己的脸。我不情不愿地照做了。袜子分别击中了我两边脸的同一个部位,刚好是眼眶下方。我本人是惯用右手的,因此我感觉到袜子打到左边脸的力度明显比右边来得大,我不得不认同了他的说法。

"那么他指尖里的玻璃碎屑呢?那也是他自己造成的吗?"

"啊,那正是最有趣的地方。我想我们有必要拜访两个地方，一个是邦德街上的卡雷拉艺术馆，另一个则位于肯辛敦卡杜甘花园，艾莉西亚·索姆灵福斯夫人的府上。"

看到我脸上的迷惑表情，福尔摩斯举起了他那本记载着伦敦各区域以及相应街道和住宅的册子。"肯辛敦有十七所住宅的主人拥有以'索姆'开头的姓氏，但其中只有一所住宅有着足够多的房间可以让一位首次踏足社交圈的年轻女士居住。而且尼尔·索姆灵福斯先生在外交部身居要职，是负责中东事务的副部长。他目前人在开罗，因此他夫人颇为空闲，可以不受限制地出席任何一场舞会。"

如今福尔摩斯已经完全恢复了活力，同时也酒足饭饱。他准备立刻就开始行动，首先到邦德街去，然后再到卡杜甘花园去拜访索姆灵福斯家。我发着牢骚告诉福尔摩斯，艺术馆这个时候早就关门了，并不是所有人都整个白天闲着没事只能睡觉，反而在半夜起床做生意。"老伙计，你总是让我赶紧起床活动活动，都说了好几个星期啦。现在就别催着我上床睡觉了。另外，今天是周四，每个周四的晚上邦德街上的那些艺术馆都会推出一批新作品，卡雷拉会在那里一边喝着酒，一边吃着坚果，并且热情接待所有的来客。不过，若是你白天的工作累得你情愿退休，我也可以自己去处理所有事情。"

听到他这么说，我自然也就不再反对，而是换上了那套有些脏了的亚麻服装，做好了再次出发的准备。我们来到邦德街，正如福尔摩斯所说，那里正在举行热闹的展览会，集中展示近期风靡一时的法国印象派画家们的作品。一位叫做莫奈的画家所画的滑铁卢车站在我看来不过是一片模糊不清的斑点，另一位名叫莫里索的女性画家的作品也没让我产生多少兴趣。然而福尔摩斯却细致地欣赏着这些画作，最后，艺术馆的主人终于向我们走来了。

卡雷拉先生身材高大强壮，看起来似乎更像是个运动员而非艺术品商人，不过他讲起莫里索小姐对于光影和颜色的运用倒也头头是道。

"我觉得这些印象派的作品让我心神不宁，"我说，"瞧瞧这幅滑铁卢的画——那些火车简直跟它们头上正冒出来的烟雾一样毫无实体感。"

"我不得不指出，"福尔摩斯说，"我的这位客户赞姆隆[①]教授对于文艺复兴时期的艺术品更感兴趣。我们得知您最近可能得到了一幅提香的肖像画，如果您能带我们一观，我们将感激不尽。"

我试着装出恰当的神态，以利于更好地伪装成一位喜好文艺复兴时期肖像画的德国知识分子。

"提香？"卡雷拉笑着举起了手，"不，没这回事。我很少与这类古画打交道。我既没有足够的技能辨别它们，也没有足够的财力收购它们。"

---

[①] 原文Sammlung，是德语"收藏家"的意思。——译注

"哦?"我说,"但是丰塔纳先生①与我谈起过他手上的一幅提香的画,还说他准备把那幅画卖给您。您没有到他那里去看一下吗,卡雷拉先生?"

卡雷拉眯起眼睛打量着我,突然,他声称自己从不认识任何一个叫做丰塔纳的人,而且他现在必须要去招呼另外一些对于现代艺术更感兴趣的客人了。

一位中年女性走过来,和我们一起站在莫里索的画作前面。她身穿一件华丽的提花丝织衣物,然而其剪裁干净利落,不像是喜好当代艺术的人士会钟意的那类服装。"我喜欢这幅画。"她直截了当地说,她的美国口音就同她身上的高领服装一样直白,"她很恰当地描绘了女人的生活,不是吗?那种疲惫感。不过也许这里的两位绅士都从来没有以女性的观点来看待过家务吧。"

福尔摩斯和我顾左右而言他,那女人反而颇具幽默感地点了点头。"对,我知道,爱管闲事的中年女性就像魔鬼一样恐怖,难道不是么?不过我得承认,当我听到你是一位德国艺术品收藏家时,我可震惊了——从你的马甲和那只特别易于保养的怀表来看,你应该是一位医生。"

"得了吧,女士,"福尔摩斯说,"医生有收藏的爱好不是什么稀罕事吧。亲爱的赞姆隆先生,在咱们去用餐之前还有另外一家画廊要走访呢。"他朝那女人微鞠一躬,我则来了个

---

① 原文为德语。——译注

后碰步，我们两人便匆匆离开了。

我们登上出租马车之后，不禁悔恨地相视苦笑。"一个极富观察力的女人，"福尔摩斯若有所思，"的确少见，太少见了。我可不希望她成为我的对手。但艺术馆主人明显隐瞒了什么，当你提到丰塔纳的名字时，他就突然离我们而去了，赞姆隆先生。"

"他知道我不是德国人，"我有些生气，"如果你准备给我安插一个荒谬的假身份，最好早点告诉我，别让我突然发现自己得把流利的英语换成结结巴巴的德语！"

对此，福尔摩斯只是表示他会派一位流浪儿去盯着卡雷拉的一举一动。"当他从我们身边离开的时候，并不是像他所说的那样去招呼其他客人了，而是去了画廊后面的那间小办公室。我想我们可以确定他会去拜访丰塔纳。我得在我们去肯辛敦之前找到查理。"

我们沿河而下，前往码头区，福尔摩斯经常使唤的那些孩子们一般都在那附近活动，从泰晤士河岸边的垃圾中找寻可用的物品。福尔摩斯打了一声唿哨，过了一小会儿，回应的唿哨声传来，一位他手下的流浪儿——贝克街小分队的一员——出现了。我们的车夫不耐烦地等候着，因为他不想让自己的马车停留在这一可疑区域。与此同时，福尔摩斯给了那个流浪儿一个先令，并告诉他该去哪里以及该盯着谁。

接下来福尔摩斯就让车夫前往卡杜甘花园，后者明显松了一口气，因为那是一个相当高级的住宅区。我们在花园的角落处，亦即凉亭路的路口下了车。令我感到惊讶的是，就在福尔摩斯付车费的时候，另一个人向车夫招起手来，那人不是别人，正是我们的委托人。

"丰塔纳先生！"福尔摩斯叫道，"我还以为你肯定在格洛斯特的宾馆房间里休息呢。你刚受了伤，这运动量未免有点大吧。"

丰塔纳气冲冲地瞪着我们俩："我要做什么不关你们的事，再说我有必要来看望一下我妹妹。"

"我以为你不想让你妹妹知道你受伤的事情。"我说。

"原本是这样的，"他说，"但是我被袭击的事已经登载在晚报上了。那个该死的、没用的格莱斯，我猜一定是他干的，不过你们肯定都认为他不想让自己宾馆的住客半夜在卧室里被袭击的事情曝光。"

他钻进车厢，在马车离开之前，我们听到他对车夫说他要去格洛斯特宾馆。

福尔摩斯轻笑了几声。"把故事传出去的不是格莱斯，而是我。我给各家晚报都发了这么一条电报，现在《泰晤士报》和《检查员报》都把这个消息登出来了。"

"但这是为什么呢？"我质问道。

"如果丰塔纳是自己弄伤自己的，那就说明他想掩藏一些不体面的秘密。这些秘密可能是他自己的，也可能是其他人的。我的目的是敦促他行动起来。"

我们向卡杜甘花园26号走去，这时看到一名女仆正在门口与一个衣着破旧的女人说话。我给福尔摩斯打了个手势，让他往那边看，因为我以为她就是今晚早些时候在贝克街公寓外面与丰塔纳说话的那个女人。福尔摩斯很感兴趣地注视着她，但当我们走得更近一些的时候，我俩都发现那只是一个粗使女佣，正在寻找一些她能干的粗活儿。她身上的衣物虽破旧却不破烂，也不像那个女乞丐那样身上一股恶臭，另外我也看到她远比我早先看到的那个女人更年轻，身材也更矮小。

"我听人说你们这儿缺人手，"我们走上门前那几级不高的台阶按下门铃时，刚好听到她这样说着，"而且我也是有介绍人的，当然有。清理台阶，倒马桶，我啥活儿都能干。"

我想到了在卡雷拉那里遇到的那个美国女人，以及她对法国女画家的评论：她的画描绘出了女性在家务劳动中所体会到的那种疲惫感。我想到我似乎从未曾思考过，我亲爱的玛丽也是如此的疲惫，只为了我能够享受舒适的家居生活。这些思绪令人极为不安，因此当一个男仆来为我们开门的时候，我竟然感到微微高兴起来了。

我的朋友给了他一张名片。"请告知索姆灵福斯夫人，夏洛克·福尔摩斯先生想要与丰塔纳小姐谈话。"

男仆怀疑地看着我俩："索姆灵福斯夫人正在更衣，丰塔纳小姐刚巧身体不适。"

"啊，"福尔摩斯说，"真是太不幸了。但我们是受丰塔纳先生的委托而来的，这位华生医生是丰塔纳先生的医疗顾间，而且若是丰塔纳小姐的不适是由于她哥哥的来访引起的，那么我确信华生医生将会很乐意帮助她。"

我递出自己的名片，欠身表示赞同这一说法。让我欣慰的是，我不需要扮演一个俄国农奴或是苏菲派踏火者就可以配合我朋友的计划。

男仆微鞠一躬，将我们留在门阶上，自己则走进去请示女主人的意见。把两位绅士晾在门外而不是请进屋，这种失礼的行为让我感到有些气愤，但福尔摩斯只是扬了扬眉毛。"有某些事情让这间宅邸里的人都非常不安。也许他们真的是'缺人手'——正如那个粗使女佣所说的那样。或者……也许丰塔纳小姐正在发癔症。"

不管怎么说，我们并没有等很久，很快就受邀走进了屋子。我们跟着那名男仆沿一道铺有地毯的楼梯走上二楼，进入了一个小房间，房间里那个刚刚被雇用的粗使女佣正忙着生火。

"所以说，丰塔纳是被直接带到他妹妹的房间里的。"福尔摩斯推测道，"与普通的访客不同。"

男仆监督着粗使女佣生火的过程，当他确定她已经彻底清理了炉膛里所有的草木灰和引火物之后，便把她赶出房间。此后没过多久，索姆灵福斯夫人出现了，她身穿适合看戏时穿着的金色丝质低胸礼服，耳环上的钻石吊坠闪耀着光芒，但也并不比她黑色的双眸更加明亮。她向福尔摩斯伸出双手，恳请他谅解自己让他等候的苦衷。

"我的使女得了流感,代替她的女佣又笨手笨脚的,结果犯了个大错误,只不过是让一个中年女人重新恢复青春的简单工作,她却花了比平时多一倍的时间。"

"在我看来,您的女佣奇迹般地取得了成功,但那也只是因为她的对象本身就是如此完美。"我的朋友俯身行了吻手礼,"不过,我们此行是为了拜访您家中的客人,因此我们恳求您不要为此而耽误了晚上的安排。"

"啊,可怜的比特丽丝!"索姆灵福斯夫人喊道,"我想正是她将流感传染给了我的使女。昨天晚上我的使女在给她穿衣打扮,那时候那可怜的姑娘就已经生病了。我本来不应该让她去参加达恩利夫人的舞会,但我当时以为她只不过是有些累了,等回来后我才发现她已经发起了高烧。"

"她哥哥来拜访的时候见过她吗?"

索姆灵福斯夫人猛地摇了摇头,耳环上的钻石吊坠也像钟摆一样晃动起来。"我绝不会允许的。他是个容易激动的年轻男人,比特丽丝还发着高烧,我担心他这时候来见她只会加重她的病情。而且他的样子还那么可怕,浑身都绑着绷带。"

"如果她真的病得很重的话,我的这位朋友华生医生也在,让他诊治一下将会是一个明智的选择——"

"哦,请不要这样,福尔摩斯先生。您不要看我正准备去戏院就觉得我没心没肺,或者是没有能力照顾我的客人。我的私人医生今天早上已经为比特丽丝和女佣做了诊治,给她们俩留下了许多药剂,而且他今晚还会再来一次。现在,我不能再耽误你们二位的时间了。"

她拉响了铃;那名男仆一定是一直在这个房间附近转悠,因为铃刚响,他就走了进来,引领我们走下楼梯。他将我们的帽子和大衣递过来,我们几乎还没有时间穿戴上它们,他已经把前门再次打开了。

"他们正在等候另一位访客,"我的朋友评论道,"或是在掩藏一些不想让我们看到的事情。"

我们回到凉亭路上,福尔摩斯抬手招了一辆路过的出租马车,并让车夫停下来稍微等一会儿。我们在车厢里注视着卡杜甘花园26号,这时那个粗使女佣由后门离开了那幢房子。她抬头看了看车厢,似乎因我们站在车厢里而感到迷惑,于是我们坐回座位里去,以免被人行道上的行人看到。那个女人匆匆忙忙地沿着凉亭路往海德公园的方向去了。

又过了几分钟,索姆灵福斯夫人的马车出现在了她房子的前门;一位男仆帮助她登上车厢,很快,她的马车就从我们面前经过并且向北方驶去。福尔摩斯让车夫跟上她,结果她把我们直接带到了河岸街上的西登斯戏院。福尔摩斯提议我们两人一起跟着她进戏院里面去,但我度过的这一天实在漫长,因此我要求车夫送我回贝克街。

回到老公寓之后,我几乎瞬间就陷入了沉眠,然而在凌晨一点钟过一点儿的时候,我被查理——也就是福尔摩斯派去跟踪观察卡雷拉的那个小伙子——惊醒了。他正在猛敲公寓楼下的门,敲门声吵醒了哈德森太太,她对他的来访非常恼怒。

"他把我推开了,这个小恶棍!"她正气喘吁吁地追赶着那个男孩,想要阻止他推开福尔摩斯的房门。

"别那么小气,太太。"查理说,"福尔摩斯先生在吗?出大事了,那个他让我盯着的大老板被人给打了,就在他离开他家的店不知要去哪里的路上。"

这下我彻底清醒了:"他怎么样了?他在哪?"

"当时我打了一声唿哨把我的兄弟们都叫过来了,他们马上就去找人帮忙,弗雷迪找到了一个巡警,那可不是件容易的事:那个巡警对弗雷迪说,'你们别拿我寻开心',弗雷迪还发了个毒誓,巡警才过来的。我一直跟在他们身边,最后我看到他被带到一个女士家里,这才赶快回来找福尔摩斯先生报告。"

就在我说着福尔摩斯还没回来的时候,我们就听见他的脚步声在门外响了起来。哈德森太太又向他抱怨了一番那个流浪儿无法无天的做派,但福尔摩斯制止了她,并且要求查理再把他看到的东西详细地叙述一遍。

"攻击他的人有几个?"

"只有两个,但他们都非常强壮,还带着棍棒一类的东西。我本来准备上去阻止他们,他们拿着那些棍棒朝我挥舞,但当我打起唿哨呼叫兄弟们的时候,他们又很快逃走了。我们派弗雷迪去找巡警,还叫奥利弗去找医生,但是医生根本不肯来,说不会为了街上的流浪汉出诊。要不是路过的那位女士,我们可不知道该怎么办了。她让那个巡警帮忙把伤者送到马车上,随后她就会自行照料他了。"

我吃惊地看着福尔摩斯:"老天爷!不会是索姆灵福斯夫人吧?"

"不可能。"福尔摩斯说,"我一直坐在她隔壁的包厢里,她没离开过戏院,戏演完了之后就到斯多葛特大宅去参加舞会了。"

"那是胡佛灵公爵的别墅。"我说着,试图回忆上次是在什么地方听到这个名字的。

"对。公爵夫人举办的盛大舞会得算是这个季节伦敦社交界的高潮之一了。我假扮纳斯比夫人的男仆,从仆人专用的入口混了进去,整晚都关注着我们的好朋友。有一次她从后楼梯离开了,但没过几分钟就又重新出现。她不可能是把卡雷拉带走的人。查理,你看到他们是往哪个方向走了么?"

"我当然看到了,老板,就像你嘱咐的那样,我跟着那位女士的马车,看到他们往切尔西的河边去了。他们最后是进了安巷。"

"非常好。"福尔摩斯给了那孩子一先令,又拿出几个六便士的硬币让他分给他的"兄弟们"。

那个男孩在哈德森太太的驱赶之下飞快地跑下楼离开了。"给他钱只会助长他这种无礼的行径,福尔摩斯先生!"哈德森太太如此抱怨道,但对此,我的朋友只是回答道:"正是如此,亲爱的哈德森太太。"——此后,福尔摩斯来回走动着,看起来很是烦躁。

"谁会收留他呢?是个单纯的好心人吗?还是他的熟人呢?虽然现在已经两点多了,但她那里离河岸很近,若是她临时起意,完全可以把他和一幅昂贵的油画一起走私到国外去。"

他打开潮汐手册,迅速翻了起来。"没错,今天早上的回潮时间是四点零九分。我想,对,我想我应该马上出发到切尔西去。"

"但她可是从有武器的袭击者手里救了他,福尔摩斯。"我反对道,不论怎么说,我今晚只睡了四个小时,我可不愿意在这个时候离开温暖的床。

"不论她究竟是谁,到达现场的时机太过巧合了。假如那两个打手是她出钱雇的,或者她是那两个打手的雇主呢?只要她在那里扮一下好人,就有机会从他那里骗到提香的作品了。那肯定是一幅价值非凡的画。"他在壁炉前面搓了搓他瘦削的双手,"不行,我一定得去一趟安巷。"

我回到自己的房间,再次换上日间的服装。我这位朋友现在已经完全脱离了那种麻木的状态,我在高兴之余不禁又有些自怨自艾;我已经忘记了在他正常的时候,要跟上他的步调有多么令人疲惫了。

这个时段马路上真可说是空空如也,因此我们很快就抵达了安巷。出租马车在夏纳步道把我们放了下来,这时我不由得为有我的朋友做伴而感到高兴，因为在河岸地区，黎明之前正是老鼠和拾荒者活动的高峰，有些人还会入室打劫那些看起来容易对付的、醉倒在家的狂欢者。

查理所看到的卡雷拉被带去的那幢房子位于一排古雅的别墅和公寓中央。在对入口通道进行观察之后，福尔摩斯注意到这幢房子共有三层。我们认为正在追寻的目标应该在二楼，因为在整条街道的所有房子里，就只有这幢房子的二楼还亮着一盏灯。

福尔摩斯和我站在门阶上，轻声讨论哪里可以作为合适的观察点，那里要能够同时看到房子的前后门。然而此时门却突然开了，令我俩大吃一惊。福尔摩斯将手伸进了衣袋里，但开门的人是一位女性，她正站在门口楼梯的顶端，手里举着一只提灯。

"您不必开枪，福尔摩斯先生，也完全用不着讨论哪个位置能监视这里。因为我完全可以让你们进来，亲自看望一下那位被打得很惨的先生。"

此人正是我们昨天晚上在卡雷拉艺术馆里遇到的那个美国女人。我吃惊得说不出话来，只是看了福尔摩斯一眼。他的脸上没有露出惊讶之色，但当我们跟着那位女士走进房子里时，我注意到他的太阳穴在突突地跳动。

她带领我们顺着楼梯上了二楼，走进一间能够俯瞰安巷的会客室。其中一扇百叶窗被固定在半开的角度，我们的女主人恳请我们原谅并且走过去将它拉开来。她解开百叶窗拉索上系着的一根黑色丝线，于是我们便可透过这扇窗子看到外面的街道。

"我担心有些人会突然出现在这里，福尔摩斯先生，所以把一根刺绣用的黑线系在百叶窗和外面的栏杆之间。只要有人从那里走过，就会碰断这根脆弱的丝线，百叶窗会掉下来为我示警。"

她平静地将那根线缠绕在一个线轴上，再将线轴放到一个特大号针线筐里。

"女士，"福尔摩斯说，"您认识我们了，我们却还不认识您呢。正如您所说，我就是夏洛克·福尔摩斯，这位是华生医生，但是——"

"天哪，我真是太无礼了，福尔摩斯先生。今天发生了好多让人激动的事，我都忘记了该如何表现出合适的礼仪。我叫艾米莉亚·巴特沃斯，来自纽约州布法罗市，那么我是如何卷入到您二位的探索之中的呢？这又是另外一个漫长的故事了。我是否可以为你们煮一壶茶呢，或者也许你们想喝点威士忌？我确定我的朋友——也就是这所宅邸的主人肯定藏有一些佳酿，不过我本人是滴酒不沾的。"

"我们喝茶就好了。"我说。然而我的朋友却急于听到对方的解释，因而以恼怒的目光注视着我。

巴特沃斯小姐走到门口，召来了一个年轻，却很安静并且有教养的男仆。短暂交谈后她告诉我们，卡雷拉大师目前正处在舒适的睡眠之中，因此她认为可以让仆人暂时离开他身边几分钟并且为我们带来一些茶水。

"现在，你们一定很想知道我究竟是什么人，又是如何与此事产生关联的。"

她走到一架钢琴旁边，打开一本又大又厚的精装书，书的封面上写着："**尼伯龙根的指环，钢琴与人声曲谱**。"然而这并不是真的曲谱，而是一本镂空的书。其中有一幅油画描绘了一位女性，她满头赤褐色的秀发缠绕在天鹅般修长的脖颈上，看起来栩栩如生，充满了光泽，让人不禁想要伸手触摸。

那名男仆再次出现，并送来了一个托盘，巴特沃斯小姐将其放在一张矮桌上。"是的，那就是提香的画，或者说我们都是这么认为的。"她一边说，一边为我和她自己斟上了茶。

"现在就要说到比特丽丝·丰塔纳了。她母亲艾莉丝·埃勒比是我的好友，后来嫁给了丰塔纳先生。我不知道自称弗朗西斯·丰塔纳的那个人是怎么告诉你们的，但是丰塔纳先生是一位银行家。从前，他在布法罗当地的生意还颇为兴盛，但随着近期的大萧条，他的日子也就一落千丈了。这幅画已经被丰塔纳家族收藏了几百年，他们说画里的这位女士是丰塔纳先生曾祖母的曾祖母，也是某任威尼斯总督的情妇。

"尽管如此，丰塔纳先生还是想要证明这幅画的真正价值，因为，如果此画真是提香的作品，那么它就可以为比特丽丝换来丰厚的嫁妆，同时也能保证丰塔纳夫人继续过着舒适的生活。因此当我们得知卡雷拉大师是鉴定文艺复兴时期画作的专家之后,丰塔纳先生就决定亲自来到伦敦,将此画交予大师鉴定,以确认它的真伪并为其估价。然而由于他的生意实在糟糕,他无法离开布法罗,因此年轻的比特丽丝自告奋勇接下了这个任务。我是她的教母,同时也喜欢到外国旅行,便设法与她一同来到了伦敦。

"在我们都还年轻时,我们的另一位老朋友当年可真是个美人。她嫁给了一位英国绅士,而她的女儿就是你们今晚跟踪的那位女士,克洛伊·索姆灵福斯。克洛伊比比特丽丝年长一些,或许大个十岁吧,并且已经成为了一名交际花。当她从丰塔纳夫人处得知比特丽丝要来这里,便邀请她到自己家居住,并承诺会把她介绍给社交界。艾莉丝——也就是比特丽丝她妈——很喜欢这个提议。而我在伦敦也有另外一个老朋友,她今年冬天不在此地,所以我得以随意使用这间令人舒适的公寓。"

福尔摩斯向来是不耐烦听这些谁结了婚、谁是谁的朋友之类的家长里短。他冷淡地质问道:"你是怎么得到这幅提香的画的?"

"哎,福尔摩斯先生,我正要说这事呢,这可真不是一个令人愉快的故事。我把我的教女送到克洛伊·索姆灵福斯的家中安顿下来,但过了几天再去拜访时,却发现我教女处于抑郁情绪之中。似乎在索姆灵福斯先生赴埃及公干期间,他的夫人与一位来自胡佛灵家族的年轻绅士相交甚欢。而且,我不需要医学知识也可以看得出来,当克洛伊的丈夫回来时,他将会遇到一个极其有趣的状况。"

我大惊失色,把茶杯都掉在地上。但当我弯下腰准备试着清除这些污渍的时候,巴特沃斯小姐表示不用在意,她会在我们离开之后处理好的。"清理台阶,倒马桶,我啥活儿都能干。"她说。

"对,"她看到我们面上的惊讶表情,大笑起来,"我就是昨天晚上在索姆灵福斯家找活儿干的粗使女佣,而且我最好要马上赶到那里去生火,并且尝试将我可怜的比特丽丝从那里救出来,因为那可真的不是什么好笑的事情。我真的非常需要你的帮助,福尔摩斯先生,非常需要。

"我们就长话短说吧,克洛伊·索姆灵福斯一直都在与那位偷了他妈妈的珠宝,并且在赌博中输掉了所有钱财的年轻贵族私通。这位贵族得知年轻的比特丽丝手上有一幅非常值钱的画,价值超过他从他妈妈那里偷去的翡翠的两三倍。一开始他试着对她说些甜言蜜语,此招不成,就改为巧取豪夺。克洛伊显然当了帮凶,还有那个油腔滑调的使女也有份,或者至少我昨天从宅子里的其他仆人那里听到的说法是这样的。

"比特丽丝想方设法在年轻贵族面前保住了这幅画并且跑到了街上。虽不知具体情况如何,但她来到了邦德街,将这幅画安全地送到了卡雷拉大师手中。后来她离开卡雷拉艺术馆,走到了牛津街,正在尝试搭乘出租马车到我这里来的时候,克洛伊发现了她。比特丽丝大声呼救,但克洛伊运用她的魅力说服围观群众,让他们相信比特丽丝正处于精神错乱状态。"

"如果你当时不在场,你又是如何知道这些的?"我问。

"有些是卡雷拉告诉我的,另外一些则来自于我昨天晚上洗锅时其他女佣的闲谈。克洛伊的使女在女佣之间传播消息,说我的比特丽丝发烧把脑子烧坏了,克洛伊在邦德街上找到她的时候她正在歇斯底里地尖叫。她们都对无故增加的工作表示不满,因为女管家正在等候克洛伊回来,而克洛伊的使女则得待在客房里,确保比特丽丝不会逃走。她们把整件事都告诉了我,毫无保留。她们说克洛伊的使女肯定没有生病,她们曾经去给她送过餐点,她看起来脸色红润,非常健康,这使得女佣们更加恼火了。随后那个扮演管家的装腔作势的男仆走了进来,警告女佣们不要乱说话,否则就扣工钱,所以我猜测他也参与了整件事情。剩下的就是每个人都能猜到的了,正如我所说,仆人们之间就是会互通有无,您本人也经常化装后再去查案,一定明白我的意思,福尔摩斯先生。"

我的朋友僵硬地坐在座位上,巴特沃斯小姐貌似恭维的话中掩藏着的不屑让他极为愤怒。

"与此同时,弗朗西斯·胡佛灵勋爵在争斗中被画作表面的保护玻璃重伤了双手。他以假名登记入住格洛斯特宾馆——那天早上在清道夫到来之前,我发现他沾满了血的手套被丢在阴沟里。他走进自己的房间,自己打了自己的脸,然后将其归罪于一些并不存在的入侵者。"

"但他为什么要假扮他人呢?"我问。

"因为他知道比特丽丝要把那幅画送到卡雷拉那里去——她肯定是在还不知道他和克洛伊底细的时候随口说出来的——而他绝不能让卡雷拉或是其他任何人认出他的身份。如果他用绷带包住脸,就连报社的记者也没法认出他来。今天早上我的第一件事就是到卡雷拉艺术馆去,但是卡雷拉已经提高了警惕:比特丽丝一定告诉过他有人会来试着偷走那幅画,而卡雷拉根本不认识我,因此我能做的就只有掌握每一个人的行踪。首先,我扮成一个浑身散发恶臭的乞丐跟踪那位年轻贵族,然后又去艺术馆观察新作展示会上会有些什么人出现。最后我到克洛伊家去,看看能为我可怜的比特丽丝做些什么。

"不过,我发现昨天晚上显然没办法接近她,因为那个男仆一直站在房门口守着,所以我又返回这里,准备看看艺术品交易商想要做些什么。他正试着要把这幅画从艺术馆带回他自己家的保险柜里,而这时,年轻贵族和一个雇来的打手跳出来拦住了他。卡雷拉把画收在他衬衫里边,对方还没来得及搜他的身,福尔摩斯先生派来的三个流浪儿就出现了,袭击者被迫逃走。我也及时循着喧闹声找到卡雷拉,并且把他带回这里。最终我说服了他,让他相信我不会对他不利。

"福尔摩斯先生,您不必过于生气。就连莎士比亚也不可能确保每部作品都完美无缺,即使是您,也正应了'智者千虑必有一失'那句老话。现在，我希望您和华生医生能够与我一起去卡杜甘花园，尽快把比特丽丝小姐营救出来。"

我们遵照巴特沃斯小姐的命令行动起来了。她换上粗使女佣服装的同时，我探望了一下那位运气不佳的艺术品交易商。他得到了很好的照料，清创工作做得不错，看来像是服用了安眠药，睡眠深沉而平静。

我检查完伤处的绷带后，便与福尔摩斯还有巴特沃斯小姐会合，出发前往卡杜甘花园。我们在史隆街遣散了出租马车，因为身为粗使女佣怎么可能用得起马车呢？

当宅邸中的下等女仆打开后门时，巴特沃斯小姐以及扮成运煤工人的福尔摩斯就走了进去。而我则是以医生的身份来的，声称有人派我来治疗那位发高烧的年轻女士。

我们很快就解放了她，但我们不能说我们来得及时，因为她被绑了起来，绳索给她的血液循环造成了极大的困难，饥饿和脱水也让她的整体健康状况受到严重损害。巴特沃斯小姐和我把她带到了借来的公寓，在那里我对她进行了细致的治疗，最后高兴地看到她的脸色略为恢复了。卡雷拉也恢复得很不错，事实上，他已经显得神采奕奕，并且确认了那幅画的确是提香的杰作。

与此同时，福尔摩斯访问了外交部的办公地点，并给仍在开罗的副部长发了一封有线电报，告知他关于他的妻子背叛了他的不幸消息。当我返回贝克街的公寓时，他正在轻快地演奏着小提琴。我正要向他汇报关于那幅画的情况时，福尔摩斯打断了我。

"我应该退休了,华生。我显然不再适合从事这项工作。如果我认真地听从了你最初的建议,去调查胡佛灵公爵夫人翠玉冠被盗一案,那么后续的这些事情就全都不会发生了。连一个未受过训练的中年美国女人,其调查结果都能让我感到羞愧。"

我本想安慰他,但能说出口的只有些只言片语。然而就在此时,哈德森太太兴高采烈地冲上楼梯,宣称胡佛灵公爵与公爵夫人来访。这一对地位高贵的夫妇并没有停留太久,但他们显然希望设法传达对那个让他们的血统与整个国家蒙羞的幼子所感到的惭愧。

"我们准备把他送到肯尼亚去,让他在我们的咖啡种植园里工作。"公爵夫人说,"希望这次有付出才有回报的经历,能够让他对那些他在游戏中挥霍一空的钱财心怀歉疚。与此同时,福尔摩斯先生,我们希望您能接受一个极为棘手的委托,前往布达佩斯。正如您可能知道的,我的妹妹是伊丽莎白皇后的一位侍女。她认为有人想要给陛下下毒,但她本人却无法开展调查。"

福尔摩斯鞠了一躬,并表示他当然乐意为公爵夫人阁下效劳。

鉴于我的妻子已经发来电报说她即日将返回伦敦,我在贝克街的公寓帮着我的朋友收拾好行装,并送他前往滑铁卢站登上前往巴黎的夜间列车之后便返回自己家中。不难想象我多么渴望将弗朗西斯·胡佛灵勋爵和克洛伊·索姆灵福斯这桩悲剧的桃色事件抛诸脑后，不过我的朋友尊重高贵血脉的弱点这次却使得他放下小提琴重返探案之旅，这也理所应当地使我深感欣慰。然而我的心中却仍充斥着不安，其中的一个原因是，在无数登上巴黎列车三等车厢的人群之中，我看到了一个披着许多条围巾的女乞丐的身影。但当我快步走在归家的路上时，我想到，巴特沃斯小姐当然是不会将她年轻的被监护人独自留在伦敦的。

* * *

注：艾米莉亚·巴特沃斯是美国犯罪小说作家安娜·凯瑟琳·格林（1846—1935）笔下的业余侦探。在格林所著的"格莱斯系列"侦探小说中，巴特沃斯小姐协助过其中的主角——罪案侦探埃布尼则·格莱斯，甚至有些时候，她所显露出的智慧还要更胜一筹。格莱斯的探案方法以观察与逻辑演绎为主，与福尔摩斯相似；格莱斯系列小说的首部作品《利文沃思案》出版的时间比福尔摩斯的出现还要早差不多十年。在格林最受欢迎的那段时间，她的小说卖出了数百万本；她同时也是美国总统伍德罗·威尔逊最喜欢的通俗小说作家。

IN THE COMPANY OF SHERLOCK HOLMES

# "银色火焰"回忆录

迈克尔·西姆斯

我永远不会忘记荒野上可怖的那一夜。

我在金斯皮兰过得很开心。当我的故事发生的时候，已经是我在那儿度过的第五个年头了。早先我便已成为知名的赛马，但我的内心仍犹如一匹热爱幻想的小马驹，而在达特穆尔的北部，地势是那样的荒凉而自由。我并不是说罗斯上校允许我在荒野上奔跑，不，我的价值太高，不能那样做。但我可以每天呼吸到荒野上弥漫着的冒险的精神。我喜爱那崎岖的山坡，那高耸的花岗石突岩，以及每次太阳升起之前都会笼罩着这一切的迷雾。

我母亲教导我说，一位绅士绝不会自吹自擂，如今这倒使我陷入窘境了。我希望仅仅简单地陈述一个事实不会使我变成一个牛皮大王。也许您来自于欧陆，因而没有听过"银色火焰"的大名（我的额头是白色的，但除了额头和右前腿上的一些白色斑点之外就再没有别的白色皮毛了）。我的母亲是"蓟花"，父亲则是"平等"。对，就是那匹"平等"，他赢得了1878年在纽马克特举办的剑桥郡大奖赛，以及次年的阿斯科特金杯赛和曼彻斯特金杯赛，此后又在阿斯科特金杯赛中卫冕。即便是再自负的小马，在如此辉煌的遗产面前也不免是要抬头仰望的了，不过我却认为我已经证明了自己的价值。我生于1885年，在三岁那年，我几乎不费吹灰之力就赢得了两千畿尼大奖赛的冠军。加入阿斯科特赛马会后，我仅以慢跑的速度便赢得了圣詹姆斯大宅大奖赛。就在我讲述的这个时间段，我是韦塞克斯杯锦标赛的最大热门，获胜的赔率达到三比一。

马厩周围属于德文郡的荒野极为荒凉，并且终日刮着大风。在马厩北边大约半英里的地方有一小片别墅区，看起来像是饱受风霜的残疾人居住的地方。我看到过他们在门前的草地上摆着椅子，坐在那里，他们的表情让我记起了黑西蒙在圣莱杰赛上折断了腿的那一刻——似乎是在思索他们什么时候会来抓他。而穿过荒野，在两英里之外是卡普里通马厩，属于巴克沃特勋爵所有，管理人是个狡猾的老头，名叫塞拉斯·布朗。西边两英里处是附近唯一有文明迹象的地方：征服了茂盛的欧洲蕨和荆豆建立起来的塔维斯托克镇。其他方向则四处都是荒野，除了少数的吉卜赛人之外再无其他人居住。这些吉卜赛人身上有着令人愉悦的烟草的辛辣气味，不过他们所饲养的牲畜并不是最高级的那一种。

我们的马夫是斯特雷克先生，他是个小个子男人，腿脚轻快，或许有点太轻快了。在此之前，他有五年时间曾担任上校的骑师一职。但正如一匹马不可能永远都是小马驹一样，他开始发福，不能再像从前那样骑马了，因此转而担任驯马师，至此已有七年。他胸中怀有某种怨恨，而且他始终都在尝试着将这种怨恨在罗斯上校面前掩藏起来。看起来他似乎成功了。可以确定的是，在他看来，上校只是简单地接受结果而不会做任何验证的工作，而且，就像是待在自己的院子里许久没有经历过挑战的狗那样，他从不怀疑自己吠叫的能力。的确，与胡须修剪得整整齐齐、衣冠楚楚、神情警觉的斯特雷克相比，老上校的确就像是一条穿着长筒橡胶靴和双排扣大衣的梗犬。

斯特雷克和他的妻子以及一名女仆居住在距离马厩两百码的一所普通住宅里。他手下有三个小马倌，照料着我和我的三位朋友。每天晚上，有两个马倌住在马具房上面的干草棚中，第三个则在马厩里和我们一起睡。相比斯特雷克先生，我倒更喜欢这些小马倌，前者只有在罗斯上校在场时才表现得对我们很好。他是一个严肃而冷淡的人。斯特雷克先生的性格中显然存在着巨大的缺陷，最近一个晚上，我看到他在羊圈里，用一把锋利的、带着点弧度的小刀划开了两只绵羊后腿的皮肤。那牲畜的哀鸣必将使他心碎——倘若他有心的话。

\* \* \*

我记得那是九月下旬，蕨类和荆豆将低矮的山坡染成金色。在那个命运注定的夜晚九点，马厩的门锁上了。两个小马倌到斯特雷克家去吃晚饭，而内德·亨特留了下来，一边给我们刷毛、梳洗，一边等候着女仆把他的晚餐送来。内德是个性格温和却又坚定的小伙子，我和他一起待在马厩里总是很有安全感。除了他之外，另一匹经常取胜的赛马贝阿德也在，他是个自负的家伙，但确实有着勇敢的性情；另外两匹马分别叫做普利姆和梅维，他俩是从维德科姆的伊格内修斯少校那里买来的。还有一条老猎狗，名字叫夏普，叫起来像个军士长那么凶猛，本质上却像个男管家。

那之后不久，女仆伊迪丝·巴克斯特沿着从斯特雷克家通往马厩的小路走了过来，手上拿着的那盏提灯在她身后投下晃动的阴影。她是来给内德送饭的，我能闻到今天的菜是咖喱羊肉，他们有的时候会做这道菜当晚餐。她没有带饮料，因为小马倌们不允许喝别的饮料，他们可以饮用马厩中的一个水龙头提供的自来水。

这时内德刚带我做完晚间运动回到马厩。他给我接了一桶水，但我几乎没怎么喝，因为水太凉了，不合我的口味，况且还带有马口铁的臭气，让我鼻孔发痒。我刚好离那扇敞开的小窗很近，可以透过窗子看到伊迪丝正往这边走来，而荒野里刚好有一个跌跌撞撞地走向马厩的男人，他俩就快要碰上面了。就在那个时候，打着盹儿的夏普突然站起来并且开始狂吠。

很明显，伊迪丝既没有看到，也没有听到这个陌生人。

这时她离马厩已经不到一百英尺了——在这个距离上我尚且无法闻到她身上特有的那种肥皂、汗味和一点薰衣草香味混合的特殊气息——而那个男人接近了她，并叫她站住。在这附近，不管是什么声音都会传得很远。

我们的伊迪丝虽是乡下出身，但也拥有许多优秀的品质。她虽感到惊讶，却还是毫不畏惧地举起了提灯。借着提灯的光，我看到了一个脸色苍白、神情紧张的男人，穿着打扮倒像是上流社会的人物，戴着一顶呢帽，穿灰色花呢的衣服，脚踏一双带绑腿的高筒靴，其上沾满了泥巴和黄色的荆棘花，那东西在荒野的每个角落里都生长着，就连长满苔藓的石缝中也不例外。他的脖子上还系着一条引人注目的丝质领带，红黑相间。此人大约三十来岁，手持一根沉重的圆头手杖——就是我听人们说起过的那种槟榔屿律师杖。一个打着那样的条纹领带，又拿着这样的手杖的男人很显然会引起人们的注意。

"你能告诉我这是哪儿吗?"他向女仆询问道。

伊迪丝怀疑地上下打量了他一番——她确实应当这么做。

"要不是看到你的灯光，"他继续以令人提不起信任之心的"友善"语气说道，"我真想在荒野里过夜了。"

"你走到金斯皮兰马厩旁边了。"伊迪丝最终回答道。

"啊，真的!"那男人大声说道，"真好运气!"他可真不是个好演员。他看了看她手中的盘子并且说道："我知道每天晚上都有一个小马倌独自睡在这里，这就是你送给他的晚饭吧？我相信你总不会那么骄傲，连一件新衣服的钱也不屑赚吧？"

伊迪丝脸上露出拒绝的神情，但他还是将手从花呢西装的翻领上面伸进背心口袋里，掏出一张叠起来的纸片。"务必在今天晚上把这东西送给那个孩子，那你就能得到可以买一件最漂亮的上衣的钱。"

伊迪丝可不是个笨姑娘。她一言不发地绕过了那个男人，因为马厩的门已锁了，她便奔向那扇开着的小窗，她往常也总是将晚餐从这个窗子递给值班的小马倌。她的突然出现使得夏普又开始狂吠。内德这时已经坐在了窗下，伊迪丝从窗口将菜盘递给他，随后就开始讲述刚才的遭遇。他们似乎都没有注意到那个男人正从黑暗中走向这扇窗子，杂草在他脚下吱嘎作响，而且他身上还有羊毛和烟斗的气味。当他出现在窗子旁边时，他们两人都吃了一惊。他手里攥着一张钞票。夏普发出低沉的吼声，那个男人谨慎地注视着他。

他很快就以自来熟的语气对内德说道："晚安。我有话同你说。"我听到他把手杖靠在外墙上面时发出的声音。

内德是一个勇敢的、不屈不挠的小伙子。"你到这里有什么事？"他质问道。

"这件事可以使你口袋里装些东西。"那男人油腔滑调地说，"你们有两骑马参加韦塞克斯杯锦标赛，一匹是'银色火焰'，一匹是贝阿德。你把可靠的消息透露给我，你不会吃亏的。听说在五弗隆距离赛马中，贝阿德可以超过'银色火焰'一百码，你们自己都把赌注押到贝阿德身上，这是真的吗?"

我不是小看年轻的贝阿德——这家伙自以为他的身子很长,不过他的估算至少是实际情况的一点五倍——但相比那个男人的这句话,这不过是个无关痛痒的牛皮罢了。

"这么说,你是一个该死的赛马探子了!"内德喊道。看来在马厩里工作对于提升语言的文明程度并无好处。不过正如我母亲所说,不管一匹马的仆人的行为如何,马儿本身一定要保持绅士或是淑女的风度。

"现在我要让你知道,在金斯皮兰我们是怎样对付这些家伙的!"鲁莽的内德高叫着。他跳起来冲到马厩的另一边,把夏普放了出来,后者早就站了起来,发出令人畏惧的低沉吼声。伊迪丝这会儿已经往斯特雷克家那边跑去了。

当内德打开前门的锁时,夏普就吼叫着冲了出去:"我都快睡着了!你怎么敢打扰我?像你这种陌生人刚好做我的晚餐!"夏普总是这么夸张,但他粗哑的吠叫声还是相当可信的。

内德锁好门后也跑了出去,消失在黑暗里。很快他又喘息着回来了,并没有把那个陌生人抓回来。后来我听到他对其他的小马倌说他在黑暗中把人追丢了。

\* \* \*

那天晚上,雨势磅礴,却没有一丝风。雨水从低垂的层云中直直地倾泻下来,浇湿了荒野和农场。午夜时分,我听到有人从泥泞中跋涉而来的声音，似乎有人正从斯特雷克家往马厩走来，随后我就嗅到了斯特雷克本人的气味。他身上总是有一种卡文迪许烟草的味道，他经常叼着一个用棘根制成的烟斗，烟草将他的牙齿都熏黄了。

在那之后不久，斯特雷克无声地打开了门锁，轻轻走了进来。他身上的胶皮雨衣滴下水珠，打湿了马厩里的秸秆。夏普抬起头来看看他，摇了摇尾巴，但是没有吠叫。

这会儿，内德正仰面坐在椅子上打着呼噜。他吃下羊肉之后不久，便陷入了沉眠，甚至还打翻了自己的水杯，那只杯子正倒在铺于地面的秸秆上。此前我还幻想过内德什么时候会摔倒在地上，我想那一定会是一个令人感到好笑的场面。但他今天睡得明显比往常的任何一天都更沉，就连驯马师的到来也没有让他惊醒。斯特雷克死死地盯着小马倌，大约一分钟之后，他转过身面向了我。楼上的两个小马倌之中，有一个翻了一下身，斯特雷克又停了下来，不过他们并没有醒。我知道那两个人的秉性，就算是雷暴也叫不醒他们的。

令我惊讶的是——同时，我不得不承认，也令我感到警觉——斯特雷克走到我身边，而且，他的举止与罗斯上校在场时完全不同，没有那种伪善的喃喃低语和轻柔的拍打，只是粗鲁地给我套上缰绳并且把嚼子塞进我嘴里。我摇了摇头，他立刻重重地打了一下我的脸颊，我的牙齿咬到了舌头，疼痛地叫了一声。他用左手握住缰绳，并且把它们在我的颌下系紧。我那时本该奋力抗争，但我是一匹受过训练、有风度的赛马，这使我的反应变慢了。夏普趴在他用秸秆铺成的床上，焦虑地看着我们的一举一动，他的尾巴也不再摇晃了。

斯特雷克慢慢地打开了马厩的门，领着我走到外面的雨水和泥浆里，朝荒野的方向走去。夏普站起来准备跟上我们，但是斯特雷克将门闩拉上了。我们步入黑夜之中。冰冷的雨水倾泻而下。我的舌头因被咬到而疼痛，脸颊被掌掴的地方也火辣辣地痛着。尽管难以启齿，但我不得不承认我当时便已怀着复仇的念头了。

在一条小路边上，斯特雷克发现了一条黑红相间的丝质领带，正是昨晚来到马厩的那个陌生人所戴的那一条。这会儿，它已湿透并沾满了泥巴，但斯特雷克还是将它捡了起来，并带着它继续往前走。他领着我走了大约四分之一英里，进入一个碗形的洼地，旁边有一座小山，如果是白天的话，在山上可以看到附近的荒野。在那里，他脱掉了被风刮得绕在他腿上的雨衣，将它披在旁边的荆棘丛上。他用手遮挡着风雨，同时连续划燃了三根蜡火柴，一次又一次地试图点燃一根仅剩残桩的牛油蜡烛，然而每次他都会恼怒地将燃尽的火柴丢到潮湿的夜里。他开始以一种既担忧又愤怒的语气咒骂起来。

就在此时，我看到远处有另一个身影，独自站在雨中，望向这边。原来斯特雷克一直在引领着我朝这个人所在的方

- 63 -

向走去,而这个时候,他停下脚步,抬起头朝对方粗鲁地挥手。另一个人举手回应,但并没有靠近我们。

就像其他所有的马儿一样,甚至也包括那些拉车的奴工——也许那些不幸的马儿更是如此——我对于观察人类的手势非常在行。尽管是那样的一个雨夜,我仍能看到斯特雷克从他的口袋里掏出了一把象牙柄的手术刀,那纤细而锋利的刀刃隐藏在软木的刀鞘里。我看到这把刀的那一瞬间就不安地打起了响鼻。我了解斯特雷克,我也认识这把刀。我看到过他在那些绵羊身上使用它。

就在这个时候,我已经知道了斯特雷克想要对我做些什么。我虽然是匹赛马,但并非对赛道和围场以外的事物一无所知。斯特雷克一边假惺惺地低声说着安慰我的话——这些话语虚伪至极,完全被雨声所淹没——与此同时,他走到我的身后,拍打我的体侧,直到最后,站在了我尾巴旁边。他举起那条红黑相间的领带——领带是扭起来的,就像一条绳子。

他就像是钉蹄铁的铁匠一样弯下腰抓住了我的左后腿,并且抬起我的蹄子。但我却不像钉蹄铁时那么配合,反而扭过身子,尽全力向后踢去。令我惊讶的是,我感觉到他的颅骨凹了下去,当我小跳着转过身时,我看到他手上仍然拿着那柄邪恶的小刀,然而它没能划伤我的腿,反倒划伤了他自己的腿。我嗅到血腥的气味并且真正地恐慌起来了。斯特雷克甚至都没有呻吟一声就倒在了泥浆里,而我则逃向荒野之中。

我看到另外一个人在泥水中跋涉着向我追来,但很快他的身影就消失在雨水和迷雾之中了。

* * *

在我们年轻时得到的教诲是，无论那些无知的仆人们无意中给我们带来了怎样的痛苦，都应当默默忍受。或许我的母亲会认为我不应该用蹄子踢那个诡计多端的驯马师，但是世易时移，我所生活的这个世界与我母亲所生活的已经不同了。我还击了，而且我不能违心地说我对此感到后悔。就在疾驰跑开的同时，我已经开始猜测，或许斯特雷克先生永远都没办法再去折磨其他的绵羊或是马儿了。但我的心脏依然剧烈地跳动着，因为我知道自己只差一点点就没法见到达特穆尔的下一个秋天。最终，我停了下来，在冰冷的雨水中站立着，直到呼吸恢复平缓，体侧也不再疼痛。

然后我就看到了另一个人——那个看到我用蹄子踢了斯特雷克先生的人——正从远处朝这边走来。我谨慎地注视着他。他的身影和动作令我感到似曾相识。最终，我认出他是塞拉斯·布朗，一个长着梗犬那样的眉毛和黑色眼睛的老头子，他替巴克沃特勋爵照料卡普里通马厩。布朗手下有一匹知名赛马，叫做德斯巴勒，在坊间闲谈中有些人认为他的速度和身形足以与我相媲美。有那么两三次，当斯特雷克带我到荒野上去练习时，他与布朗进行了秘密的会面。德斯巴勒与我互相插科打诨，而与此同时，斯特雷克为他欠下的债务大吐苦水，布朗则告诉了他一些可以消除债务的法子——这其中自然也包括背弃罗斯上校的信任。看来今晚针对我的诡计是他们两人谋划已久的。

我已经非常疲倦了，而且浑身都已湿透。我不得不承认当我发现来者只不过是塞拉斯·布朗时，心里还是轻松了些。我想过继续逃跑，但是我能到哪里去呢？我又不是一头野鹿。我是一匹马，一匹赛马。晚上我得在马厩里睡觉。

"来吧，小伙子。"布朗用一种对他来说还算是柔和、令人安心的声音说道，"不用担心了，我的孩子。"

我转过身去看着他。

"你瞧，现在计划得稍微改变一下了。"他说着朝我走来，但当我转过身时，他停下了脚步。"你还真是个火暴性子啊，'银色火焰'先生，不是吗？告诉你，老塞拉斯也不是吃素的。绝对不是。听着，我们都得冷静一点，小伙子。我不会伤害你的。不过就算是这样，"他轻轻笑了几声，"我也不会站在你的身后。"他假装不经意地打量了一下周围。"今晚我宁愿用所有顶级赛马来换一匹能骑的劣马，要不然，换把雨伞也行。"他再次笑出声来。看来他同谋者的死亡并没有给他造成任何影响。

当我想起我是多么轻易地让这个粗俗的老骗子牵住缰绳并领着我走向卡普里通马厩时，忍不住叹息了一声。进入遮风挡雨的马厩让我感到欢喜。我高兴地吃喝了一通，并接受了刷洗和梳毛的服务。但没等我反应过来接下来将会发生什么,就被戴上了缰绳和辔头。老布朗在黎明的微光中奔跑着,找来了一些瓶瓶罐罐,并将一些水倒进一个桶里。很快,他就开始将我美丽的黑色皮毛——原谅我的自夸——刷成了单调乏味的褐色。

\* \* \*

几天之后的日落时分,我站在马厩的窗子前望着外面那条通往卡普里通马厩以及外界的小路,身边是我的对手以及新任室友德斯巴勒。这时我看到两个男人从荒野的另一边朝这个方向走来。

其中身材较高的那个人显然是两人之中的领导者。他坚定地向前走着,双眼则不时以尖锐的目光在草丛、道路、马厩与大门之间扫视着。此人强壮的手臂和高耸的前额都显示出饱满的自信与泰然自若,因而令人印象深刻。另一个人看起来像是一名老兵,身体强壮,肩宽背厚。这个人的步态与他的同伴相差不多,但他的态度看起来是处于从属地位的。

道森——布朗手下的一个品行低劣的狗腿子——从马厩里跑出来拦住了这两人。"这里不允许闲人逗留!"他对他们说道。

两人之中高个子的那个傲慢地将手指插到他的背心口袋里。"我只想问一个问题,"他说,"要是明天早晨五点钟我来拜访你的主人塞拉斯·布朗先生,会不会太早了?"尽管他的语气相当懒散，目光却仍然具有相当的穿透力，我很快就意识到他已经透过马厩的窗看到了我。我们的目光相会了。

"上帝保佑你，先生。"道森被对方的气势慑服，语气也变得像是农民一样谦卑，"如果那时有人来，他会接见的，因为他总是第一个起床。"

他回头看了一眼，脸上愁容满面，我现在已经知道了那种情绪的来由是什么。"可是他来了，先生，你自己去问他吧。"

高个子男人从口袋里掏出一枚金币，但道森立即低声说道："不，先生，不行，如果让他看见我拿你的钱，他就会赶走我，假如你愿意的话，请等一会。"

于是那个男人把金币放了回去，冷静地等候着，布朗随后怒气冲冲地沿着沥青路面大步走过来，恐吓地挥舞着手里的猎鞭。

"这是干什么，道森？不许闲谈！去干你的事！"他转向那两个陌生人，"还有你们，你们究竟来干什么？"

"我要和你谈十分钟，我的好先生。"那个高瘦的男人冷静地回答道。他甚至没有看那支猎鞭一眼。

"我没有时间和每个游手好闲的人谈话！"布朗怒斥道，"我们这里不许生人停留。走开！要不然我就放狗咬你们。"

那个男人俯身向前，在布朗耳边低语了几句。

布朗的脸立即涨得通红，他愤怒地吼叫起来："扯谎！无耻的谎言！"

"很好。我们是在这里当众争论好呢，还是到你的马厩里去谈一谈好呢？"

布朗的暴怒就像荒野上的阵雨一样，来得快去得也快。"啊，要是你愿意，请吧。"

那个男人笑了起来。"我不会让你等很久的，华生。"他对他的同伴说道，"现在，布朗先生，我完全听你吩咐。"

布朗深吸了一口气，但却并没能恢复先前的那种气势，只是安静地，甚至可以说是畏首畏尾地转过身，领着对方走进了马厩。那个叫做华生的人在外面闲逛着，我则转过身，注视着走入马厩的布朗和那个高个子陌生人，他们离我真的很近。我的心焦急地剧烈跳动着，而"德斯巴勒"看起来显得很是无聊。

"我是夏洛克·福尔摩斯。"那个男人平静地自我介绍，"也许你听说过我的名字。"

布朗摇了摇头。

福尔摩斯先生扬起眉毛："真遗憾，我不该让华生在外面等的。他一定很喜欢这样的事。布朗先生，我来到这里是为了给你讲一个小故事。"

"我不想听故事。"

"我想你一定会喜欢这个故事的。我们可以坐下谈吗？不行？没关系。你本人是对警署以及格雷戈里警探这样说的：最近的某一天早上，你曾经很早就出门到荒野中去了。那天，你穿着和你脚上现在的这一双一样的方头靴子。

"但是你没有告诉别人的是,当你走在荒野上时,你看到了一骑马正独自在那里游荡。你潜伏着过去,令你感到不能置信的是,你发现那骑马的额头上有一块很大的白色区域。他正是你拥有的'德斯巴勒'的最大对手——'银色火焰'。"

"我不知道你在说什么。"

"我们还是不要浪费时间了。你看到了'银色火焰',但只有他一个。无论是约翰·斯特雷克,还是内德·亨特,乃至于罗斯上校全都不在他身边。然而你并不知道,斯特雷克那时已经死在荒野之中了。"

布朗的表情没有丝毫变化。在我的一生中几乎从没羡慕过人类说话的能力,然而那个时候我却真心希望自己也能拥有。

"你震惊地站在原处,接着开始朝着卡普里通的方向走,但转了一圈之后,你又返回了原地开始思考。"

布朗无法再掩饰自己的表情了:"你藏在什么地方的,先生?"

"你拉起了'银色火焰'的缰绳,带着他在荒野上转着圈走了几分钟,然后改道朝金斯皮兰的方向走去。"

布朗目瞪口呆。

"然而随后不久,你意识到在你卑微的一生之中,命运终于将那个只存在于你梦想里的机会送到了你手中。在清晨薄雾的掩盖之下,你决定将'银色火焰'带回卡普里通。"

布朗大笑起来,就好像一直在为这最终的反抗积蓄能量一样。"那么'银色火焰'现在在哪里呢,先生?"

福尔摩斯先生叹了一口气,甚至没有转向我,只是朝我这边摆了摆手。

"那是匹栗色马,身上一根白毛也没有。"布朗说道,但这句虚张声势的话几乎卡在了他自己的嗓子眼里。

"布朗先生,我们都不是小孩子了,这也不是一场游戏。我有足够的能力毁掉你,而且若是你不能够完完全全地按照我的要求去做,我会毫不犹豫地毁掉你。"

布朗试着与福尔摩斯先生对视,但却失败了。他低头看着马厩地上堆着的秸秆,叹了口气。汗珠从他的额头和上嘴唇上不断地冒出来。

"你要把'银色火焰'留在这里。"

布朗的眉毛迅速地扬了起来。

"你不能洗掉他身上的染色。"

"什么?"

"我不是在和你讨论。这是命令。你必须把他照料好,让他能够参加四天之后的韦塞克斯杯锦标赛。你不能把此事告诉巴克沃特勋爵,也不能中止这两骑马的训练。"福尔摩斯先生的语气开始变得阴沉了,"如果'银色火焰'受到了任何伤害——哪怕是少了一根毛——我个人将会以盗马和妨碍比赛的罪名将你告上法庭,我甚至还可能向警方提出你涉嫌谋杀。"

"谋杀!我没有——"

"你有没有做过对我来说无关紧要。"福尔摩斯先生大步走向门口,"我会给你发电报告知下一步的指令。"他走出门外。

这个男人神奇地以气势而非暴力征服了恃强凌弱的布朗,令我大为心折,我不禁转过身再次透过窗子注视着他。

布朗的精神已经崩溃了,当福尔摩斯先生走向他的同伴时,布朗紧紧跟在他的后面。"一定照您的指示去办。一定完全照办。"

"一定不能出错。"福尔摩斯先生回头看着他说道。另一个名叫华生医生的人仔细地观察着他们两个。

布朗读懂了福尔摩斯先生眼神中的威胁意味,不由得吞了一下口水。"啊,是的,一定不会出错。保证出场。我要不要改变它?"

福尔摩斯先生想了想,突然大声笑起来。"不,不用了。我会写信通知你。不许耍花招,嗯,否则……"

"啊,请相信我,请相信我!"

令我吃惊的是,布朗哆哆嗦嗦地伸出手来想要与福尔摩斯先生握手。

而令我欣喜的是,福尔摩斯先生无动于衷,他转过身去向前几步,又回头补充道:"好,我想可以相信你。嗯,明天一定听我的信。"

布朗尽可能如常地走回马厩,然后几乎瘫倒在了墙上,借助墙壁的支撑从窗子里目送那两个人步行穿过荒野,朝金斯皮兰的方向走去。他大口大口地喘息着,我闻到了他身上臭烘烘的雪茄和威士忌的气味。

然后,他突然转过身,踢了我所在的小隔间的门一脚。我哆嗦了一下,连忙转过身,万一他打开门的话,我也可以与他拼死一搏。但他却冲出马厩,像一只受了惊吓的老鼠。

\* \* \*

我在温彻斯特的那场比赛中跑得不错。身上未洗去的染料让我浑身发痒,而且不能在远处就被认出也让我感到十分尴尬。只有当我足够接近那些一道参加比赛的赛马时,他们才能够通过我的气味认出我就是"银色火焰"。

我热爱吼叫着的观众。我是为这一刻而出生和成长的,就和我的父亲一样。那些吼声、挥舞着的帽子和围巾,那些来自远处的时时刻刻盯着我们的望远镜的闪光——我热爱这一切。不过,和平时一样,对于那些高叫着"'银色火焰',五比四!'德斯巴勒',十五比五!其余赛马,五比四!"这一类话语的人和他们的叫声,我是直接忽略的。想要赢的话,你就只能想比赛的事。

其他参加比赛的赛马表现得相当不错。"德斯巴勒"与我在同一间马厩里做了好几天的邻居。一开始,他表现得就好像我们是某种意义上的同谋者——直到铃铛响起之前的那一刻,他却低声说道:"没必要太过用力,亲爱的银色火焰。你是跟不上我的。"

"先生,"我震惊地抗议,"祝最好的马赢得比赛。"

"正是如此。"

其他的马倒不像"德斯巴勒"这么粗鲁。代表巴尔莫勒尔公爵出赛的是"爱丽丝",我已经有差不多一年没见过她了,但我发现自己对她那苗条的侧腹的喜爱之情一点都没有消退。沃德洛上校的知名杂色马"普吉利斯特"以前也曾与我参加过同样的比赛,我们之间有一种互敬互爱、宛如同志一样的关系。我此前从未见过辛格福特勋爵的赛马"拉斯波尔",他是一匹让他的主人倍感骄傲的栗色马,有着高傲的眼神和好动的尾巴。希斯·牛顿先生的黑马"黑人"和我也是首次会面——而且我必须承认,这是个帅气的家伙,他的骑师穿着棕黄色上衣,戴红色帽子,色彩搭配得非常不错。

我从未感到如此精力充沛,因此当枪声响起,我丝毫不觉得比赛到来得太快。在比赛的头两分钟,我们六匹马几乎紧挨在一起,我的心脏和蹄子都有力地搏动着。然而不久之后,"拉斯波尔"、"黑人"和"普吉利斯特"都开始落后了。接下来的一分钟里,"爱丽丝"和"德斯巴勒"分别跑在我的左右两侧。然而之后,美丽的"爱丽丝"耗尽了体力,落到了值得敬佩的第三名的位置。随后是德斯巴勒,他嘴里冒出一些不干不净、我永远不应当重复的脏话咒骂我,随后就被我的马蹄扬起的灰尘呛住了,他开始落后,半个马身、一个马身,然后是更多。当我冲过终点线时,他被我甩下了六个马身远。

\*\*\*

"他在这里。"我听到长着鹰钩鼻子的福尔摩斯先生这样说道。此时我正在只允许马主及其朋友入内的磅马围栏里，内德·亨特在为我梳洗，我则不时从水桶里喝一些水。内德摘下帽子朝几人行礼，福尔摩斯先生、华生医生都向他点了点头，然而罗斯上校却显得怒气冲冲，并未回礼。

福尔摩斯先生身上仍然有着浓重的烟草味道。他对我说道："你只需要用酒精把马面和马腿洗一洗，就可以看到他就是那匹'银色火焰'。"

"你真让我大吃一惊！"上校大声说道。

"我在盗马者手中找到了他，便擅自做主让他这样来参加马赛了。"

"我亲爱的先生，你做得真神秘。"上校围着我转了几圈，仔细观察我的各个部位，还拍了拍我的侧腹部，"这骑马看起来非常健壮、良好。它一生中还从来没有像今天跑得这样好。我当初对你的才能有些怀疑，实在感到万分抱歉。你为我找到了马，替我做了件大好事，如果你能找到杀害约翰·斯特雷克的凶手，就更帮了我大忙了。"

"这件事，我也办到了。"福尔摩斯先生不慌不忙地说道。

"你已经抓到他了？那么，他在哪里？"

"他就在这里。"

"这里!在哪儿?"

"此刻就和我在一起。"

罗斯上校像条被戏弄了的狗一样发起怒来。"我不否认我承了你的情,福尔摩斯先生,"他的声音十分冷酷,手也伸向了腰间的骑鞭,"可是我认为你刚才的话,一定是恶作剧!"

"我向你保证,我并没有认为你同罪犯有什么联系,上校。"福尔摩斯先生说着,发出一种与他那双明亮的眼睛和具有贵族气派的鼻子相配的、近似于嘲弄的笑声,"真正的凶手就站在你身后。"他从上校身边走过,并将手放在我的脖子上——对于一个像他这样强壮的人来说,这个动作可以说是出乎意料的轻柔。这是我第一次与这位拯救了我的人有肢体上的接触。我这才知道尊敬和感激在一瞬间可以带来类似爱戴的感觉。

"这匹马!"另外两个人异口同声地大声说道。

"是的,这匹马。"

福尔摩斯先生同情地看着我,我则高高地昂起头。我不喜欢被人怜悯。

"假如我说明,他是为了自卫杀人,那就可以减轻他的罪过了。而约翰·斯特雷克是个根本不值得信任的人。现在铃响了,我想在下一场比赛中能再赢一些。我们再找适当的时机详谈吧。"

我这时才明白,福尔摩斯先生知道我在哪里,也知道我将会参加比赛——正如他吩咐那个卑微的懦夫塞拉斯·布朗所做的那样——而且他为我的比赛押了注。我感到受宠若惊，但同时我也知道，像这种得知了内幕消息而做出的押注行为理应是违法的。

然而，并没有人在乎这个。

* * *

第二天，内德·亨特驾车沿着我熟悉的道路把我拉回了家，拉车马们推挤着我的车厢，但我骄傲地站立着，那是我身为载誉而归的征服者的特权。我看到肮脏而谦恭的塞拉斯·布朗正站在路边。当我的马车经过时，他朝我鼓起了掌。我看着他的眼睛，知道他决不会读懂我的表情。

当罗斯上校瞥向他的时候，这个狡猾又怯懦的老马夫脱帽向他行礼。内德驾着马车继续沿路前行。

# 华生医生的案件记录簿

安德鲁·格兰特

***詹姆斯·莫蒂默医生**已到达伦敦贝克街221B号。*

👍夏洛克·福尔摩斯喜欢这个。

**夏洛克·福尔摩斯：**

现在真是命运之中最富戏剧性的时刻了！我听到了楼梯上的脚步声，可是，我竟不知是祸是福……

---

**詹姆斯·莫蒂默医生：**

我发现自己遇到了一件最为严重而又极为特殊的问题，因此我需要欧洲第二高明的专家的帮助……

👎夏洛克·福尔摩斯不喜欢这个。

---

**詹姆斯·莫蒂默医生：**

这个名叫夏洛克·福尔摩斯的家伙也太敏感了吧！不过他的头骨倒真是出色极了。我真想摸摸他的头顶骨缝！我想他或许不介意让我把他的头骨做成模型，因为要拿到实物恐怕还要等一段时间了。不管怎么说，我必须承认我很高兴能拿回我的手杖,我昨晚寻访他而未遇时不慎把它遗留在他的门边了。

👍莫蒂默医生的长耳猎犬喜欢这个。

👎华生医生不喜欢这个。

**华生医生:**

我怎么会知道他竟如此年轻?在我看来,推断这位莫蒂默年纪较大应该合乎情理。不过毕竟我只看到了他的手杖……

**夏洛克·福尔摩斯:**

正相反,能够很容易地推断出莫蒂默先生不到三十岁,和蔼可亲、安于现状、马马虎虎。线索一目了然。

**哈德森太太:**

要不是我把咖啡壶擦得锃亮,让他可以看到华生的反应,他又能有多清楚呢?——这才是我想要知道的!

**詹姆斯·莫蒂默医生**分享了一个链接:*《巴斯克维尔家族传说》·手稿*。

👎夏洛克·福尔摩斯不喜欢这个。

**夏洛克·福尔摩斯:**

只有傻瓜才会听信这样的神话故事!一只超自然的猎犬?这毫无道理。

**詹姆斯·莫蒂默医生:**

有数人声称他们看到了一头猎犬,而且绝不是科学界已知的兽类。是一只大家伙,发着光,狰狞得像魔鬼似的——

完全与传说中的怪物形状相同。

**夏洛克·福尔摩斯：**

毫无疑问，这是迷信的白痴们在发呓语。一个完全健康的人怎么会被吓死？不会的，先生。肯定有一种经得起科学检验的解释。

**詹姆斯·莫蒂默医生：**

也许吧。但是查尔斯·巴斯克维尔爵士相信这个传说，瞧瞧他发生了什么事！

---

***詹姆斯·莫蒂默医生**分享了一个链接：<u>《德文郡纪事报》</u>。*

👍 夏洛克·福尔摩斯喜欢这个。

**夏洛克·福尔摩斯：**

这就好多了！简洁地说明了巴斯克维尔家族的族长，查尔斯·巴斯克维尔爵士近期离世这一事件。或许它不能够帮助我弄清楚他死亡时的情境——毕竟我没有亲身到那里去调查——可是显然没有理由去怀疑此事与神怪有关。我注意到查尔斯爵士的心脏向来都不是很好……

**詹姆斯·莫蒂默医生：**

是的。验尸官的结论理应最终能够驱散那些荒诞的传言，否则查尔斯爵士的继承人很有可能就不会到巴斯克维尔庄园去居住，并对庄园继续进行全新的整修了。

👍 德文郡建筑业承包商协会喜欢这个。

**夏洛克·福尔摩斯：**

我越是了解这个案子的真相，就越想要了解更多。当时我曾读过有关此事的报道，但那时我正专心致力于意大利的那件小事，竟未曾对其多加注意。

👍 教皇喜欢这个。

---

**詹姆斯·莫蒂默医生：**

我恐怕在无意之间误导了可怜的福尔摩斯先生！我并不想让他调查这起事件。实际上，我只想请教他，查尔斯爵士的继承人——亨利·巴斯克维尔爵士，即将在一个钟头零一刻钟之内从美洲抵达伦敦——是否可以安全地住进他家的祖宅里去。

**夏洛克·福尔摩斯：**

我们这位来自医学界的新朋友似乎还未能完全理解事情的复杂程度。我需要一点时间来进行思考……

---

*夏洛克·福尔摩斯邀请詹姆斯·莫蒂默医生、亨利·巴斯克维尔爵士和约翰·华生医生明早10点到他的房间来用早餐。*

*确定出席：詹姆斯·莫蒂默医生、约翰·华生医生。*

*可能出席：亨利·巴斯克维尔爵士。*

---

*约翰·华生医生已到达第欧根尼俱乐部。*

在福尔摩斯需要思考的时候，最好让他闭门独处……

👍 贝克街烟草供应商喜欢这个。

👍 马里波恩咖啡进口商喜欢这个。

---

***约翰·华生医生**已到达伦敦贝克街221B号。*

现在是晚上9点整。如果我赶快去把窗子打开，福尔摩斯还有可能不会窒息过去！

👎 夏洛克·福尔摩斯不喜欢这个。

**夏洛克·福尔摩斯：**

今天的思考就到这里。该拉小提琴了！

👍 约翰·华生医生喜欢这个。

---

***亨利·巴斯克维尔爵士、詹姆斯·莫蒂默医生以及约翰·华生医生**已到达伦敦贝克街221B号。*

**亨利·巴斯克维尔爵士：**

现在是上午10点，这个福尔摩斯竟然还穿着睡衣？真是古怪的行径。

👎 杰明街男士用品店不喜欢这个。

**亨利·巴斯克维尔爵士：**

即便詹姆斯·莫蒂默医生没有提供如此贴心的建议，我本人也可能会来寻求这位福尔摩斯的帮助，因为我今天早上在旅馆里收到了一封信。信上只有一行字，而且是用从报纸上剪下来的单词贴成的，它警告我远离沼地！

👍 夏洛克·福尔摩斯喜欢这个。

**夏洛克·福尔摩斯：**

如果我没有错得太离谱的话，我想你会发现这些单词是从昨天的《泰晤士报》主要社论栏上剪下来的……

👍 亨利·巴斯克维尔爵士和詹姆斯·莫蒂默医生喜欢这个。

---

**亨利·巴斯克维尔爵士：**

尽管我听过了这些关于猎犬和离奇死亡的叙述，我也还没能完全确定这究竟是一件牧师该管的事，还是警察该管的案子！看来我似乎是继承了一份附有宿怨的遗产。我想我需要一点时间来好好思考一下……

---

*亨利·巴斯克维尔爵士邀请夏洛克·福尔摩斯、约翰·华生医生以及詹姆斯·莫蒂默医生到他的旅馆去进午餐。*

*确定出席：夏洛克·福尔摩斯、约翰·华生医生、詹姆斯·莫蒂默医生。*

**亨利·巴斯克维尔爵士：**

真希望我知道一些更好的地方可以邀请他们过去！这个旅馆太可怕了，简直就是贼窝，我已经有一只靴子被偷走了——我才刚刚买来呢！那是一双崭新的靴子，连一次都没穿过。

---

**约翰·华生医生：**

在我与夏洛克·福尔摩斯共事期间，我最喜欢他的哪些方面呢?其中一点就是他的主意一会儿一个变。换衣服就更快了!前一刻我们还在他的餐厅里与客人们一起喝茶,下一刻我们就充满活力地跟在他们身后——但却又不让他们发现——走过了摄政街,然而与此同时,在一辆马车之中,一位留着胡子的神秘绅士注意到了我们……

👎夏洛克·福尔摩斯不喜欢这个。

**夏洛克·福尔摩斯:**

为什么每当你需要出租马车时就总是没有空车呢?那个跟踪亨利·巴斯克维尔爵士的狡猾魔鬼发现我们在观察他,然后他就逃跑了。让他就这样溜走,运气实在是太糟了,我们干得也太糟了,这一定要作为我的一次失败而记录下来。

---

*夏洛克·福尔摩斯*和*约翰·华生医生*已到达本区佣工介绍所。

**约翰·华生医生:**

你永远都不知道一次善举何时能够得到回报!夏洛克·福尔摩斯曾经帮助过这里的经理,现在他非常乐意让他手下最机灵的孩子之一,卡特赖特来帮助我们。

👍卡特赖特喜欢这个。

**卡特赖特:**

为夏洛克·福尔摩斯工作可比日常传递消息的活儿有趣多了!我只希望我能按照他的要求,在本地的旅馆之中找到那张被剪过的报纸。只要我不把他给我的活动经费丢了就行……

**亨利·巴斯克维尔爵士、夏洛克·福尔摩斯、詹姆斯·莫蒂默医生**和**约翰·华生医生**在诺森伯兰旅馆用午餐。

**约翰·华生医生：**

我敢说，若是爵士没有在一天之内丢掉第二只靴子的话，与他一起用午餐一定会更加愉快……

👎 亨利·巴斯克维尔爵士不喜欢这个。

**约翰·华生医生：**

考虑到如今的情况，亨利·巴斯克维尔爵士在听说有人在盯他的梢时的反应还算平静。据说巴斯克维尔庄园的管家巴里莫尔留着一副大胡子，这事情非常有趣。夏洛克·福尔摩斯用一封假电报来确认巴里莫尔如今是否人在庄园，这主意实在太棒了！

👍 夏洛克·福尔摩斯喜欢这个。

**约翰·华生医生：**

现代科技理所当然地加快了调查的进程，然而相比这迅捷的速度，我们所取得的答案却不能令人满意。我们得知当那个探子在伦敦的街道上巡行之时，巴里莫尔确在巴斯克维尔庄园；年轻的卡特赖特也未能找到被剪破的《泰晤士报》。

👍 夏洛克·福尔摩斯喜欢这个。

**夏洛克·福尔摩斯：**

再没有比事事不顺的案子更恼人的了！

---

**约翰·华生医生：**

夏洛克·福尔摩斯派我陪着亨利·巴斯克维尔爵士到德文郡去，因为他本人目前正在处理一桩勒索案。他对我的评价一定比我自己以为的更高！

👍 约翰·华生医生喜欢这个。

👎 夏洛克·福尔摩斯不喜欢这个。

**夏洛克·福尔摩斯：**

如果我的朋友华生能平安地回到贝克街，那我就太高兴了。我刚刚发现，那个留着胡子的探子用熟练的手法处理了唯一的知情人马车夫，这更加凸显了他的威胁性。说实话，我觉得这次我真正地遇到了一个与我同样敏锐的对手……

---

**约翰·华生医生：**

乘坐头等舱旅行实在是难得的乐事！特别是有好的旅伴可以相谈，有好的景色可以观赏，还有一条好狗陪我嬉戏。

👍 亨利·巴斯克维尔爵士喜欢这个。

**亨利·巴斯克维尔爵士：**

我爱德文郡！它一直在我的血脉之中。但是，你知道，我曾走过漫长的道路，曾去过许多个国家，可是，我却从来都没有看到过巴斯克维尔庄园……

**约翰·华生医生：**

士兵们给德文郡的奇景又增添了更多的戏剧感！看来有一名犯人从附近的一个监狱里越狱了。

👍 巴里莫尔太太喜欢这个。

**亨利·巴斯克维尔爵士：**

巴斯克维尔庄园实在是太美了，不过这所老房子必须得要装上些电灯……

👍 德文郡供电公司喜欢这个。

**约翰·华生医生：**

画像可不是用餐时的好伴侣！伊丽莎白时代直到摄政时代的每一幅肖像画全都令人心生畏惧。

👍 亨利·巴斯克维尔爵士喜欢这个。

**亨利·巴斯克维尔爵士：**

难怪我伯父居住于此会感到心神不宁呢！

*约翰·华生医生*退出了"喜欢有气氛的乡间宅邸的内科医师"群组。

*约翰·华生医生*重新加入了"喜欢有气氛的乡间宅邸的内科医师"群组。

**约翰·华生医生：**

是真的！不管是什么东西，白天看起来总是会好一点儿……

*约翰·华生医生加入了"对目前情势感到迷惑的内科医师"群组。*

**约翰·华生医生：**

一个妇女在夜间抽泣，那究竟是不是一个梦呢？巴里莫尔声称对此事一无所知，但今天早上，巴里莫尔太太的脸红红的，眼中还充满了泪水。邮政局长不确定福尔摩斯那封用于测试的电报是否由巴里莫尔亲手收取的。来人帮帮我啊！

**约翰·华生医生：**

我真希望夏洛克·福尔摩斯在这里！我无可避免地感觉到，精心算计的阴谋已经环绕着年轻的准男爵织成了一面无形的罗网，然而我却缺乏独自一人将这罗网解开的技能。

👎约翰·华生医生不喜欢这个。

**约翰·华生医生：**

亨利·巴斯克维尔爵士或许没有许多邻居，但至少他的邻居们都是些有趣的人！我今天遇见了斯特普尔顿。他是一位昆虫标本的收藏家，还声称比任何一个居住在这附近的人都更了解沼地。我肯定会听从他的建议远离大格林盆泥潭！就在他为我指出它的位置时，我们听到了被它凶恶的巨手攫住的一匹小马发出凄惨的长嘶声。我敢保证我是绝不会轻易忘记这个声音的。

👎贝丽尔·斯特普尔顿小姐不喜欢这个。

**贝丽尔·斯特普尔顿小姐：**

亨利·巴斯克维尔爵士应当立即返回伦敦！他在这里不安全。

👎斯特普尔顿不喜欢这个。

**约翰·华生医生：**

我得承认，或许我对锻炼身体并没有像我应当的那么热衷，不过我想在某些方面我还是做对了——贝丽尔·斯特普尔顿小姐把我错认成准男爵了！

👎斯特普尔顿和贝丽尔·斯特普尔顿小姐不喜欢这个。

**约翰·华生医生：**

夏洛克·福尔摩斯或许拥有着无以匹敌的推理技巧，但我总觉得，以公正的方式提出正直而老派的质询，这一方法理应在探案的过程中占有一席之地。就以今天来作为一个例子吧。我可以确认斯特普尔顿是个受过教育的人，他的妹妹是一位美丽的女子，他们之所以流寓于这块荒僻的土地，乃是由于他们之前在约克郡开办的一所学校被传染病波及而被迫关闭。三个男孩因传染病而死，他们的资产也损失泰半了。

👎贝丽尔·斯特普尔顿小姐不喜欢这个。

**斯特普尔顿:**

不需要为我们掬一把同情泪。教学对于我这种性格的人来说不免是要感到枯燥乏味的。

---

**斯特普尔顿**邀请亨利·巴斯克维尔爵士、约翰·华生医生、贝丽尔·斯特普尔顿小姐参加前往巴斯克维尔家族传说源起之地的步行。

*确定出席:斯特普尔顿、亨利·巴斯克维尔爵士、约翰·华生医生、贝丽尔·斯特普尔顿小姐。*

**约翰·华生医生:**

这个地方十分荒凉凄惨——与那个传说中关于恶魔的桥段完全契合。但从另一个角度来说,这次远足倒还是有着令人愉快的方面。亨利·巴斯克维尔爵士与贝丽尔·斯特普尔顿小姐之间迅速诞生了友谊——或许还有更多。

👍亨利·巴斯克维尔爵士喜欢这个。

👎斯特普尔顿不喜欢这个。

---

**约翰·华生医生:**

有没有这样一种可能——长期与夏洛克·福尔摩斯相处,至少在某个方面,使我对我遇到的普通人有了更高的不切实际的期望?夏洛克·福尔摩斯惊人的能力全部用于服务他人,而我今天遇到了弗兰克兰——亨利·巴斯克维尔爵士的另外一个邻居，一个令人反感、忙于诉讼的好事之徒——像他这种将自己的能力全部用于诋毁他人的角色，总是令我极端失望。

👎弗兰克兰不喜欢这个。

👍巴特兹、布朗尼和罗德斯律师事务所喜欢这个。

**约翰·华生医生：**

你瞧——在一所吱嘎作响的老旧大宅里，哪怕是你的脑子里没有想着那幽灵般的猎犬、啜泣的妇人和淹没于沼地之中的小马，要入眠也已非属易事，所以说你真的有必要在这寂静的夜里大踏步走过我卧室门口的走廊吗？对，没错，巴里莫尔——我说的就是你！

而且你的动静也已经打扰到了亨利·巴斯克维尔爵士。

仅有的一件好事是，我们终于解决了那堆不大不小谜团中的一个！我看到你潜入那间无人使用的卧室，用烛光向外面发送信号，随后我听到厨房的门锁被打开。再加上巴里莫尔太太的眼泪，我想这一切只有一个解释：定然是你在与别的女人私通！你这卑鄙小人。

👎巴里莫尔和巴里莫尔太太不喜欢这个。

亨利·巴斯克维尔爵士：

我们应该选一个晚上躺下来等着这个下等人，然后跟踪他……

**约翰·华生医生：**

说到男女之情，为了践行夏洛克·福尔摩斯的嘱托——他告诉我，千万不要让爵士因某些奇特的冒险冲动陷入到危险之中。因此当亨利·巴斯克维尔爵士前往沼地去赴与贝丽尔·斯特普尔顿小姐的私密约会时，我跟在了他的后面……

☜亨利·巴斯克维尔爵士不喜欢这个。

**亨利·巴斯克维尔爵士：**

华生的行动倒不怎么令我反感。我知道他的动机是正直的。真正让我不开心的是，这次约会最终一败涂地！最初，斯特普尔顿小姐警告我应当离开沼地。随后，就在我正准备要向她求婚的当儿，她哥哥却不知道从哪儿冒出来了，像个疯子一样，眼睛里冒着愤怒的火光，把她生拉硬拽地给弄走了。我是怎么了呢？难道我就不能成为我所爱的女人的好丈夫吗？

**约翰·华生医生：**

很抱歉，我的朋友，在这方面我无能为力……

**夏洛克·福尔摩斯：**

你不是曾与横跨三个大陆、遍及数十个国家的女性都有过接触吗？应付女性应该是你的专长才对！

---

**约翰·华生医生：**

对于一个愿意承认错误，甚至在必要时还愿意当面道歉的人，我总是乐于赞扬他光明正大的人格的；不过若是道歉的场合能够不那么私密,我向夏洛克·福尔摩斯报告事态发展的任务也就可以容易许多了!

**亨利·巴斯克维尔爵士:**

别着急,老朋友!在我们之间没有什么秘密。斯特普尔顿只是说,他深深地依赖着他的妹妹,因此有了一些过激行为,他还请求我在三个月之内暂时不要继续追求他妹妹,以便他做好自立门户的准备。说起来倒也符合情理呢!

---

***斯特普尔顿**邀请以下几人参与道歉晚宴:亨利·巴斯克维尔爵士、约翰·华生医生、贝丽尔·斯特普尔顿小姐。*

*确定参加:斯特普尔顿、亨利·巴斯克维尔爵士、约翰·华生医生、贝丽尔·斯特普尔顿小姐。*

---

**约翰·华生医生:**

我得向亨利·巴斯克维尔爵士脱帽致敬。他还真是个说到做到的人!不过这一次,我俩一起坐在椅子里,等着巴里莫尔再次进行那可疑而又吵闹的夜间行径,结果证实是徒劳无功。我们奉献出了整夜的证据却只有亨利爵士的扶手椅在我们后背皮肤上留下的印记。

**亨利·巴斯克维尔爵士:**

不要怕!我们下次一定会抓他一个现行的……

👎巴里莫尔不喜欢这个。

**约翰·华生医生：**

亨利爵士再一次地证实了他言出必践的美德。我们待在他的卧室里等候，但这一次等到的不再是整晚不适的睡眠，而是如我们所愿地听到了走廊里传来的沉重脚步声。身为巴里莫尔的雇主，亨利爵士对这个形迹可疑的管家表现得极为严厉，但即使以解雇作为威胁，巴里莫尔却好像已经预料到了一样不为所动，这时他的妻子及时出现并且为他辩护。巴里莫尔太太承认那个逃犯——名叫塞尔登——是她的弟弟，巴里莫尔一直都在偷偷给他送食物。亨利爵士和我跑到外面，希望能够抓到这个恶贼并送回监狱关押，以免他伤害他人；但不出所料的，他在黑暗之中逃离了我们的追捕。然而，就在月亮突然钻出云层的那一瞬间，我却看到了山顶上有一个高大的人影，在月光的映衬之下极为明显。

**亨利·巴斯克维尔爵士：**

是个狱卒，没错，在追那个逃犯呢。我们确实不应当继续追捕下去了……

🖎夏洛克·福尔摩斯不喜欢这个。

---

**亨利·巴斯克维尔爵士：**

要适应这个国家的风俗还真是比我想象的要难得多了！就说这个巴里莫尔吧。要我说，就该解雇，甚至送进监狱也不为过。我对他已经够仁慈的了，结果这家伙还抱怨说，华生和我试着要去抓他的内弟塞尔登，这是背叛了他的信任。

结果我不得不把一些用不着的旧衣服送给他,以便息事宁人。

👍 巴里莫尔和塞尔登喜欢这个。

**约翰·华生医生:**

太不像话了!不过我觉得我们同意不将此事告知警方是做对了。如果塞尔登正如巴里莫尔所承诺的那样会乘船离开这个国家,反倒是给英国的纳税人们省了一笔他在监狱中居住的费用呢……

**巴里莫尔:**

亨利爵爷把那包衣服送给了我,他真是对我太好了。我自己是买不起这么好的衣服的,虽然它们的式样已经赶不上今年的流行趋势了,不过我想塞尔登未必会在意这个,只要这能让他在沼地里不至于受冻也就行了。正所谓善有善报,我的母亲就总是这么说,所以我觉得我理应把那封信——呃,应该说是信被烧掉之后的一小块灰烬——的事情告诉亨利爵爷。他的叔叔查尔斯爵士收到了这么封信,末尾的签名是"L.L."。那可真是一件怪事,在他死的那一天约他见面……

👍 亨利·巴斯克维尔爵士和约翰·华生医生喜欢这个。

👎 劳拉·莱昂斯太太不喜欢这个。

**约翰·华生医生:**

我很遗憾地通报这样一个消息,另外一出悲剧在我们中间发生了。莫蒂默医生的长耳猎犬有一天跑到了沼地里去,一直没有回来。这可怜的人确信他的狗永远都不会再回来了。

👍 魔犬喜欢这个。

**约翰·华生医生：**

莫蒂默医生毕竟是位有着高尚品质的人物。尽管正处于悲伤之中，他仍调动起有如百科全书般的记忆，在附近的居民之中遍寻姓名首字母为"L.L."的人，并且提供了可靠的建议：此人有可能是居住在库姆·特雷西的劳拉·莱昂斯太太。原来莱昂斯太太竟是那个令人反感的弗兰克兰的女儿——她嫁给了一个姓莱昂斯的画家，结果那品行粗鄙的丈夫竟将她遗弃，而她那放荡的父亲也与她断了来往。在本地居民的多方帮助之下，现在她正独力做些小生意。

---

**劳拉·莱昂斯太太**分享了一个链接：<u>莱昂斯打字服务中心（本地营业）</u>。

👍 詹姆斯·莫蒂默医生、斯特普尔顿、查尔斯·巴斯克维尔爵士的鬼魂喜欢这个。

---

**约翰·华生医生：**

尽管我感到利用莫蒂默医生的长耳猎犬——这样一只可爱动物的死亡来获取我自己想要的信息有一点不那么道德，然而莫蒂默医生的悲伤却给我带来了另外一个非常有价值的线索。正当亨利爵士忙着玩纸牌，指望以此来提振精神的时候，我抓住时机与巴里莫尔谈了谈，一席长谈。在这次谈话中，他透露塞尔登，就是他那个逃犯内弟，曾经告诉他有另外一个人正在沼地之中挣扎求存。此人很有可能目击了整个事件！再加上那封署名为L.L.的信，这已经是近期由巴里莫尔提供的第二条有用线索了……

---

**约翰·华生医生**已到达库姆·特雷西，莱昂斯打字服务中心。

生活总是有办法一次次地提醒我，没有陷入婚姻危机是多么幸运的一件事。与劳拉·莱昂斯太太的会面无疑是又一次的提醒。当她描述她可悲的婚后生活，并以与已故的查尔斯爵士的那次约会（她发誓说她没有去）作为结尾的时候，我为她感到可悲，同时还有一丝带着嘲讽意味的不信任感。她声称她写信约见查尔斯爵士是为了寻求资金援助，让她能够与她丈夫离婚；但在听说了查尔斯爵士身故之后，她试图阻止他人得知此事，以避免因误会产生丑闻。

👎约翰·华生医生不喜欢这个。

---

**弗兰克兰**分享了链接：<u>弗兰克兰诉米多吞案、弗兰克兰诉弗恩沃西案，伦敦高等法院王座分庭。</u>

👍弗兰克兰喜欢这个。

👎1000个其他人不喜欢这个。

**弗兰克兰：**

两件官司我都胜诉了！我赢了！！！接下来我可要准备起

诉本地警局了。我同样会获胜的！不过，若是警局能以我理应获得的尊重来对待我的话，我也愿意帮他们的忙，而不是与他们作对。我能告诉他们那个逃犯在哪里。我能告诉他们该如何找到那个每天给他送饭的小男孩。但是他们对我不尊重，所以我不会帮他们。哈哈！

👍西部望远镜售卖中心喜欢这个。

---

***约翰·华生医生****已到达新石器时代石屋。*

👍夏洛克·福尔摩斯喜欢这个。

**约翰·华生医生：**

我沿着那个送食品的孩子走过的那条路上山，最终来到了这座小屋的前面。眼下这里并没有人，但可以发现有人近期在此居住过的明显迹象——衣服、毯子、吃剩的食物——还有一张纸条，上面记录了我的行踪！有人在监视我！但会是谁呢？是怀有恶意的敌人，还是守护天使？只有一个方法可以辨明。我要在这里等着。

---

***夏洛克·福尔摩斯****已到达新石器时代石屋。*

👎约翰·华生医生不喜欢这个。

**约翰·华生医生：**

原来福尔摩斯这许久以来竟一直藏于沼地之中吗？根本就没有什么让他不得不待在伦敦的勒索案？他对我说了谎。也许他根本就不信任我。而我为了给他寄送报告所花费的心血也全都白费了。

**夏洛克·福尔摩斯：**

并非如此。你报告的价值是无可估量的，我已安排好将所有的报告都转到翠西山谷来了，它们现在就在我的口袋里呢！你瞧这翻阅的痕迹，我已经反复读过许多遍。我只是不得不扮演一个神秘人物，以免打草惊蛇……

👍 约翰·华生医生喜欢这个。

**约翰·华生医生：**

与福尔摩斯一起工作有点像是爬山：每次你觉得自己马上就要登上最高峰的时候，你才发现还有一座更高、更雄峻的山峰一直隐藏在后面，直到最后一分钟才能够跃入视野。

👍 夏洛克·福尔摩斯喜欢这个。

**夏洛克·福尔摩斯：**

既然你去见过莱昂斯太太，也许你已知道了，在这位女士与斯特普尔顿先生之间还有着极为亲密的关系吧？

**约翰·华生医生：**

那要看你所谓的亲密关系具体是指什么了……

**夏洛克·福尔摩斯：**

他们常见面，常通信，类似这样的。而且，你当然也已经知道贝丽尔并不是斯特普尔顿的妹妹了吧？

**约翰·华生医生：**

不是他妹妹？

**夏洛克·福尔摩斯：**

不是！她是他的妻子。他一定觉得让她扮成自己的"妹妹"对他而言有用得多。举例来说吧，他可以怂恿莱昂斯太太写信约见查尔斯爵士，让后者为她离婚一事提供资金支持。若他不是一个单身未婚的男人，并且对莱昂斯太太许下了事成之后就与她结婚的承诺，恐怕她也不会想到要离婚的。但这样一来，那位事事小心谨慎的老人就被引入一个事先布置好的欲置他于死地的陷阱之中了。

**约翰·华生医生：**

但这是为什么呢？斯特普尔顿有什么动机要谋害查尔斯爵士呢？他又是如何做到的呢？

**夏洛克·福尔摩斯：**

我很快就可以回答你的这两个问题了。

**约翰·华生医生：**

那么，在伦敦的出租马车里尾随咱们的人就是斯特普尔顿？

**夏洛克·福尔摩斯：**

虽然没有确凿的证据，不过我相信就是他。

**约翰·华生医生：**

如果你的一切推断都是正确的——那要是莱昂斯太太发现了斯特普尔顿是位已婚人士，并且利用了她，使她在不知情的情况下成为查尔斯爵士被谋杀一案中的从犯，她会怎么做呢？

**夏洛克·福尔摩斯：**
亲爱的华生，这可真是一个非常棒的问题呀！

**约翰·华生医生：**
我真被你搞迷糊了，福尔摩斯！我只是好像开始在斯特普尔顿的身上看出了什么可怕的东西——无限的耐性和狡黠，一副伴装的笑脸和狠毒的心肠。

---

*夏洛克·福尔摩斯邀请约翰·华生医生到莱昂斯打字服务中心去点燃被欺骗的女人的怒火。*

*确定出席：夏洛克·福尔摩斯、约翰·华生医生。*

*可能出席：劳拉·莱昂斯太太。*

---

*夏洛克·福尔摩斯邀请约翰·华生医生到巴斯克维尔庄园去保证亨利·巴斯克维尔爵士的安全。*

*确定出席：约翰·华生医生。*

*可能出席：亨利·巴斯克维尔爵士。*

---

*夏洛克·福尔摩斯取消了活动：到巴斯克维尔庄园去保证亨利·巴斯克维尔爵士的安全。*

👎 夏洛克·福尔摩斯、约翰·华生医生不喜欢这个。

---

*夏洛克·福尔摩斯邀请约翰·华生医生到沼地的山崖下搬走亨利·巴斯克维尔爵士的尸体。*

*确定出席：约翰·华生医生。*

*可能出席：亨利·巴斯克维尔爵士。*

👎 夏洛克·福尔摩斯、约翰·华生医生、亨利·巴斯克维尔爵士不喜欢这个。

**夏洛克·福尔摩斯：**

这真是太糟了！全是我的错。在我的事业生涯中，还从未遭此重创。我发誓一定要抓住这个家伙！

**约翰·华生医生：**

亨利爵士为什么要到沼地里来？他知道那是非常危险的。

---

**夏洛克·福尔摩斯**更改了活动内容：*到沼地的山崖下搬走塞尔登（逃犯）的尸体。*

*确定参加：夏洛克·福尔摩斯、约翰·华生医生。*

*可能参加：塞尔登。*

👎 塞尔登、巴里莫尔太太不喜欢这个。

**约翰·华生医生：**

他穿着亨利爵士的衣服！怪不得我们一开始会认错人！

**夏洛克·福尔摩斯：**

这也是这个恶棍死亡的原因。亨利爵士的衣服上还带有他的气味呢。这也解释了为什么他的靴子会在伦敦被人偷去。

---

**斯特普尔顿**已到达沼地山崖下，塞尔登死亡现场。

👎 夏洛克·福尔摩斯、约翰·华生医生不喜欢这个。

**斯特普尔顿：**

哦，天哪！不会是亨利爵士死了吧？

**约翰·华生医生：**

不是。这只是一个不知为何穿上了爵士的旧衣服的家伙。这可怜人很可能被长期露宿在外的生活逼疯了，从那悬崖上摔了下来。

👍斯特普尔顿喜欢这个。

**夏洛克·福尔摩斯：**

我不知道你们是怎么想的，不过我是已经受够这桩案子了。我明天早晨就要回伦敦去。

👍👍👍斯特普尔顿超级喜欢这个。

---

***夏洛克·福尔摩斯**和**约翰·华生医生**在巴斯克维尔庄园吃晚餐。*

👍亨利·巴斯克维尔爵士喜欢这个。

**夏洛克·福尔摩斯：**

有没有人注意到这个？倘若挡住头发的话，斯特普尔顿与一切不幸的根源，邪恶的修果·巴斯克维尔简直一模一样呢。

**亨利·巴斯克维尔爵士：**

天哪，福尔摩斯，你说得太对了！

👎约翰·华生医生不喜欢这个。

**约翰·华生医生：**

我在这儿的大多数时候,这里都很阴暗。而且我也很疲倦!我怎么会知道——

**夏洛克·福尔摩斯:**

这张画给我们提供了一个破解谜题的线索,先生们!我敢打赌,若是对查尔斯爵士那声名狼藉的弟弟罗杰进行一番调查,就会发现他在死去之前在南美洲留下了后代……

---

**斯特普尔顿**加入了群组:"排名靠后且不为人知的继承人——直到现在!"

---

**夏洛克·福尔摩斯**和**约翰·华生医生**已到达库姆·特雷西火车站。

👎亨利·巴斯克维尔爵士不喜欢这个。

---

**约翰·华生医生**已将斯特普尔顿道歉晚宴的事件状态改为"不参加"。

👍斯特普尔顿喜欢这个。

👎亨利·巴斯克维尔爵士不喜欢这个。

---

莱斯特雷德探员已到达库姆·特雷西火车站。

👍夏洛克·福尔摩斯和约翰·华生医生喜欢这个。

**莱斯特雷德探员:**

是要抓什么人了……吗?

***亨利·巴斯克维尔爵士***已到达斯特普尔顿家参加道歉晚宴。

👍 斯特普尔顿和魔犬喜欢这个。

**亨利·巴斯克维尔爵士：**
幸运的是，饭菜的味道还不算太差，但很遗憾我没能见到斯特普尔顿小姐。我真想知道，她现在在哪儿呢？还有，斯特普尔顿为什么总是去他的室外厕所啊？那里面传来的奇怪的抓挠声音又是怎么回事？

***夏洛克·福尔摩斯、约翰·华生医生***和***莱斯特雷德探员***已到达沼地中山石旁的伏击地点。

👎 莱斯特雷德探员不喜欢这个。

**莱斯特雷德探员：**
这可真不是个能让人感到愉快的地方……

***约翰·华生医生***分享了一个链接：<u>伦敦气象台天气预报——本地浓雾的概率为90%。</u>

👍 魔犬喜欢这个。
👎 夏洛克·福尔摩斯不喜欢这个。

**亨利·巴斯克维尔爵士：**
这个晚上的天气似乎不太适合从斯特普尔顿家步行回

去。希望我不会迷路……

👍斯特普尔顿和魔犬喜欢这个。

***魔犬已出席活动：将它的牙齿放在亨利·巴斯克维尔爵士的喉咙上。***

👍斯特普尔顿和魔犬喜欢这个。

👎亨利·巴斯克维尔爵士、夏洛克·福尔摩斯、约翰·华生医生和莱斯特雷德探员不喜欢这个。

**约翰·华生医生：**

我一向被人称作飞毛腿，可是福尔摩斯竟像我赶过矮个的莱斯特雷德探员一样把我甩在了后面。我冲出大雾，刚好看到福尔摩斯一口气把左轮手枪里的五颗子弹都打进了那头猎狗的侧腹，那狗发出最后一声痛苦的哀号，向空中凶狠地咬了一口，随后四脚朝天地躺下，斜着身子瘫着一动不动了，而亨利爵士也终于从它那怪物般的爪牙之下被解救出来。

👍亨利·巴斯克维尔爵士、夏洛克·福尔摩斯、约翰·华生医生和莱斯特雷德探员喜欢这个。

👎斯特普尔顿、英国磷业公司、德文与康沃尔动物饲料合作社不喜欢这个。

**斯特普尔顿**加入了"*并不像他们想的那样了解致命沼地的昆虫学家*"群组。

👍 贝丽尔·斯特普尔顿喜欢这个。

**亨利·巴斯克维尔爵士**加入了*"需要来点有劲儿的威士忌的魔犬攻击幸存者"群组。*

👍 所有人都喜欢这个。

# 嘲讽的垂钓者案

杰夫里·迪佛

有些时候，这样的压力让人难以承受：当你意识到自己真心敬慕的那个人不是真实的。

然后，你在你的人生中始终与其争斗不休的抑郁和焦虑悄然而至。你生命的界限开始收缩，它的发展受到了阻碍。

因此，体型瘦弱的28岁男子保罗·温斯洛走进了一间位于曼哈顿上西城的整洁朴素的办公室，这间办公室属于他偶尔会拜访的一位心理医师莱文。

"你好，保罗，进来吧。请坐。"

莱文医生是那种不给患者提供长沙发，只让他们坐普通扶手椅的心理医师。在整个治疗过程中他经常发言，从不惧怕提出建议，并且只有在极为需要了解患者的感受时才会询问"你对此有何感受"。这对于心理医师来说可是极为罕见的。

他从来都不使用"探究"这个动词。

保罗读过弗洛伊德的《日常生活的精神病理学》（这书不错，不过有些繁复乏味），还有荣格、霍尔奈以及其他一些知名专家的著作。他知道心理医师们和你说的话有许多都是胡说八道。但是莱文医生人挺好的。

"我已经尽我所能了,"保罗如此对他诉说道,"原本所有的事情都进行得不错——应该说是相当顺利,但是在过去两个月里,情况变糟了,我没法摆脱那种,你知道,那种悲伤。我想我需要重新'启动'一下。"保罗苦笑着补充道。即使是在最糟糕的时候,他的幽默感也从未完全弃他而去。

身材纤细、胡子刮得很干净的心理医师哈哈笑了一声。这位医生在提供咨询时都会穿着一条宽松长裤和一件衬衫,他的眼镜是那种过时的有框眼镜,但那似乎与他随意的风格和友善的举止相得益彰。

保罗已经有差不多八个月没来过这里了,眼下,医生正翻看着他的档案,以便刷新他的记忆。文件夹还挺厚的。保罗在过去的五年中一直会断断续续地来莱文医生这里做咨询,而且在此之前他还去看过其他的心理医师。早在保罗年纪很小的时候,便被诊断为患有躁郁症以及焦虑症,保罗也始终在与疾病斗争,试图控制住病情的发展。他从不自行使用非法药物或者酒精来控制自己的症状。他看精神科医生、参加研讨会、服药——尽管并不是规律地服药,服用的药物也不过是纽约都市区随处可见的那些疗效平平的抗抑郁药。他从未被收入精神病院治疗,也从未违犯过现实中的各种规矩。然而他的病情——他的母亲也患有同样的疾病——仍然使得他无法融入社会。保罗从来都不能与其他人正常相处,他性格急躁,对权威缺少尊敬,牙尖嘴利,并且总是毫不犹豫地用尖利的口齿剥下那些怀有成见和仅仅是愚蠢的人身上那层道貌岸然的外衣。

是的,他非常聪明,智商远远超过一般人。他仅用三年时间就读完了大学,小学更是只读了一年。但接下来他就遇到了一道厚重的壁垒:现实世界。在社区学院教书最后证明是不可行的(你可以不用与你的教师同事们打交道,但对学生们的一些小毛病得有最起码的容忍能力)。担任出版社的科学书籍编辑也同样是一场灾难(同样是与老板和作者交流的问题)。最近他开始做起了自由职业,为他的前雇主之一做一些文字编辑的工作,这个可以独处的工作差不多让他感到合适了,至少目前如此。

金钱对他来说并不成问题。他的父母都是银行家,身家丰厚,而且对于他的病情极为体谅,他们为他设立了一个信托基金,让他可以不愁吃穿用度,从而令他可以自由地享受一种简单的、无需承受压力的生活,不需要做全职工作。许多时候他会待在格林尼治村的一家俱乐部里下象棋,偶尔与女人约个会(尽管他对此并没有什么热情),大量的时间则被用于他最大的爱好:阅读。

保罗·温斯洛对于现实当中的人并不怎么在意,但却对小说中虚构的角色怀有真挚的热爱。一直以来都是如此。劳·福德[1]、安娜·伍尔夫[2]、山姆·史培德[3]、克莱德·格里菲斯[4]、弗兰克·钱伯斯[5]、迈克·哈默[6]、皮埃尔·别祖霍夫[7]、哈克·费恩[8]……以及其他百余名虚构角色构成了保罗的朋友圈。哈利·波特是他的好朋友,佛罗多·巴金斯更是他的挚友,至于说到吸血鬼和僵尸……更是三天三夜也说不完。然而,所有的小说之中,无论是高雅的还是低俗的,最为吸引他的是这一位作者的著作:阿瑟·柯南·道尔,夏洛克·福尔摩斯的缔造者。

数年之前,他第一次读到柯南·道尔的作品之时,他立即就意识到他找到了自己的英雄——一个反映了他的人格、他的外表和他的灵魂的人。

他的激情很快就扩展到了印刷品之外的地方。他开始收集维多利亚时期的纪念品和艺术品。在他家客厅的显眼位置

---

[1] 美国作家吉姆·汤普森所著小说《内心的杀手》主角。——译注
[2] 英国作家多丽丝·莱辛所著小说《金色笔记》主角。——译注
[3] 美国作家达希尔·哈米特所著小说《马耳他之鹰》主角。——译注
[4] 美国作家西奥多·德莱赛所著小说《美国的悲剧》主角。——译注
[5] 美国作家詹姆斯·凯恩所著小说《邮差总按两次铃》主角。——译注
[6] 美国作家米奇·斯佩兰所著小说《审判者》主角。——译注
[7] 俄国作家列夫·托尔斯泰所著小说《战争与和平》主角。——译注
[8] 美国作家马克·吐温所著小说《哈克贝利·费恩历险记》主角。——译注

挂着一幅西德尼·佩吉特[①]钢笔插画的精美复制品，描绘了短篇故事《最后一案》中的一个场景——福尔摩斯和莫里亚蒂教授这一对宿敌正在莱辛巴赫瀑布上方的悬崖边搏斗。在这个故事里，莫里亚蒂就此身亡，而福尔摩斯据信也同样死去了。保罗收集了所有拍成电影或者电视的福尔摩斯冒险故事，然而他坚信格拉纳达电视台出品、由杰瑞米·布莱特扮演福尔摩斯的老版电视剧是唯一正确把握了角色形象的一个版本。

尽管如此，最近几个月保罗却发现，在书本的世界中度日能给他带来的安慰越来越少了。而当书籍的吸引力逐渐退去，忧郁和焦虑就悄然而至，占据了它们原本的地盘。

现在，保罗坐在莱文医生明亮的办公室里，用手抚摸着那头因为经常忘记梳理而显得乱糟糟的黑色卷发。他告诉医生，他从阅读书籍和故事之中得到的快感已经戏剧般地退去了。

"我今天突然想到，嗯，这简直是蹩脚，太蹩脚了，自己心目中的英雄根本就只是幻想出来的。我觉得我，怎么说呢，就像是被封闭在书本的封皮里了。我不能掌握……任何东西。"他缓缓地呼出一口气，看起来他的脸颊似乎是浮肿的，面容却瘦削而憔悴，"而且我想，也许一切都太晚了。我生命中最美好的一部分已经结束了。"

保罗并没有注意到医生脸上的笑容。"保罗，你还很年轻。你的步伐还很轻快。你的人生还有很长的道路要走呢。"

---

[①] 英国插画家，以为福尔摩斯系列所作插画最为知名。——译注

保罗的眼睛闭起来一小会儿，然后又迅速睁开。"但是，这是多么愚蠢啊？我心目中的英雄竟然是虚构的。我是说，那只是小说罢了。"

"不要忽视读者与文学作品之间那种感情上的吸引，保罗。你知道吗，在维多利亚时期，曾有上万名读者因为狄更斯笔下一个人物的死亡而悲痛欲绝。"

"哪个人物？"

"小耐儿。"

"哦，《老古玩店》。这个后续反应我倒还不知道。"

"那股风潮简直要席卷世界了。人们抽泣着在街头游荡，互相讨论这个故事。"

保罗点点头。"而且，夏洛克·福尔摩斯在《最后一案》中死去的时候，柯南道尔好像也遭到了不少烦扰，结果被迫写了部续集让他复活。"

"正是如此。人们的确会对文学作品中的人物产生超乎寻常的喜爱之情。但是，就算不考虑小说在我们的生活中所扮演的重要角色，仅仅针对你现在的情况，我倒认为你对夏洛克·福尔摩斯系列小说的反应减退是你个人向前迈出的一大步。"医生看起来比往常更加充满热情。

"真的？"

"这是一个信号，代表着你愿意——并且已经准备好——从一个虚幻的存在转换为一个真实的人。"

这倒有点意思。保罗发现自己的心跳开始加速了。

"过去,你来我这里,以及到其他心理医师那里做咨询,最终目的都是为了更好地融入社会,改变离群索居的状态。找到一份工作、一个伴侣,甚至可能拥有一个家庭,而现在正是一个绝佳的机会。"

"怎会如此呢?"

"夏洛克·福尔摩斯系列小说从几个角度与你本人产生了共鸣。我想最主要的一个方面应该是因为你有着超人的天赋:你的智力、你天生的洞察力和强大的推断能力——和他一样。"

"确实,我的头脑是以那种方式工作的。"

莱文医生说道:"我还记得你第一次来我这儿的情景。你询问了我妻子和儿子的情况——特别是我儿子,你问我他在幼儿园过得怎么样。但是我并没有戴婚戒,我的办公室里也没有我的家庭合照。我从未向你提及我的家人,也从不把私人信息放到互联网上。当时我断定你只是在猜测——顺便说一句,你说得很对——但现在,我怀疑你所了解的关于我个人的信息都是推断出来的,对吗?"

保罗自得地歪了歪头:"对。"

"你是怎么做到的?"

"嗯,先说说我是怎么断定你有一个四五岁大的小孩的吧。那天,你裤子的侧面有一个很小的指印,像是果冻或者果酱留下的,高度刚巧就是四五岁的孩子在早餐时间拥抱爸爸时所能够到的位置。而且你从来都不会接受上午11点之前的预约，这也就使我明白在夫妻两人之中，是你负责送你们的孩子上学。那么如果你儿子已经上了小学的话，你送他上学的时间会比这早得多，进而就可以接受早上9点或者10点的预约。我猜测之所以由你负责送孩子上学，是因为作为一个独立执业者，你的工作时间比你的妻子更灵活。因此我断定你妻子拥有一份全职工作。当然，这里是曼哈顿——夫妻两人都得有工作才能维持家用。

"现在再说说，我为什么认为你的孩子是个男孩呢？我想，如果是一个四五岁女孩的话，她在拥抱你之前应该会更仔细地先把手指擦干净。为什么我确定你只有一个孩子呢？你瞧，你的办公室，以及这幢建筑都显得很朴实。我猜你并不是一个百万富翁。再加上你的年龄，我想你只有一个孩子的可能性很大。再说妻子的问题，我怀疑就算你们的婚姻存在问题，作为一个心理医师你一定会非常努力地维持这段婚姻，所以离婚是不太可能的。当然，你也可能是个鳏夫，不过那种可能性已经非常小了。"

莱文医生摇着头笑了起来。"夏洛克·福尔摩斯一定会以你为荣的，保罗。告诉我，这一切对你来说都是自然而然的吗？"

"完全是自然的。这是我平常和自己玩的一种游戏。一种爱好。每当我出门的时候，我都会推断我见到的人的一些事情。"

"我想你应该认真考虑将你的这些技能在真实的世界中派上用场。"

"具体是指什么？"

"我一直都认为你从事教学和出版工作是个错误。我想你应该去找一份可以利用你这些技能的工作。"

"比如说呢?"

"也许是法律工作。或者……嗯,这个怎么样:你曾经学习过数学和科学的相关知识。"

"没错。"

"也许司法学是一个不错的选择。"

"我考虑过这个。"保罗不确信地说,"但你真的认为我已经准备好了吗?我是说,准备好进入真正的世界了吗?"

医生丝毫没有犹豫:"我完全确定。"

\* \* \*

数天之后的一个工作日上午10点,保罗正在做他在这种时候经常做的事:在上西城公寓附近的一家星巴克里喝咖啡,同时阅读。然而今天,他读的并不是小说,而是当地的一份报纸。

这几天他一直都在考虑莱文医生的建议,并且尝试着找到某种方式将自己的技能用于实践。然而,他并没有这样的运气。

他时而会观察周围,对附近的人们作出判断——这是一个刚刚与男友分手的女人,那是一个职业是画家的男人,另一个男人则很可能是低级的罪犯。

是的，这的确是一种才能。

问题只在于该如何运用它。

他正琢磨这个问题的时候，偶然间听到另外一名低头看着苹果电脑的顾客转头对她朋友说道："哦，天哪，他们又找到了一个！"

"什么？"她的同伴问。

"另一个，你知道的，被捅死的人。在公园里。是昨晚的事，他们刚刚发现尸体。"她朝屏幕挥了挥手，"《时报》上已经登了。"

"天哪。那是谁？"

"这上面没说。我的意思是，没有提及她的名字。"这个把头发束成马尾的金发女子读出了屏幕上的内容，"29岁，理财顾问。如果他们不能说出她的名字，就不应该写明她的职业。现在所有认识这样一位女性的人全都开始担心起来了。"

保罗意识到这是那个被称为"东区刀手"的男人——根据本地罪犯的性别比例可以确定是男人——作的案。在过去几个月中，他已经杀死了两个女人，新发现的被害者是第三个。这是一个会取走"战利品"的杀人犯——至少对于前两名受害者是如此——他切下了她们的左手食指。是在割破了她们的喉管，等她们死后才切下的。关于这些罪案的报道并没有性方面的暗示，警方也无法确定凶手的动机。

"在哪里？"保罗问那个金发女人。

"什么？"她转过身来，眉头紧皱。

"他们是在哪里找到尸体的?"他不耐烦地重复道。

她看起来很不高兴,就好像受了冒犯。

保罗扬起了眉毛:"你们讨论这事的音量大到这里的所有人都能听见,所以这不算偷听。现在赶快告诉我,尸体在哪儿?"

"在乌龟池附近。"

"有多近?"保罗追问道。

"这上面没说。"她恼怒地转过头,不再理会他了。

保罗迅速站起身来,他感到自己的心脏在有力地跳动。

他将喝了一半的咖啡倒掉,走向咖啡厅的大门。他轻声笑了笑,在心里对自己说:游戏开始了。

\* \* \*

"先生,你在做什么?"

正蹲在地上的保罗抬眼望去,看到了一个体格魁伟的白种男人,留着大背头,头发已经略显稀少。保罗慢慢站起身来:"抱歉?"

"能出示一下身份证件?"

"我想可以吧。我能看看你的吗?"保罗不紧不慢地与对方对视。

男人冷静地掏出一份纽约警局的警官证给他看了一下。这位警官的名字叫做阿尔伯特·卡雷拉。

保罗将自己的驾照递了过去。

"你住在这附近吗?"

"我的住址写在我的驾照上。"

"驾照并不能证明这就是你现在的住址。"警官说着将驾照还给了他。

保罗的驾照是两个月之前刚刚更换过的。他说:"这就是我现在的住址。西八十二街,靠近百老汇路。"

他们现在所处的位置是在穿过中央公园的七十九街北边,星巴克里的女人告诉保罗,尸体就是在这里的一个水池附近被发现的。这个区域里充斥着树木、灌木与岩石,还有一片被两条小路分隔成三块的草坪,每条小路的两边都有尘土的痕迹——刚才保罗蹲在地上就是在仔细观察这些尘土。黄色警用胶带依然拉着,但是尸体和罪案现场调查员都已经不在了。

有几个围观者在附近乱转,有的在用手机拍照,有的只是呆呆地注视着这边,或许在等着看到某些花哨的罪案现场调查设备。不过,这附近的人也不全是这种好事者,两个保姆一边推着婴儿车一边闲聊,一个穿着粗蓝布工装裤的工人正在休息,一边喝咖啡一边翻看报纸的体育版,还有两名大学生模样的女孩踩着旱冰鞋从附近快速掠过。

这些人对于距离他们仅仅五十英尺处刚刚发生的一起惨案一无所知。

警官询问道:"你在这里待了多久,温斯洛先生?"

"差不多半个小时之前,我听说这里发生了凶杀案,就过来看看。我以前从来没看到过罪案现场,我有点好奇。"

"昨天午夜前后你是否在中央公园里?"

"死亡时间是午夜吗?"

警官不为所动:"请回答我的问题,先生。"

"不在。"

"你最近是否曾在公园里见到过穿着洋基队夹克衫和红色鞋子的人?"

"凶手昨天晚上是穿成那样的吗?……对不起,我没见过。但是凶手是穿成那样的吗?"

警官似乎思索了一会儿,随后他说道:"一名街道清扫工报告说,今天凌晨0点30分左右,他看到有一个人从灌木丛里走出来,穿着洋基队夹克衫和红色鞋子。"

保罗眨了眨眼睛:"在那儿吗?"

警官叹了口气。"是的,在那儿。"

"那个街道清扫工是在清扫车里面吗?"

"对。"

"那么,他搞错了。"保罗不容置疑地说。

"抱歉,你说什么?"

"你瞧,"保罗点了点头,朝街道走去,"他的清扫车是在这个位置,对吗?"

警官也走到他旁边。"是的,那又如何呢?"

"在那个时候,路灯会刚好照到他脸上,如果他在这种情况下还能看清楚夹克衫上写的是什么字,我会非常吃惊。至于鞋子的颜色,我猜应该是蓝色而不是红色。"

"什么?"

"清扫工是开着车从这里经过,因此他看到那双鞋的时间不超过一两秒钟。过后当他回忆起来的时候,他会认为鞋子是红色的——那是由于视觉暂留现象的关系。这也就是说,那双鞋子实际上应该是蓝色的。还有,顺便说一句,那根本就不是鞋子。凶手用某种东西套在了鞋子外面,就像外科医生经常用的鞋套,那东西一般都是蓝色或者绿色的。"

"鞋套?你在说什么啊?"卡雷拉对他的说法既感兴趣,又有些恼火。

"瞧瞧这个。"保罗回到他刚才一直在观察的地面尘土那里,"看到这些脚印了吗?有个人从尸体那里穿过草坪走出来,走到了这处尘土上面。他停了下来——你可以从这里看出确实如此——而这里的脚印有些杂乱,似乎他在这里从鞋子上面落下了一样东西。同样大小的脚印从这里开始又出现了,但是这些脚印就比刚才那些清楚多了。因此,你们要找的嫌犯穿上了鞋套,以免被你们发现他穿的鞋子是什么牌子的。但是他犯了一个错误:他以为只要从尸体旁边离开,鞋套就用不上了。"

卡雷拉低头仔细观察着。随后,他开始做起了笔记。

保罗补充道:"关于鞋子的品牌问题,我相信你们的罪案现场调查员们会去查询相关的数据库。"

"好的,先生。感谢你的协助。我们会继续查下去的。"警官的态度比较生硬,但是看起来他的感谢还是真诚的。他拿出手机拨起了电话。

"哦,警官,"保罗插了句话,"你要知道,这脚印虽然看起来很大——好像是十二码[①]——但是这并不意味着嫌犯的脚真有这么大。如果你不想让别人知道你真实鞋码的话,穿大两号的鞋比穿小两号的鞋可要舒服得多了。"

保罗感觉到这位警员本来想要对他的同僚们说嫌犯的体型应该是非常魁梧的。

卡雷拉打电话给罪案现场调查组,让他们回来继续工作,然后挂断了电话。这时保罗又说道:"哦,还有一件事,警官。"

"怎么了,先生?"

"看到那边那个花骨朵了吗?"

"就是那朵花吗?"

"是的。这是一朵黑矢车菊,整个中央公园只有莎士比亚花园才有这种花。"

"你怎么知道的?"

"观察事物是我的习惯。"保罗傲慢地回答,"想想看吧。莎士比亚花园里有一块小岩石,那是一个很适合隐蔽的地方,我可以确定他就躲在那块石头后面等着被害人。"

---

[①] 此处为美国鞋码,相当于脚长30厘米或中国的46码。——译注

"为什么呢?"

"我想这是一个很合理的推测:当他蹲下来等待被害人的时候,他的裤脚翻边刚巧把这个花骨朵给夹住了。而当他在这里抬起脚脱掉鞋套的时候,这个花骨朵又掉了出来。"

"但是莎士比亚花园离这里有两百码远。"

"也就是说,你们没有搜查过那里。"

卡雷拉的身子明显一僵,但他很快承认道:"是的。"

"你们的反应不出他所料。我想你的同伴们应该到莎士比亚花园里去提取一些痕迹物证——或者你们的物证专家如今正在寻找的一些东西。电视剧上都演得够多了。很难分辨那些到底是不是真的。"

卡雷拉飞快地做着笔记。当停笔之后,他又问道:"你是在执法部门工作的吗?"

"不是,我只是读了很多神秘谋杀案的小说。"

"嗯哼。你有名片吗?"

"没有。但是我可以给你留一个我的电话号码。"保罗在警官递来的一张名片的背面写了一些东西,并将它递回给对方。他抬起头来盯着警官的眼睛——对方比他要高15厘米左右。"我知道我的行为在你看来非常可疑,因此除了我自己的电话号码,我还写下了格林尼治村一家俱乐部的名字,我经常在那里下象棋,而且我昨天晚上一直待在那里直到午夜。除此之外,我想地铁里的摄像头应该拍到了我——我乘的是一号线,大概是在1点30分在七十二街下的车。然后我去了阿隆佐熟食店。我认识那里的收银员，他会为我作证的。"

"好的，先生。"卡雷拉试着掩饰自己对保罗抱有怀疑的事实，但是夏洛克·福尔摩斯故事里的莱斯特雷德探员也怀疑过福尔摩斯本人。

不管怎么说，至少现在这位警官还是相当热情地与保罗握了握手。"感谢你的协助，温斯洛先生。很少有普通公民如此配合地协助我们调查，更不用说是像你这样提供有用的线索了。"

"我很荣幸。"

卡雷拉戴上手套，将那朵花收入到证物袋里，随后就朝着莎士比亚花园的方向走去。

保罗转过身准备继续观察罪案现场，但是有人在他身后说道："打扰一下可以吗？"

他转过身，看到了一个身材高大结实的男人，已经有些秃顶了，穿着棕色的裤子和连帽夹克，脚上是一双平底便鞋，整个人看起来就像是来度周末的康涅狄格州生意人。此人手里拿着一台数码摄影机。

"我名叫富兰克林·莫斯。我是《每日推送》的一名记者。"

"那是一家介绍手推车的报纸吗？"保罗问。

莫斯眨了眨眼睛。"是博客的那种推送。就像RSS。哦，你是在说笑话吧。"

保罗没有回答。

莫斯问："能请教你的尊姓大名吗？"

"不知你究竟有何贵干呢?"他看了看对方手里的摄影机。这个男人的眼神中有一种强烈的饥渴感,让他感到不安。

"我看到你和那个叫卡雷拉的警察说话了。他并不像表面上看起来那么友好,可以说就是个讨厌鬼。这话就你知我知。"

这里的"我"该用宾格,保罗默默地在心里纠正道。"嗯,他只是在询问我是否看到了什么情况——关于谋杀案的,你知道。就是所谓的详细征询,我想是这样。"

"那么,你看到了吗?"

"没有。我只是住在这附近而已。我是45分钟之前才到这里的。"

莫斯泄气地四处张望着。"没什么好东西了,这次。还没等我们听说这事,他们就全撤了。"

"好东西?你是说尸体吗?"

"是啊,本来我想拍点照片的,但是这次没这么好的运气了。"莫斯呆呆地望着那片倒伏下去的灌木,那个女人就是在那里死去的,"他有没有强奸这次的死者?除了手指还有没有切掉别的东西?"

"我不知道。那个警察——"

"什么都没说。"

"正是。"

"这些家伙总是玩这种老一套的保密工作。讨厌鬼,我刚才说过了。你愿意接受我的采访吗?"

"我真的没有什么可说的。"

"大多数人都没有什么可说的。谁介意呢？怎么着也得弄点料来把故事填满啊。如果你想要专属于你自己的成名一刻钟，就给我打电话。这是我的名片。"他递过一张名片，保罗瞥了一眼之后将其揣进口袋。"我准备写一条补充报道，专门写人们对于有人这样被杀是怎样的看法。"

保罗歪了歪头："我敢打赌大多数人都会表示反对的。"

\* \* \*

次日一整天，保罗奔波于"东区刀手"的各个罪案现场之间，尽可能靠近事发地点，观察并且记下笔记。之后他返回公寓，就像现在这样，坐在电脑前面继续进行研究，努力思考该如何把他从夏洛克·福尔摩斯的故事中所学习到的一切运用于现实之中。

这时，他的门铃响了起来。

"谁啊？"他对着对讲机问道。

"呃，嗨。是保罗·温斯洛吗？"

"是的。"

"我是卡雷拉探员。我们在中央公园见过一面。"

嗯哼。

"没问题。上来吧。"他按下按钮打开了楼门。

不一会儿传来敲门声。保罗开门让警官进屋。保罗的这间公寓在三楼，卡雷拉似乎并没有等电梯而是直接走了上来，这会儿正一边喘息着,一边打量着公寓里的陈设。或许作为警察他接受的训练阻止了他说出"这地方不错啊"或者类似的什么话,但是保罗看得出来,这间虽小却非常高雅奢华的公寓给他留下了深刻的印象。

他的信托基金的确让他生活非常殷实。

"这么说,"保罗说道,"你已经排除我的嫌疑了?我猜是这样的,因为你现在还没把手铐拿出来。"

卡雷拉手里拿着一个很厚的棕黑色文件夹,他本想一本正经地回答,但还是笑了起来。"是的。对你的怀疑已经解除了。"

"不过,罪犯们有时确实是会返回案发现场的。"

"这倒没错,不过只有那些最愚蠢的罪犯才会给警察提出建议……而且这次你提出的建议都很实用。那双鞋是菲拉格慕的十二码男鞋——你的眼光很不错。所以说我们的罪犯相当有钱。"

"你们检查压痕深度了吗?"

"很深。这说明他的体重比较沉,所以也许鞋子的尺码是准确的。"

"鞋子是旧的还是新的?"

"这个他们没看出来。"

"太糟了。"

"关于夹克的事你说得也没错。那个街道清扫工其实并没有看到洋基队的标志,是靠猜的——因为那件夹克衫是黑色的,样式跟他儿子的一件洋基队夹克衫差不多。他只是试图帮忙。大多数目击证人都是这样。"

"别忘了光线问题。那件夹克衫也许根本就不是黑色的，可能是任何一种比较暗淡的颜色。要喝点什么吗？"

"喝杯水好了，谢谢。"

"我准备喝点牛奶。我喜欢牛奶。我每天都喝一杯，有时喝两杯。你想来点牛奶吗？"

"喝水就行了。"

保罗给自己倒了一杯牛奶，给警员拿了一瓶达能矿泉水。

他转过身，发现警员正在仔细观看他的书架。"伙计，你的书可真不少，而且这边整面墙都是关于真实犯罪和司法科学的书。"

"我有时在考虑，或许我应该去学习这方面的知识。我是说到学校里去学。我有数学和科学的学位。"

"这是一个很好的开端。我了解的所有优秀的罪案现场调查员都拥有科学方面的知识背景。嘿，如果你想知道该到哪个学校去学些什么课程，我可以给你提供一些建议。"

"是吗？谢谢。"

卡雷拉转过身来说道："温斯洛先生？"

"叫我保罗就行。"

"好的，你可以叫我阿尔。保罗，你是否听说过，有些时候警方会请一些平民——比如说灵媒——来协助他们进行一些复杂案件的调查。"

"我听说过，不过我不相信灵媒。我是个理性主义者。"

"你是说你不相信任何超自然力量的存在吗?"

"没错。"

"嗯,我和你一样。但是我以前也曾经请过顾问。各方面的专家,比如说计算机技术方面的。或者,像是艺术品遭窃的案子,我们就会找在博物馆里工作的人来帮助我们。"

"你是说你想让我做你的顾问?"保罗感到自己的心脏怦怦跳着。

"你在公园里说的那些话给我留下了深刻的印象。我把谋杀案不明嫌犯287号的部分资料带过来了——我们就是这么称呼那个罪犯的。"

"我想警方应该不会真的用'刀手'这种词语来作为他的代号。"

"确实如此,你知道,所谓的专业人士嘛。好了,保罗,我在想你是否可以看一看这些资料,然后告诉我们你有何想法。"

"好,我一定会的。"

\* \* \*

乔治·拉斯特感到十分沮丧。

这个四十岁的曼哈顿居民在媒体上拥有一个耸人听闻、但却令人不得不承认其准确性的绰号:"东区刀手"。然而他现在有麻烦了。

他在谋划和实施犯罪行动中极为谨慎小心,没有任何一个罪犯能在这方面比得过他。事实上，在整个犯罪过程中他所得到的乐趣有很大一部分是来自于谋划阶段。至于真正的杀戮——他有时候将其戏称为"处刑阶段"——与极为注重细节的谋划相比，这一阶段或许并不能带来更多的乐趣，特别是如果受害者没有像他期望的那样尖叫或是奋起搏斗的话。

他使用超乎寻常的精力去选择适合杀戮的地点，去留下最小限度的或是充满误导性的证据，去尽他所能地寻找一切关于受害者的信息，从而避免作案时出现任何意外……这就是他所有犯罪行动的方式。

但是很显然的，几天之前的那个夜晚，他在中央公园的莎士比亚花园和乌龟池附近犯下那起案子的时候，他把一切都搞砸了。

眼下，这个结实的男人正穿着一条便装裤子和一件黑色套衫，守在曼哈顿上西城八十二街的一座公寓楼外面。在犯案之后的第二天上午，拉斯特返回了罪案现场，以便确定警方的调查行动有什么进展，然而在那时，他发现一个瘦削的年轻人正在与阿尔伯特·卡雷拉交谈，早些时候拉斯特便已确认后者正是该案的主办警员。那个年轻人似乎提出了一些建议，而卡雷拉显然也对此留上了心。

这不是一个好兆头。

那个年轻人离开罪案现场后，拉斯特跟踪他到了他的公寓楼下。拉斯特在楼下等了整整半个钟头，才有一个老太太从楼上走下来，他赶紧面露友善的微笑上前与她搭讪。他向老太太描述了那个年轻人的长相，谎称在找与他一起打过仗的一位战友，而这个年轻人和他的战友长得很像。这名邻居告诉他说那个年轻人的名字叫做保罗·温斯洛。拉斯特摇了摇头，说看来是认错人了。他对老太太道了谢，然后告辞离开。

拉斯特回到自己的住处，马上开始在互联网上搜索关于保罗·温斯洛的信息。结果一无所获。这个年轻人没有Facebook，没有Instagram，没有Myspace，没有Twitter，没有Flickr，没有LinkedIn……一句话，没有任何社交网络账号。他又查询了一下此人的犯罪记录，同样没有留下案底，但至少可以基本确定的是，这个年轻人并不是执法部人员，只是个爱管闲事的家伙罢了。

但这并不意味着他没有威胁。

他甚至可能亲眼目睹了拉斯特从莎士比亚花园的藏身处走出来，扼住蕾切尔·嘉纳女士的脖子直到她窒息昏倒，然后将她扛到公园里准备对她动刀。同样的，他也有可能是在午夜时分看到了拉斯特在干完刀工活儿之后从血腥的罪案现场溜走。后者的可能性似乎更大些，因为拉斯特看到保罗注视着他从现场走到小路上时所经过的那个路径点。

那么，为什么保罗当时没有报警呢？嗯，也许他整晚都在琢磨卷入此事对他本人的有利和不利之处。

现在，拉斯特正悄悄躲在保罗的公寓外面。他的本意是要再一次跟踪这个年轻人，希望能找到他工作的地方，进而有可能了解更多有关他的事情。

但是，瞧啊，这个抱着一个又大又厚的文件夹，敲响了保罗家的门的人是谁？

这是卡雷拉警官，是来找帮手的。

该做什么呢，该做什么呢？

几个不同的念头进入拉斯特的脑海里。但正如往常一样，他并没有立即作出结论。

思考，谋划。然后再思考。

只有那样，你才能安全地行动，你的犯罪才会成功。

\* \* \*

"我们确实找到了一些东西，"阿尔·卡雷拉一边将案卷内容在他们面前的咖啡桌上铺开，一边对保罗说道，"在那些石头那里，也就是你所说的我们的不明疑犯躲藏过的地方——莎士比亚花园。"

"那么，是什么呢？"

"与鞋套留下的印迹相符的一些压痕。还有一小片食物包装纸，物证专家认为这种包装纸是用来包装露营者和徒步旅行者吃的那种能量棒。通过对纸质和油墨的分析，我们发现它是一片 Sport Plus 牌能量棒的包装纸，这种能量棒净重 4 盎司，含有花生酱和葡萄干。它很有可能是罪犯遗留下来的，因为露水含量分析显示它是在午夜前后掉在地面上的。"

"你的手下很不错嘛。"保罗说。这一切都让他感到相当佩服。他记起书中的夏洛克·福尔摩斯拥有自己的化学实验室。柯南道尔本人就拥有科学知识，可以说他是前瞻到了司法鉴证学的发展前景。

警官举起一个宽八寸半、长十一寸的信封。"这里面是罪案现场——以及被害人的照片。但我必须首先警告你，这些照片可能会引起不适。"

"我不知道我有没有看过真正的尸体的照片。我是说，我在新闻里见过，但那些都是隔着很远拍摄的。"他注视着信封，有些犹豫了。但最终他还是点了点头。"好吧，继续吧。"

卡雷拉把照片倒了出来。

保罗发现这些照片是用彩色——非常真实生动的彩色拍摄出来的，不由得有点吃惊。不过他又觉得自己不该如此。如今所有人都拍彩照，警察为什么要用黑白照片呢？

保罗注视着这些完全不加掩饰的血腥场景照片，不禁感到一阵恶心。但他回想起福尔摩斯的故事，立即开始提醒自己，要像他心目中的英雄那样超然物外，具有职业精神。

他弯下腰，聚精会神地研究着这些照片。

过了好一会儿，他才开了口："我有一些看法。这个罪犯相当强壮，你可以看到受害者脖子上的瘀伤痕迹。他的手根本不用来回移动，只需扼住她们的喉咙用力按压，她们就昏过去了——请注意，那时候她们还没有死。血液流出的量足以证明当刀子落在她们身上时，她们还是活着的。我们再看看，再看看……是的，他是惯用右手的。如果是伪装成右撇子的左撇子,他在软组织上割出的伤口不会这么平顺。"

"很好。"

"同时,他也非常谨慎、警觉并且具有观察力。看看他在全部三个罪案现场的尘土上留下的脚印。他的身体始终是直立着的,走的是直线,每时每刻都在观察附近的威胁。非常聪明。"

卡雷拉将这些话记在笔记本上。

保罗用手指叩了叩其中一张照片:罪犯在地上留下了一个血手印,也许是在他从蹲姿站立起来的时候扶了一下地。"看看这个大拇指,很有意思。"

"怎么了?"

"大拇指伸展开来的角度并不大——想想看,如果他是要用这只手扶地才能站起来,这样的姿势不是很不自然吗?"

"我明白了。"

"这可能表示他经常使用电脑。"

"为什么?"

"经常用键盘打字的人习惯于让大拇指靠近其他手指,便于敲击空格键。"

卡雷拉的眉毛扬了起来,同时迅速将这句话记在笔记本上。

保罗微微一笑。"他是个钓鱼爱好者。"

"什么?"

"我相当确定。看到被害者手腕上的那些痕迹了吗?"

"这是绳索留下的伤痕。"

保罗眯着眼睛,迅速翻阅全部的照片。"伤痕的宽度与钓鱼线的宽度差不多。你瞧,这些痕迹是在他切下受害者的食指之前弄出来的,就像是剥鱼皮之前的准备工作。对了,还有能量棒——我认为一个喜欢钓鱼的人很可能会随身携带这种食物,作为午餐或是早茶。"

保罗靠回椅背,瞥了一眼卡雷拉,后者正飞快地在笔记本上做着记录。保罗再次说道:"如果他真的是一个垂钓者——我相当确信他就是——那么他很可能在三州地区的某个地方拥有一座湖边别墅。我们知道他是个有钱人,他不会在东河边跟本地人一起钓鱼,他会开着他的宝马车到乡下去。等等。"保罗注意到卡雷拉又开始记笔记,脸上露出一个微笑并且迅速说道:"宝马是我猜的,但是我很确定他的车是一部高档车。我们知道他的收入颇丰,而且他的行动显示出一种傲慢自大的态度,这表明他很可能有一部豪华的汽车,奔驰、宝马或是保时捷。"

卡雷拉把这些都记在笔记本上。手上的动作完成之后,他问道:"他把被害者的食指切下有没有什么特别的理由?"

保罗说:"哦,我想这应该是一种侮辱吧。"

"侮辱。侮辱谁?"

"嗯,侮辱你们。警方。他对当局怀有轻蔑的态度。这个举动是说就算有人能够直接指出凶手,你们也仍然找不到他。他在嘲笑你们。"

卡雷拉摇起了头。"这个混蛋。"

保罗又重新翻看了一遍照片。"嘲讽的垂钓者，"他沉思着说道。他发现这根本就是一个夏洛克·福尔摩斯故事的完美标题：《嘲讽的垂钓者案》。

"这该死的家伙竟敢嘲笑我们。"卡雷拉怒气冲冲地说。

这时，保罗歪了歪头："钓鱼……"

"什么？"卡雷拉注视着保罗的眼睛，后者则走到电脑前面打起了字。经过几分钟的浏览之后，他说道："中央公园里也有人在钓鱼——人工湖、东南隅水池，还有哈林湖。没错！我敢确定那就是罪犯去钓鱼的地方……他就在那里等着猎物上钩。"

他急切地瞥了卡雷拉一眼："我们去看看吧，也许我们能在那里找到另一张包装纸或者其他的什么证据。我们还可以在那里设下监视点。"

"平民是不能参与现场行动的。"

"我只是跟着你去观察并且提供建议。"

卡雷拉思索了一下。"好吧。但是如果你看到任何可疑的人或是东西的话，我就立即接手。"

"我没意见。"

保罗从里屋拿出一件夹克衫，又回到客厅。他一边穿上夹克，一边皱起了眉头。"我突然想起了另外一件事。我敢肯定他认识你。"

"认识我？你是说他认识我本人？"

"不仅仅是你,他也认识调查小组的其他人。"

"怎么会呢?"

"我想他一定到过犯罪现场去观看你们是如何进行调查的,这也就是说你们可能有人身危险。你们所有人。你现在应该告诉你小组里的所有人,让他们小心一点。"他严肃地补充了一句:"宜早不宜迟。"

卡雷拉发了一条短信。"这是我的搭档。他会叫所有人小心。你也得小心一点,保罗。"

"我吗?我只是一个平民。我相信我没有什么好担心的。"

潜入保罗·温斯洛的公寓简直太容易了。拉斯特一看到保罗和卡雷拉警官离开公寓——那是大约两个小时之前的事——立即就转到公寓楼后面,撬开了地下室的门,然后沿着楼梯向上走了基层来到保罗的公寓门前。开锁枪只用了五秒钟就完成了工作,拉斯特溜了进去,高兴地发现这间公寓并没有设置警报系统。真是简单透顶。

他现在站在光线暗淡的客厅里的凸窗前面,扫视着楼下的街道。他戴着一双乳胶手套和一顶绒线帽。在此之前,拉斯特曾经为这间公寓里的奢华装饰而感到震惊,公寓主人的富裕程度显然超乎了他的想象。竟会有人将如此多的好东西放在一间连警报系统都没装的房子里?简直是最适合抢劫的对象了。他已经决定了,保罗不能成为"东区刀手"的另外一个牺牲品,因为如果是这样的话,卡雷拉和其他警察立即就会明白保罗的建议是准确的,而这些建议完全有可能将他们引向拉斯特本人。不,这次的犯罪将会是你的老本行——入室抢劫。当保罗走进他的公寓时一定会大吃一惊的。

他的计划是这样的,如果保罗是跟卡雷拉一起回来的,那他就从后门偷偷溜出去,换一天再来碰碰运气。但是如果那个年轻人是独自回来的,拉斯特就会把他摔在地上,用手枪柄把他暴揍一顿,打瞎他的眼睛,卸掉他的下巴,把他送到医院待几个月,顺便永远毁掉他成为目击者的可能。谋杀案是警方目前最重视的事情,他们肯定不会对一起斗殴案件多加注意,哪怕被害者伤势很严重。

老天啊,看看这些书……拉斯特简直都要为那个年轻人感到遗憾了:他瞎了之后就再也享受不了阅读的快感了,他的日子可怎么过呢。

**但那是你自己的错,爱管闲事的温斯洛先生。**

又过了半小时,拉斯特一下子紧张起来了。是的,那就是保罗,他正从中央公园方向朝这边走来,而且是独自一人。那个条子没和他一起。拉斯特看到保罗走进了一家便利店,于是便拔出手枪,藏在了前门后面,这扇门直接通向这幢公寓楼的走廊。

三分钟过去了。然后又过了一分钟。他等待着钥匙插进锁孔里的声音,但他听到的却是门铃的响声。

拉斯特小心翼翼地透过猫眼往外看了一下。他看到了一个送餐员,手里拿着一个比萨盒子。

他几乎都要笑出声来了。但随后他就想到,等一下,这个送餐员并没有按响楼门外面的对讲机,那他是怎么进入楼里的呢?

哦,该死。那是因为保罗把钥匙给了他,让他去按一下门铃,从而将拉斯特的注意力吸引到前门。这也就意味着——

枪口抵住了拉斯特的后颈,那是金属特有的冰冷感。

这让他感到疼痛。

"别乱动了,拉斯特。"保罗平静的声音响起,"把枪扔在地上,双手放在背后。"

拉斯特叹了口气。手枪落在木质地板上,发出响亮的声音。

一瞬间,保罗便以专业的手法用手铐铐住了他的双手并且捡起了他的枪。拉斯特转过来,立即面露怒容。事实上,保罗并没有枪。他只是在用一根管子吓唬他。

保罗朝门的方向点了点头:"我把外面楼门的钥匙给了他,让他自己先到我的公寓门口按下门铃。不过我想你应该已经猜到了。"

门铃再次响起,保罗轻轻把拉斯特放倒在地上。

"别动,好吗?"年轻人检查了一下手枪,确定它处于子弹上膛、保险开启的状态。他用枪瞄准了拉斯特的头。

"行。好的。我不会动的。"

保罗把枪揣在口袋里,打开公寓里的灯。他走到门口,开了门。

他接过比萨盒子,然后付了钱。他一定给了不少小费,因为送餐员热情地说道:"呃,谢谢你,先生!祝你晚上愉快!哇哦,太感谢了!"

* * *

保罗并不想吃比萨。实际上他不想吃任何食物。他下这个订单只不过是为了引开拉斯特的注意,从而给自己创造一个从后门潜入的机会。不过,他这时的确有些渴了。"我想喝杯牛奶,你呢?"

"牛奶?"

"要不然你喝点水?我就只有这两样饮料了。我这里没有酒,也没有汽水。"

拉斯特没有回答。保罗走进厨房倒了一杯牛奶。他返回客厅,帮助拉斯特坐在一张椅子上。他从高脚杯里啜了一口牛奶,回想着自己的感受,那充满自信和力量的感觉。抑郁和焦虑的情绪全都不翼而飞了。

*感谢你,莱文医生。*

保罗注视着杯子里的牛奶。"你知道吗?牛奶和红酒一样会受到土壤条件的影响。假如你对牛奶进行分析,你就能知道奶牛在产奶期吃的是些什么东西,从而可以推断出当时的土壤环境、化学制品残留,甚至是昆虫活动情况。你为什么要用丝绸包裹你的战利品呢?我是说,你从你的被害人那里切下来的手指。这件事我无论如何都推断不出来。"

拉斯特急促地喘息起来，他的眼睛瞪大了，目光犹如火炬一般注视着保罗的眼睛。

"我知道新闻上没播这个。就连警方都不知道这事。"他解释道，"在一处罪案现场，有一根沾了血的丝线。这东西不可能是从你穿戴着的丝质饰品上掉落下来的，因为这类饰品对于一个准备去杀人的男人来说太过引人注目了。没错，丝绸可以用于制作适合寒冷天气的内衣，但你在这种天气情况下是不可能穿那样的东西的，在犯罪现场出汗可真是再糟糕不过的事了。那个没有DNA分析的时代对于你们这种人来说是不是要好得多啊？"

拉斯特的喉咙里是不是发出了一声呻吟？保罗并不能确定。他微笑起来。"好吧，其实我对丝绸的事不怎么关心，只是好奇罢了。那与我们这次会面的目的无关。理所当然，你最关心的事情就是我是怎么知道那些案子是你做的。完全可以理解。长话短说吧，我从报纸对这几起谋杀案的描述推断出你是一个做事非常有条理的罪犯，我知道你在做任何事情之前都要先做好万全的计划，你对作案地点和逃跑路线的规划都是极为严密的。

"既然你的性格如此，那么你肯定会想要了解那些追捕你的人。我认为你一定会在作案之后的第二天早上返回作案现场。当我看到那个正在一边啜饮咖啡、一边阅读《邮报》体育版的男人时，我就产生了深深的怀疑。我相当确定那个人就是你。那时我就已经知道了所有关于菲拉格慕鞋子的线索都是假的——罪犯只需要再走三英尺就可以踩到岩石上面并且在那里脱掉鞋套,不会给警方留下任何线索,那么他为什么非要在泥土里脱掉鞋套呢?也就是说你根本不是一个有钱人,而是属于中产阶级——菲拉格慕鞋子是用来误导警察的。我知道你的身材非常强壮结实,而那个正在读《邮报》的男人符合所有这些特征。

"当我离开现场的时候,我已经知道了你在跟踪我,于是我就领着你回到这里。当我走进家门,我立即戴上一顶帽子和太阳镜,换了一件外套,然后从后门出去了。我开始反过来跟踪你——直到你返回位于皇后区的公寓。再加上一点点互联网搜索的工作,我就得知了你的真实身份。"

保罗喝了一大口牛奶。"美国的每一头奶牛一年平均可以产出接近两万磅牛奶,我觉得这真是太不可思议了。"

他注视着被困住了的不幸的人,过了一会儿才说道:"我是夏洛克·福尔摩斯系列小说的狂热爱好者,"他朝着屋子里的书架点头示意。"你应该已经发现了。"

"所以,这就是现在这间屋子里没有警察的原因。"他的囚犯喃喃道,"你准备扮演大英雄的角色,就像福尔摩斯那样,在警察面前肆意炫耀你的智力。你准备把我交给谁?市长吗?还是警察局长?"

"并非如此。"保罗回答道,"我想要雇用你,做我的助手。"

"助手?"

"我想要让你为我工作。做我的伙伴。不过我必须承认我从来都不喜欢'伙伴'这个词。"

　　拉斯特苦涩地笑了起来。"这可真是把我给搞糊涂了。你觉得你自己是夏洛克·福尔摩斯，想让我做你的华生吗？"

　　保罗的脸上露出怒容。"不，不，不。我在书中认识的英雄——"他朝他的书架挥了一下手，"不是福尔摩斯。是莫里亚蒂。詹姆斯·莫里亚蒂教授。"

　　"但是，他不是——人们都这么说——福尔摩斯的'一生之敌'吗？"

　　保罗靠着记忆引述了福尔摩斯的一番话："'把莫里亚蒂叫做罪犯，从法律上讲，你却是公然诽谤——这正是奥妙之所在！他是古往今来最大的阴谋家，是一切恶行的总策划人，是黑社会的首脑，一个足以左右民族命运的智囊！他就是这样一个人。'"

　　他继续道："福尔摩斯是很聪明，没错，但是他缺少宏伟的构思和魄力。他只是被动应付。然而莫里亚蒂却与此相反，简直可说是雄心壮志的最好代言人了。他总是在为他的阴谋诡计制订计划。自从我第一次读到他的故事，他就成了我心目中的英雄。"保罗充满感情地凝视着那些装着关于莫里亚蒂故事的书架，"我是因为他才开始学习数学和科学。我和我的英雄一样成为了一名教授。"

　　保罗回想起不久之前莱文医生给他做的那一次咨询。

　　*夏洛克·福尔摩斯系列小说从几个角度与你本人产生了共鸣，我想最主要的一个方面应该是因为你有着超人的天赋：*

你的智力、你天生的分析能力和强大的推断能力——和他一样……

莱文医生以为保罗崇拜的是福尔摩斯，而保罗认为不纠正他的错误想法是一个明智的选择。若是心理医师发现患者是以像莫里亚蒂这样的人物——哪怕只是一个虚构人物——作为行为榜样的话，他们对这样的事一向非常严肃。

"莫里亚蒂这个角色仅仅在两个故事中出现，并在另外五个故事中被提及。但他邪恶行动的阴影铺满了整个系列的背景，你可以看得出来，福尔摩斯一直都知道有一个比他还要聪明机智的恶人就在他的附近游荡。他才是我的偶像。"保罗微笑着，他的表情里充满了敬慕，"所以我决定要成为一个当代的莫里亚蒂。而这就意味着，我需要像我的英雄那样招募一个助手。"

"像华生那样？"

"不。莫里亚蒂的伙伴是塞巴斯蒂恩·莫兰上校，一个退役军人，而且是谋杀的专家。你正是我所需要的。我一直在考虑应该选择谁做我的助手，但我对于罪犯的圈子并不十分了解，所以我开始研究近期发生在这个城市里的罪案，并且读到了关于'东区刀手'的故事。你拥有非常巨大的潜力。哦，是的，你也犯下了一些错误，但我认为我可以帮助你克服缺点——比如说，你不应该返回罪案现场；你没有留下足够多的假证据好让自己摆脱嫌疑；你攻击的受害者都非常相似，这使你拥有了一种特别的行为方式，从而警方也就更容易对你的特征进行推断。还有，看在老天的份儿上，你竟然在等待被害人的时候吃能量棒？可别开玩笑了。你有能力做得更好，拉斯特。"

拉斯特沉默着。他的表情证明他已经承认了保罗所说的是正确的。

"但在此之前，我需要先把你从警方手中救出来。我帮助卡雷拉警官推断出了罪犯的个人特征，非常详细而可信……但那与你的特征完全不同。"

"也许吧，但是他们已经在追捕我了。"

"哦，是吗？"保罗挖苦地说。

"你这是什么意思？"

保罗把机顶盒的遥控器找了出来，在手里摆弄了一会儿。"你知道，过去我们得等到报纸出版才能看到新闻，不过，现在新闻节目已经是在全天不休地循环播放了，简直可以说是冗长乏味，但有时候也颇有帮助。"

电视机亮了起来。

然而，其中正在播放的是盖可保险公司的广告片。

"这个我也没办法。"保罗皱着眉头朝电视点了点头，"不过有的广告片还是很搞笑的，有松鼠的那部最棒了。"

过了一会儿，一位女性新闻播报员出现在画面上。"如果您刚刚打开电视机——"

"还真是。"保罗插嘴。

"纽约警局的官员声称，据信在曼哈顿犯下了三起针对年轻女性的谋杀案件,以及今天早些时候纽约警局的阿尔伯特·卡雷拉警官被谋杀一案的,被称为'东区刀手'的嫌犯目前已被逮捕。他的真实身份也已曝光——富兰克林·莫斯,职业是记者兼博客作者。"

"老天啊!怎么回事?"

保罗对着拉斯特做了个"噤声"的手势。

"今天下午5点,卡雷拉警官的遗体在中央公园哈林湖垂钓区域附近被发现,他是被刀刺死的。一位未具名的报信人——"

"Moi[①]。"保罗说。

"将警方引向了莫斯位于布鲁克林的公寓。警方在那里找到了足够的证据可以证实,莫斯正是谋杀卡雷拉警官和其他三名受害者的嫌犯。目前他已被羁押于曼哈顿拘留所,并且不得保释。"

保罗关掉了电视机。

他转过身,看到拉斯特脸上的狂喜表情,不禁微微一笑。"我想我们用不着这东西了。"他站起身来,将拉斯特手上的手铐解开,"不过我还是想告诉你一声,我的律师已经掌握了足够证据可以证实你的罪行,所以不要做蠢事。"

"不,我很冷静。"

"很好。既然我已经决定雇用你做我的助手,那么我就必

---

[①] 法语,"我"。——译注

须另找他人代替你承担你的罪行,让你恢复清白之身。我该选择谁呢?我从来都不怎么喜欢记者,而富兰克林·莫斯又是格外令人讨厌的一个家伙,所以我做了一些关于他的数据挖掘。我得知他有钓鱼的爱好,所以我给卡雷拉说了一堆谎话,让他相信凶手喜欢钓鱼。

"今天早些时候,我说服了卡雷拉,使他确信我们应该到中央公园的某个垂钓区域去寻找更多的线索。当周围没有其他人时,我割断了他的喉咙,又锯下了他的食指。顺便说一句,这活儿可不轻松,你怎么就不能选择小指呢?无所谓了。随后,我去了莫斯的公寓,把我用的刀、手指以及从其他几个罪案现场提取的物证藏在他的车库和车里,还有我昨天买的一双菲拉格慕鞋子,再加上一条你喜欢的那种能量棒。我在门阶上倒了一些卡雷拉的血,好让警方有足够的理由申请搜查令。"

保罗再次啜饮了一大口牛奶,慢慢地品味着。

"这些证据都是相对次要的,但却能够令人信服:他开的是一辆宝马车,而且我也将此事告诉了卡雷拉——因为我之前曾经看到过他的车。一些公开记录显示他拥有位于韦斯切斯特①的一座湖边别墅——这件事我也告诉了卡雷拉。另外,我还对他说,我认为被害者手腕上的捆缚伤是钓鱼线造成的,而莫斯的车库和地下室里有足够多的钓鱼线……你用的

---

① 纽约州的一个县,是富人聚居区。——译注

是电铃线，对吗？"

"呃，是的。"

保罗继续道："同时，我还给警官灌输了一些错误的印象，让他以为凶手可能在电脑前面花费了很多时间并且经常打字——而博客作者正是如此。所以我们的好朋友莫斯先生将会永远地离开我们，而你已经清白了。"

拉斯特皱了皱眉。"但是，卡雷拉难道不会告诉其他警察，将这些线索提供给他的人就是你吗？那样的话，你就有嫌疑了。"

"说得很对，拉斯特。但是我知道他不会那么做的。他为什么要把案卷带到我的家里来，而不是把我请到警察局里去呢？而且，他为什么要自己一个人来，而不带上他的伙伴们呢？那是因为他需要秘密地请求我的帮助——从而可以偷走我的点子，让人们以为案子是他自己破的。"保罗用手搓了搓头发，对杀手露出一个腼腆的微笑，"现在，把关于委托的事儿告诉我吧——是什么样的人雇用你去杀人的。我对此真的很好奇。"

"委托？"

但是伪装出来的惊讶并没有起到效果。

"拜托，别装了，拉斯特。你根本就不是个连环杀手。如果你是的话，我倒不会想要雇用你了——连环杀手都是反复无常、受到'感情'驱使的家伙。"保罗说出"感情"这两个字的时候皱起了眉头，就像尝到了变质的食物一样，"不是的。你故意杀死多人是为了掩藏你犯罪的真实目的。你被人雇用去谋杀某个特定的人——三个死者之中的一个。"

拉斯特惊讶得张大了嘴。他慢慢强迫自己的嘴唇紧紧抿起来。

保罗继续道:"这很明显。你杀死的女人都没有受到过性侵犯,而在连环杀手犯下的案子里,死者总是会受到性侵犯。而且在精神病理学中,并没有这么一种割下死者食指作为战利品的原型——这是你的即兴创作,因为你认为这样可以使你像一个真正的连环杀手那样让人感到毛骨悚然。好啦,现在说说你受雇要杀死的那个女人是三个之中的哪一个吧。"

杀手耸耸肩,此时再保守秘密也没有什么意义了。"是蕾切尔·嘉纳。最后一个。她准备告发她的老板,而她的老板则操纵着一支致力于洗钱事业的对冲基金。"

"或者——换个说法——如果他需要洗一洗的话,他可真的得用力洗才行。"保罗难以抑制玩文字游戏的欲望,"我猜差不多也就是这么回事。"

拉斯特说:"我遇到了一个曾经在陆军服过役的人。他教了我几手杀人的技巧,然后就给我派了这么个活儿。"

"也就是说这只是一次性的工作?"

"对。"

"很好。那么你可以来为我工作了。"

拉斯特犹豫了一下。

保罗倾身向前。"啊,你可知道有许多伟业亟待我们去成就呢。华尔街的无数愚蠢男女们正等候着我们帮他们花销账户里的存款,不论是违法抑或是合法所得。还有大量非法的武器交易等待着我们去做,许多作弊的政客等待着我们去敲诈,许多人等着我们去出卖;更不用提还有那些恐怖分子——虽然他们的智商完全令人不敢恭维,然而他们的银行账户里却有着大量的钱,并且他们也愿意为像我们这样能给他们解决问题的人开出大笔的支票。"

保罗眯起了眼睛。"而且,你懂的,拉斯特。有些时候你就是得去割断一两个人的喉咙,因为那真的很有趣。"

拉斯特直盯着地毯。过了好一会儿,他才低声道:"想知道丝绸的事吗?"

"怎么说?"

"我妈打我的时候总是把一块丝绸手绢塞在我嘴里。免得我发出哭喊声,你知道。"

"啊,这下就清楚了。"保罗柔声回答道,"我很抱歉。但我可以保证我会给你足够的机会来抚平这个伤痛,拉斯特。那么,你愿意为我工作吗?"

杀手又思索了一下,但仅仅只用了几秒钟,他就咧开嘴笑了起来:"我愿意,教授。我当然愿意。"两人的手握在了一起。

# 带血的名画

劳拉·卡尔德维尔

来自《邮报》的年轻女记者梳着一本正经得有些过了头的发型。她一直试图告诉德卡尔伯上个月他卖出去的嘉诺真迹其实是赝品，德卡尔伯强忍着心中的不快，从她手中拿回自己的骨瓷杯，用尽可能得体的方式请她离开自己的办公室。他全名德鲁·德卡尔伯·范佛尔登，但是他喜欢大家叫他德卡尔伯。德卡尔伯不是很擅长反驳或面对面的争执，至少不会和《邮报》的记者一般见识。

这名记者是通过德卡尔伯的助手，一个叫塔德的男孩安排的预约。记者对塔德说，《邮报》希望采访他本人。看来此刻德卡尔伯得让这个孩子卷铺盖走人了——艺术品市场翻手为云、覆手为雨的人，她确实是这么说的。"我的采访将作为《破解血案的艺术》续篇。"一句话让他就范。《破解血案的艺术》这篇几十年前登在《纽约客》上的文章把德卡尔伯誉为艺术界的夏洛克·福尔摩斯。这篇文章的链接至今还放在他个人网站的"各界赞誉"一栏里，他欣然接受《纽约客》给他起的这个外号。

可是现在她一点也没有起身的意思,她坐的那把维多利亚风格的翼状靠背椅他前阵子刚刚拿去翻新过。

"要不这样吧,范疯德先生。"她说。

"我的名字是范佛尔登。"他脱口而出,有些气急败坏。范疯德这个名字是从他老家宾夕法尼亚州的马纳乌陶基,一个勉强可以称之为城镇的地方叫起来的,当年他就是在那儿长大的。

"对,范佛尔登先生。"她说。

他提醒自己这个记者是故意用激将法,就是要把他激怒。意识到这一点,他就让自己平静下来。他打算弄明白她究竟要问什么后就让她滚蛋。他坐回办公桌后的椅子上,颔首示意她说下去。

"我们相信我们得到的信息是准确的,"她说,"我们认为您刚刚售出的那幅名为《无赖之轮》的作品……"她停顿了一下,身子向前倾,耳朵朝着他的方向,仿佛希望他能补充与售价相关的信息。

见他默不作声,她又坐直了说道:"好吧,无论如何,我们认为这是一幅赝品。"他差点笑出声,站起来绕着办公桌走动,女记者不得不调整姿势来迎合他。他站在拱形窗户前,俯瞰麦迪逊大街,一只搭在屁股上,另一只手搭在胡桃木制的窗框上。

"您见过这幅名画的收藏家吗?"他守口如瓶,生怕把芭芭拉·巴登肖尔——人称BB夫人——的名字说出来,尽管他们一查就能查到。

"还没有,但是我们得到过暗示。"

"我懂了。您亲自审看查验过这幅作品么?"

他回头看到她坐在椅子上扭捏不安。

"我知道了。"他又开口了。

他继续沉默。两人四目相对,大眼瞪小眼。

"我来自旧金山。"她说。

"却又如何?"

"我只是想说,鄙社一定会让这篇采访见报的。"

他朝她点了点头,优雅地思考着,还是继续一言不发。

最终,她喃喃自语一番,把掉到地上的拎包捡起来。

他穿过办公室为她开门。

"塔德!"他吼道,"给我过来。"

\* \* \*

一周后,当他从索斯比拍卖行开会回来,发现有一封用上等皮纸制成的信封放在椅子上。由于刚换了助手,所以他外出的时候办公室是上锁的,该带走的东西也不会留下,然而这个信封就这么放在他的椅子上,若是他外出之前看到椅子上有这么大一个信封,无论如何都不会不把它拿起来的。

接着他瞥见了信封上宾尼·莫里亚蒂的手迹,顿时勃然大怒。不,何止是勃然大怒,宾尼的无礼简直是明目张胆。他曾经很欣赏宾尼的办事风格。正是因为宾尼的大胆使其在德卡尔伯的诸多助手中出类拔萃，也令德卡尔伯打破了多年以来立下的助手不许向其求助的陈规（以及出办公室后须及时归还钥匙的要求）。太蠢了，当时太纵容宾尼了，如今才知道当时是有多蠢。

他用罗伯特·杰拉德①1867年制成的银制开信刀将封口切开。这把刀是拜二十多年前他卖出第一幅画所赠。

信封里面是一张纤薄的羊皮纸，海青色透露着恶意。宾尼尖酸而潦草的笔迹覆盖了整张信纸。

亲爱的德卡尔伯：

嘉诺的真迹在我手上。

我猜你会说，对你来说这不算什么，不过我只想要这么一点点。

Au revoir②.

宾尼

德卡尔伯迅速把信甩到一边，仿佛他扔的是一张用过的面巾纸。但信在空中晃晃悠悠，没像他所期望的那样在他眼

---

① 英国著名珠宝品牌"杰拉德珠宝"（Garrand）创始人，罗伯特·杰拉德本人于1818年去世，此处或指他的儿子杰拉德二世。

② 法语，"再见"。——译注

前消失。最终信落在他镶嵌郁金香木的办公桌上，正好压住一堆请柬，都是邀请德卡尔伯参加午宴、鸡尾酒会和画展开幕式的。他一直在闭门谢客。要是没有助手，他就得亲自回绝每一封请柬，忙得像越南杂货铺老板清点香烟那般了然无趣。令他震惊的是，若是宾尼所言非虚，日后他再无可能收到类似这些令人生厌的请柬了。

他一把抓起这封信，手却因惊惧而不住地颤抖。他伸出另一只手从黑色漆器雪茄盒里掏出一支香烟点着。猛地吸了几口之后，他把这封信又读了一遍，然后又读了一遍。嘉诺的作品落到宾尼手上了？还是真迹？宾尼一定在说谎——这只不过是吸引注意力的拙劣伎俩，仅此而已。但《邮报》记者又是怎么知道的？纯属巧合吗？

这该死的宾尼。

"宾尼是本杰明的简称。"那是他头一次走进德卡尔伯的办公室时说的。

宾尼也是奔三的人了，其他那些申请助手职位的大小伙们细皮嫩肉的，整天背着个包，他显然与那些人不同。他上身穿黑羊毛运动衣，脚穿黑色平底鞋，鞋面磨得不成样子——德卡尔伯看得出那是一双剪标的阿玛尼。他的头发也是黑色的，黑中带蓝的卷发。不过他的眼睛是很深的宝石绿色。有一颗门牙长歪了，仿佛一张画布的一边挂低了八分之一英寸。

见面后，两人握手致意，随即宾尼把整个人陷进那把维多利亚风格的翼状靠背椅，盘起腿，这样只会让人看到一只便宜的鞋子。

"你说宾尼是本杰明的简称,"德卡尔伯说,"但是你的姓,莫里亚蒂,让人很好奇。"

《纽约客》当年的文章为他制作赝品的事迹洗白,称他是艺术赝品的福尔摩斯,专门谈到他可以鉴别赝品(至少发现了三例)。从那之后,他就金盆洗手了,还重新研读了许多福尔摩斯的小说。他特别喜欢看福尔摩斯跟他的宿敌莫里亚蒂教授斗智斗勇的部分。小说还描述了福尔摩斯故意装死,被莫里亚蒂发现,只好重出江湖的故事。

"对,我姓莫里亚蒂,"宾尼笑着说,"这是个爱尔兰姓。"

"也是英国的姓氏了,鉴于爱尔兰跟英国的关系非同一般。"

"嗯哼,他们说我们爱尔兰人和英国人一样,是征服者威廉①的后裔。"宾尼停顿了一下,"但是你知道……"

"每个人都说自己是征服者威廉的后裔。"

两人脱口而出,异口同声。虽然这句话本身没错,但是同时从两个男人嘴里说出来还是感觉有些不太对劲。德卡尔伯大笑,捂住自己的嘴来解脱窘境。这要是在平时,他才不会笑。这不是他的做派。但是他觉得这小子挺可爱的。宾尼

---

① 征服者威廉(William I the Conqueror,1027—1087),英国国王。本是法国诺曼底公爵,渡海攻打英国,哈斯丁之战击毙王室继承者大贵族哈罗德,自立为英王威廉一世,号称"征服者威廉"。

也笑了，德卡尔伯禁不住又想笑，根本停不下来。

不过他还真的忍住不笑了。不管这孩子可不可爱，德卡尔伯必须掌控他。于是他举起一只手，开始把自己处理这些藏品的过程重新说了一遍，正如对他之前的助手那样。他讲了自己喜欢独处，跟纽约艺术界的其他拍卖商不一样。

宾尼点了点头，两眼放光。"能见到您我真的感到十分荣幸。"德卡尔伯停下来让他说话。"自从您售出韦尔内的作品之后我就一直在关注您。那次拍卖奠定了您在艺术品界的地位，无人能出其右。"

德卡尔伯突然感觉自己的咽喉似乎被什么东西扼住了，费了好大劲才咽下这口气。拍卖韦尔内的真迹开启了他职业生涯的光辉大幕，使他一夜成名，迈入顶级拍卖商的行列，在此之后他再也没有重现那时的辉煌。并不是他后来再无类似的销售活动，也不是没有老客户来照顾他的生意，事实上这两种情况都继续存在，只不过他再也无法超越拍卖韦尔内真迹时那种纯粹的，不加入任何杂质的喜悦——从淘到宝贝到拍卖前的保密工作，再到炒作最终，于设定好的时间完美地将价格炒至最高。他不确定为什么其他拍卖行拍卖的时候价格往往已经略低于呼声最高的阶段，就算是他检验出赝品的瞬间也不能给他带来拍卖韦尔内真迹那样的激情。

《纽约客》记者曾经提到，据说夏洛克·福尔摩斯是韦尔内的后人，而他现在就像个大男孩，人称当代的福尔摩斯，仿佛世道轮回，把德卡尔伯带回到早年的那种激情中。

后来德卡尔伯查了宾尼的底，这才觉得不对劲：宾尼不可能从拍卖韦尔内起就关注他，当年这孩子才13岁——13岁的宾尼跟母亲和一群衣衫褴褛的姐妹住在布朗克斯一间破旧不堪的出租屋里，连个电梯都没有。拍卖韦尔内的消息在他们这种生活环境里面根本算不上什么大新闻。

只不过他那个时候对这些信息不太以为意，宾尼的阿谀奉承让他有些飘飘然。宾尼深厚的艺术功底，出色的外貌，再加上他从来不曾涉足德卡尔伯的社交圈子（不论是以前的还是现在的），所有这些因素加起来，犹如锦上添花，使得德卡尔伯没有理由不聘他当助手，事实上，也正因为如此，德卡尔伯一下子爱上了宾尼。他从宾尼身上一点也看不出叛逆的样子——在福尔摩斯的世界，作为莫里亚蒂教授的后代，那个淘气孩子"宾尼"的骨子里叛逆非常。

\* \* \*

"是你呀，德卡尔伯！快进来坐。"BB夫人说道，热情地拉住他，给他一个轻轻的拥抱。她身上独创的香水味简直令他无法忍受。这种产自泰国的香水混合了胡椒，是她本人专用的东方香氛。他平素最讨厌女士香水，尤其是BB夫人喷的这种，但是为了生意也只能忍了。

"谢谢你的盛情，BB夫人。"德卡尔伯走进她铺着金色与白色大理石的前厅。头顶上是小天使雕刻装饰。

"哪里，你来得正是时候。"她说，仿佛她一直在请德卡尔伯，但是后者始终不愿受邀一般，实际上却是德卡尔伯屡次欲邀请她赴午宴而不得回应。

德卡尔伯试图小心地把右腿上的水甩干。来之前他去了趟越南杂货铺，那里到处是死鱼的腥味。德卡尔伯情愿花上一辈子来给默不做声、看起来还不识字的杂货铺掌柜指出法国香烟的位置。他看到刚好只剩下一包烟了，很怕有人会抢先付款。香烟买到了手，他感激涕零，决定前脚离开杂货铺就点上一支。掌柜的给了他一盒火柴，他平时很少用，不过这回他直接用火柴点了烟，没再伸手掏衣兜找打火机。可他走下人行道，正准备招手叫的士时，右脚却不小心踩到布满积水的下水道口。此刻，他感觉湿湿的裤子正紧贴在腿肚子上，他祈祷BB夫人千万别往下看。

幸运的是，她的手臂抡了个大圈搭在他的肩膀上。那只臂膀既骨感又富有肌肉，这种身材是BB夫人的粉丝多年以来梦寐以求的——堪比厌食者的清瘦，却又不是一把骨头。BB夫人至少应该有六十岁了，比他还年长八岁，然而硬朗的身板配上完美搭配的衣饰，辅以外科整容手术的妙手回春，看上去像四十出头。

诡异的是，BB夫人会让他想起自己的老母亲。她们都有一头金发和很深的双眼皮。当然，他的母亲双眼早已深陷，那是经常被她男友殴打留下的证据，而BB夫人的双眼则是外科整容手术的杰作,有如维罗妮卡·莱克①般性感。不过BB夫人也会前一刻对他关怀备至,后一刻待他冷若冰霜,正如他母亲一样。

她领着德卡尔伯穿过廊厅,两边的墙上挂满了价值数百万美元的名画,一幅接一幅地排列,犹如海报而非真迹。德卡尔伯的眼睛扫过每一幅作品,想看看有没有嘉诺的那幅真迹,而这,才是他赴这次午宴的全部目的。他得亲自核实宾尼和《邮报》记者所言为虚——一幅价值200万美元的名画被调包了。

德卡尔伯确实临摹过大师的作品,不过只是偶尔为之,像嘉诺这种大师的作品他是断不敢临摹的。所有拍卖行都用过赝品,但也只是在这些作品需要向外界展示的时候,此时展示真迹往往风险太高,保险费太贵。而仿制真迹的人——maîtres copistes②——其实也是艺术家,或者说未来的大师,因为他们能模仿得几无破绽。除非你一定要找到仿冒者的签名,那一般是用小到几乎看不见的笔触做的或白或黑的点和钩号,否则外行决不会发现这些作品与真迹的区别。不过,这些仿冒的作品再怎么天衣无缝,当它们的目的达到之后,一般都会被马上销毁,以免今后与真迹混同,真假难辨。误将赝品交付给客户在德卡尔伯的圈子里是不可饶恕的行为,

---

① 美国著名电影演员,海报女郎。活跃于20世纪40年代。
② 法语,"模仿大师"。——译注

业内人士会把你当作外行，干这行的对外行一点也不留情面。

他绝对有把握搞清楚嘉诺的作品是否为赝品。他只需将自身掌握的夏洛克的十八般武艺派上用场就行。决计此行显然也是需要勇气的，这一次，发现赝品的话，身败名裂的不是别人，正是他自己。

但是BB夫人的廊厅连个《无赖之轮》的影子都没有，只有欧洲风情画，都是BB夫人心仪的——爱德华·科尔特斯笔下的巴黎街头阴雨绵绵，詹姆斯·凯用模糊的笔触将十九世纪末二十世纪初的伦敦抹上了棕色和蓝色调，还有塞尚绘制的法国乡间景色。尽管BB夫人自命欣赏水平凌驾于本市所有人之上，甚至可以说在全国范围内无人能及，但是德卡尔伯觉得与欧洲人相比，她那种欣赏水平根本不值一提。BB夫人弥补差距的办法显然是大肆收藏名家名作，再安排手下的画师临摹这些作品。表面上，德卡尔伯为这些真迹所震惊，似乎难以自控地想要凑上前去嗅颜料留下的淡淡香气、感触古老画面的尘埃味，可实际上今天他只察觉到了嘉诺的那幅真迹不在此处。

"你之前见过查尔和托米了。"BB夫人说着，两人步入会客厅——淡红色锦缎装饰的墙围住于宽敞空间，内部家具极为奢华。BB夫人指了指夏洛特·拉福德-詹宁斯和托马西娜·温特斯，此二人旋即从缀有金叶的椅子上站起来，一人一边，轮流用细而坚硬的胳膊挽住德卡尔伯的腰。

"女士们，你们好！诸位真是美艳绝伦。"他说，装出一副娘娘腔。BB夫人也好,查尔、托米也罢,都偏爱有男同志做伴。这些男伴跟她们那些不懂得聊穿着打扮、水疗和发型的丈夫可不一样。

他也如法炮制。谈话贯穿了整个茶歇(这本是源自欧洲的传统,BB夫人却喜欢说是她自创的,尽管她让仆人在午餐前上茶而不是在午后),午餐上的菜是美洲黑鲈和一些异域的蔬菜。女士们吃得很少,不过BB夫人有一座红酒窖,比起多数豪宅不知道大到哪里去了。在白葡萄酒的作用下,宾主很快入醉。他们通常在这种午宴上喝得酩酊大醉,这正是德卡尔伯期望的,因为他必须在午宴的某个时刻开溜,搜遍整个豪宅去找嘉诺的真迹。他必须亲自看到它,亲自弄个明白。

期待见到《无赖之轮》的心情折磨着他,因此他借酒浇愁灌醉自己。已经数不清他到底喝了多少,因为BB夫人的侍者不停地给他上酒,不管他是不是一饮而尽。

最后,他已经醉得快不省人事了,把椅子向后一推。"女士们,"他晃晃悠悠地站了起来轻轻鞠了一躬,知道BB夫人很看重这一套礼节,"我得去用一下男士的小房间了。"

BB夫人挥了挥珠光宝气的手。"你知道它在哪里,德卡尔伯,你自己去找吧。"

他差点就一溜烟地沿着廊厅跑下去了,身后是女士们毛骨悚然的笑声。他不必检视这片区域的作品,毕竟BB夫人不太可能把嘉诺的作品挂在通往客人浴室的廊厅里。显然,它只会挂在更显眼的位置,正式的餐厅里,抑或是起居室的壁炉上面？他没法问BB夫人，那完全是不可能的，因为BB夫人不愿透露她从哪里和如何得到这些藏品，她宁愿装作这些藏品永远都属于她。

他猫着身子进洗手间，盘算着以迅雷不及掩耳之势解决内急，在BB夫人派什人找他之前花几分钟时间搜索。

他蹑手蹑脚地打开灯，看到一个身影蜷缩在角落里，暗暗吃了一惊，心脏狂跳不止。"我的老天爷呀！"他拍拍自己的胸脯压惊。

待他定睛一看，不免哑然失笑——一尊白色大理石雕成的天使，至少有六英尺高。他关上门，暗自骂自己为何这么鲁莽。他边上厕所边盯着这尊雕像看。如果没猜错的话，这应该是本佐尼[①]的作品，1852年前后创作的。天知道BB夫人是啥品位——这么大一尊雕像很难运进来——可惜她一点空间感都没有，想到这层他心里更加纠结了，照这么说，嘉诺的作品也可能被她随手搁置。

小解之后，他让卫生间的灯继续亮着，关上门，造成自己还在里面的假象。他蹑手蹑脚地走进大厅，为避免鞋子踩到光滑的地板上发出吱吱声，还把湿得不太严重的袜子脱下来包在鞋子外面。他朝右转，避开起居室，BB夫人和女伴在那里聊得正欢。他把头伸进一间宽敞的黄色会客厅，期望那

---

[①] 乔万尼·马里亚·本佐尼（Giovanni Maria Benzoni, 1809—1873），意大利著名雕塑家，代表作有《蒙面纱的利百加》。

幅《无赖之轮》会挂在墙上，可是除了镶嵌琥珀的洗脸台和法国钟饰之外还是欧洲风情画。他接着朝里走，看到两间卧室，都是客房，上覆帷帐，墙上挂的是BB夫人归为次等的作品。还是没有嘉诺的画作。

走廊尽头有两扇门，其中一扇开着。他探头进去看，里面是一间粉刷成深灰色的书房，里面摆满了泛着红光的真皮家具。这间应该是她丈夫的书房，德卡尔伯猜。这么大的一座豪宅，也许只有在这间房他才得以真正放松身心，可怜的混蛋。他迅速扫了一圈墙上的名画之后回到走廊，把目标放在最后那扇紧锁的门上。

他知道不应该造次。他的行为已经逾矩。非请勿进是人与人之间共同遵守的原则，空间与隐私在曼哈顿被视为头等大事，在主人家里瞎溜达与把手伸进主人内衣抽屉无异。

他一动不动，竖着耳朵倾听。女士们仍在谈笑风生——她们是在晃动杯中酒好让酒中的卡路里含量减半么？他什么都听不清，只知道自己已经离她们很远了。他所要做的只是瞥一眼就足以发现嘉诺的真迹。

他转动金制的门把手，主卧悄无声息地打开了。房间里面是一张巨大的床，床两边都有脚凳。床头上，正是《无赖之轮》！

这幅作品中，一双男鞋被放在床脚，一只鞋在床边，另一只正对着床脚。两只鞋中间是一只亮晶晶的蓝色女士挎包和一件白色蕾丝内衣。

尽管只罗列了这么多物品，但是《无赖之轮》无疑是饱含情欲的，它令人想入非非。观众的脑海中会不由自主地浮现男鞋的主人，一个无赖，引诱佳人弃挎包于不顾，尽情地同他共享鱼水之欢的画面。看到它的人不禁会为二人如何在床上缠绵浮想联翩。

德卡尔伯往房间里走，一直走到床尾。这幅画太大了，他还是不能凑近去看。他身子朝前倾，靠在蓬松毛茸得像是柠檬戚风蛋糕的亚麻床罩上，可还是看不清上面的笔触。他走到床边，伸直了脖子朝上看。从这个角度上看这幅作品完美无瑕，不过他不敢打包票是真迹。他得查实了，否则晚上会睡不着觉。

他扭过头看了看身后，什么也没听到。他深深地吸了一口气，走到床前，爬上床凳，站在床上。这下他的视线与画平齐了。他的眼睛扫视整幅画。左上角，没问题。右上角，正常。中间，很好。左下角，没问题。右下角……

终于找到了。就在金棕色的床角边上有一道金色的斜线。这道斜线不过一英寸长，离床角非常近，一般的人是看不出来的。可惜它确实就在上面。

操！操！操！他弯下腰扶着床仔细验看，以便坐实猜想。他一只手按在柠檬色的枕头上，露出深深的印迹。他把屁股撅得高高的，鼻子几乎快要擦着画。

他的呼吸越来越急促，胸口在克什米尔毛衣下面剧烈起伏。

他的手握紧又松开又握紧，如此反复。他感到胸口一阵似曾相识的刺痛,就在胸口,肺的上方,这种感觉让他整个人打了个冷战。支撑他身体的那只手石头一般深深地陷进床里。他没有听从医生的叮嘱节制饮食,也没有戒烟,他原以为自己的心脏病已经得到了控制。一定是宾尼的信让老毛病复发了。都怪宾尼。第一次突然发作大约是在一年前,几乎使他整条手臂作废,那个时候也是他与宾尼关系破裂的开始。宾尼当时提出要当他的合伙人。

"不再是像现在这样,"宾尼说道,摇着德卡尔伯的前臂,"而是生意上的合伙人。"

当时他们已经合作了好几年。宾尼不再买高仿的物件,而是开始存钱买正品,又或是等德卡尔伯心情大好大肆采购回来——如丝般顺滑的普拉达真皮鞋子,古奇的休闲装等等。披着时尚的外衣,手握艺术界的入场券,他信心满满。也难怪,宾尼一直非常自信,其中有八成自打他还是满脸粉刺的街头小混混就有了。跟德卡尔伯仅仅过了几年,他的身上就已经散发出一种特有的气质,在聚会上不再躲得远远的,而是欢快地加入会话,充分展示自己刚刚学到的艺术品味和崭新的衣着配合他天使般俊美面容的魅力,让小圈子慢慢认识他,引得身边的男女刮目相看。女士们对他额头上的黑色卷发窃窃私语,男士们则四处打听能否带他回家共度良宵。

那天宾尼说到自己从德卡尔伯身上学到了多少东西,表达了自己对他的爱慕之情,以及这些因素杂糅在一起使他确信他们不仅仅可以成为生活上的伴侣,更可以成为生意上的合伙人时，德卡尔伯这才恍然大悟——这是要跟他平起平坐呀！直到这时他才发现宾尼·莫里亚蒂身上可怕的反骨。小说里的福尔摩斯与莫里亚蒂教授惺惺相惜，他对宾尼也有类似的感觉，但现在被出卖的感觉占了上风。他一屁股坐下来，死死地盯着面前这个人，这个他以为已经深深地爱上了他的人，单纯只爱上他的这个人。他铸下大错，悔之晚矣。宾尼一点也不爱他，他只是将德卡尔伯玩弄于股掌之间，一步步地侵入德卡尔伯的生活和家庭，还得陇望蜀，觊觎起德卡尔伯的生意和账本来了。

就在这时，他的心脏病头一次发作了。

现在心脏病卷土重来。他感觉整个人都快被病魔吞噬，从他的咽喉开始，直至全身。

该死的宾尼。他是怎么办到的？

他听到身后传来一声咳嗽，胸口的巨痛被这一声惊吓驱散得无影无踪。

"德卡尔伯，"BB夫人说，"你到底在干吗？"

\*　\*　\*

宾尼用以前的钥匙潜入他家，有了这串钥匙，宾尼可以将嘉诺的名画调包，同时砸掉德卡尔伯的招牌，等到德卡尔伯一蹶不振之后再去收拾他。

他一个小时以前打电话给德卡尔伯，表示希望顺路过来看看。

德卡尔伯只说了一个字："好。"

仅仅在两天前，他在BB夫人的卧室里被抓到了，在胡口编造说希望研究一幅名画时就已经谣言四起了。德卡尔伯给客户打电话，客户的口气都变了，克里斯蒂拍卖行的鉴定师开玩笑说他在BB夫人的家里喝高了，查尔·拉福德-詹宁斯承认BB夫人正在讲条件，这一艺术界的丑闻有希望不会升级成对德卡尔伯的致命打击。当然，颇具讽刺意味的是，如今他已然感受到了这种致命打击。他仿佛已经站在悬崖边上，下面就是深不见底的万丈深渊。

通完电话，德卡尔伯背对门坐在家里的阳台上，不顾光阴悄悄偷袭，不一会儿阳光已经打在他的脸上，看上去又老又邋遢。

他在权衡利弊，反复思量手里仅有的牌，最后发现没有一张是管用的。哪怕从宾尼的手里夺回了嘉诺的真迹，他也想象不出如何能悄悄地把画带进BB夫人的房间替换那幅赝品。现在他被抓了个正着，BB夫人发现他正撅着屁股盯着画瞧了半天。他又不能将事情的来龙去脉向BB夫人和盘托出，此举无疑是自寻死路。再也不会有客户跟他合作了，谁都怕买到赝品啊。他也想过把真迹夺回来，藏在一个没人知晓的地方，绝对不让BB夫人发现，可她终究还是会看出破绽：只要她跟现任丈夫离婚，或者是不再喜欢名画，把家里的名画统统处理掉，嘉诺这幅画就会被重新鉴定一次，真相就会浮出水面。这种令他脊背发冷的后果德卡尔伯想都不敢想。现在他只能干坐着,两手无力地放在大腿上。

门被钥匙打开了,他听到宾尼平底鞋踩在木地板上发出的嗒嗒嗒的脚步声,越来越近。

"德卡?"他听到宾尼从背后跟他说话。

他还是一动不动。

然后他感到宾尼的双手放在他肩头的重量,他起身推开宾尼,转身,挥动一只拳头。

一眼看到宾尼令他大吃一惊,宾尼的绿色眼睛不再闪着光,而是呆滞无神。对方脸上看不到一丝笑容,但是怒火迅速充满德卡尔伯全身,他举起了另一只拳头,摆出了拳击的架势。宾尼嘴里吐出嘶哑的笑声。"我的老天,德卡,你怎么成这副傻样了?"他按下德卡尔伯的双手,"进来吧,别把鼻子晒红了。"

宾尼转身进了房间,留下德卡尔伯呆呆地站在那里。宾尼的话带着久违的暧昧,让他心头一软,双臂不听使唤了。

他跟着宾尼穿过法式门进入厨房。宾尼打开带着架子的冰箱,仿佛他还是这里的住户,弯腰去拿东西,找桃汁,倒了两杯。

德卡尔伯对桃汁视而不见,反问道:"你怎么做到的?"

宾尼的表情似乎在说这是个愚蠢的问题。"周五深夜从画架上拿的,在你交货之前。"

德卡尔伯在脑海里理了下头绪。BB 夫妇是在他从失恋中恢复过来后拿走的画,当时他以为宾尼已经从他的生活当中离开了。

"然后呢?"

"然后我把原画给了沙尔顿,两天之后调包。"威廉·沙尔顿是本市最好的画师,临摹速度无人能出其右。

德卡尔伯气得青筋突出,没想到宾尼竟然如此冷血。"告诉我,你准备要多少钱?我给。"

宾尼呷了一口桃汁,修长的手指抓住小小的玻璃酒杯。此刻他们的距离如此接近,似乎回到了一年多以前如胶似漆的状态。德卡尔伯可以清楚地看到宾尼上嘴唇的U形凹陷,双眼下的肉桂色斑点排成一圈,眼皮上画了长长的黑色眼线。宾尼一边噘嘴,一边抡起手臂想要抱德卡尔伯。

这一举动彻底激怒了他。

"别!"德卡尔伯对宾尼吼道。

"别什么?"绝望的怒吼。

"别再跟我玩这套!"德卡尔伯的嗓门陡然升高,他坐立不动,身子压向宾尼,脸色气得发紫。他实在忍无可忍——宾尼回到他家的厨房,仿佛自己清白无辜,德卡尔伯乃是自作自受一般。"你不会无缘无故地毁我清白。你究竟想干什么?"

宾尼沙哑的咯咯笑声又传了过来。"毁你清白?你真的这么想吗?"

"勒索。随便你怎么说。"

宾尼向后仰，靠在柜台上。"这就是我想要的。"他边说边拿起酒杯在空中画了个弧。

德卡尔伯双拳握得紧紧的，指甲深深地嵌入手掌肉里，几乎快要把手掌扎出血来。"我的豪宅？我的家具？"

"你啊，德卡，你这个蠢货。"宾尼放下酒杯。

德卡尔伯咽了下口水，差点晕了过去。"什么？"

宾尼眼泪夺眶而出。"你还记得出院之后，我给你打了多少次电话、送了多少百合花，我多少次想去你的办公室吗？"

他当然记得。他一直在努力将宾尼从他的世界里清除出去，不再去想他，忘掉这个他曾经深爱过的男人装成冠冕堂皇的艺术家，一心只为夺走他的生意。

"你利用我。"德卡尔伯说。

"我爱你。"平静的宝石绿色眼睛看起来像是陷入了宾尼的脸。他的嘴微微张开，看上去呼吸急促，"我知道你自认完美无瑕，德卡，但是你偏偏在这上面栽跟头。我只想让我们相互之间更平等，可以分享对方的一切。我不求生意对半分，只要一点份额就行，你偏他妈的不听。德卡，你意气用事，现在已经身败名裂了。"

德卡尔伯头皮发麻，开始感到一种后怕，担心自己可能从一开始就搞错了。他冷笑一声，意在告诉宾尼自己不吃他这一套，但是疑虑开始涌上心头，热血随着暴怒涨了上来。"别这样对我。"

"别这样对你？"宾尼起身离开柜台，脸色变得阴晴不定,"都是你干的好事,德卡。你知道我现在在哪里上班吗?你可知你到处散布我的谣言中伤我把我逼到什么份上了吗?"

德卡尔伯一动不动。他喘不过气来,太阳穴的脉动更加剧烈,热血几乎快要爆出血管。

"我在他妈的大都会艺术博物馆!"宾尼越说越大声,"在艺术品小卖部里卖围巾!"宾尼激动地挥舞双臂,他的手砸到高脚酒杯,酒杯倾倒在柜台上,桃汁洒了一地。"我这辈子算是被你毁了,德卡!你太心虚了,看不清我到底想要从你这拿走什么。我拿走嘉诺真迹只是伤了你皮毛,就是要让你知道你忘不了我。"

德卡尔伯很想冲着宾尼那张笑到得意忘形的嘴狠狠地狂揍几下,那双性感的唇曾是如此的醇美芬芳。他想狂揍宾尼的双眼,只为了不再看到对方眼角流露出的笑容。

"开个价吧!"德卡尔伯吼道,一字一字地说。他的嗓音变得非常尖厉,令自己也暗暗吃惊,因为他从来没有这么吼过。从没有过。他也知道自己的名声将会随着BB夫人的几句话而烟消云散。他所有的一切都在分崩离析,全都是因为宾尼。

"一千,两千,还是十万?花钱消灾你心里就舒坦了吗?"宾尼说着,凑近他。德卡尔伯看到他一只眼睛里含着泪珠。宾尼眨了下眼,泪珠顺着苍白的脸颊滚落下来。

德卡尔伯咳嗽起来,几乎要窒息,一股气堵在咽喉。宾尼说的都是真的吗?他有过某种形式的求婚吗?生意上的和感情上的结合?没有,他绝对不能糊涂。

"够了吗?"此刻宾尼也在狂吼,靠近他,"开张支票换回嘉诺真迹,让你全身而退吗?这样总可以了吧,德卡?这就是你想要的结果吗?"

德卡尔伯转身离开,打开抽屉,宾尼走之前把刻刀放在那里。他很少打开这个抽屉,容易睹物思人,容易让他想起宾尼,想起出院之后的那些阴郁的日子。这些刀曾经让他茶饭不思,仿佛在求他赶紧用刀从自己的手腕到手臂上割开一道够长的口子。银色的不锈钢刀刃亮闪闪的,仿佛宾尼的眼睛。刀柄经过抛光,非常光滑,上面用黄铜刻了字。德卡尔伯举起刀,木柄摸上去很凉,拿在手里正合适。

\* \* \*

德卡尔伯离出狱还有六年四个月零十四天,随时可以得到假释。他身陷囹圄,无人关心。他只专注于做自己的事情。他喜欢待在自己的牢房里,仿佛在举行什么宗教仪式。

在狱中,闲来无事,他会看书,每周举办艺术讲座。讲座上他经常会讲解韦尔内的作品。他还参加了每月一次的书友会,邀请其他狱友读夏洛克·福尔摩斯的小说。这些兴趣小组活动一般都在咖啡厅后面举行,参加人数寥寥。但是来的人呢?他们都是好人,至少每周或者每个月自发地来参加他的活动。德卡尔伯从他们身上学到很多东西。

他捅了宾尼,然后忏悔,良心发现之后主动自首交付赝品。当然，入狱之后他也不想再提这些事。他也不想知道自己名下的资产，包括他的豪宅都被出售以支付刑事辩护律师费的事。他的名画、家具和各种藏品被伦敦一家拍卖行挂牌拍卖。他再也不担心自己能否再次受邀参加BB夫人府上的午宴。

如果说在这世上还有什么人最值得他牵挂的话，唯一让他魂牵梦绕的那个人，只有宾尼。宾尼拒绝出庭指证他，尽管他因他从此呼吸困难。也只有宾尼时不时来探监，和他保持书信往来，并邮寄包裹给他。

宾尼啊，宾尼。

# 敦刻尔克

约翰·莱斯克洛特

本故事特别献给我的岳父罗伯特·F.索耶先生，他已年逾78岁，但仍然可以跑步、徒步旅行、滑雪、工作，并且有着不输任何人的开阔思维。

1940年5月

在暗沉的夜色和缭绕的雾气之中，"多佛玩偶"号游船在平静的英吉利海峡中随着波浪起伏。

玩偶号游乐艇总长18米，原本是一艘渔船，后来改装为游乐艇。它在这天晚上差几分钟到7点的时候从位于多佛港的锚位上出发，也是"发电机行动"的第一天可以出动的161艘英国船只中的第26艘。玩偶号上共有四名船员，其中两人——哈里和乔吉——还不到十六岁，他们是船长弗兰克·达菲的外甥。弗兰克·达菲是丘吉尔内阁陆军部的一名职员，由于他年少时曾经有过多次航海经历，因此志愿登上这艘由他姐夫提供的用于应对危机的船只并且担任船长。

最后一名船员是最近刚刚从苏塞克斯丘陵赶来的，这位老年男子非常正式地向达菲做了自我介绍,然而却只是自称为希格森先生。希格森为人沉默寡言,身材也并不健壮,甚至可以说是瘦弱了;在达菲看来,此人根本一点也靠不住。但是丘吉尔已经呼吁所有人参加志愿行动,无论他们的阶级与年龄如何。而且达菲也不认为自己有权拒绝一个帮手。

如果,达菲想到,他真的能帮得上什么的话。

不过,在出发之前的最后两天,他们在玩偶号上做着执行新任务前的最后准备时,这种疑虑就烟消云散了。星期六和星期日整整两天,他们都在移除船上的折叠躺椅、床脚柜、沙滩伞以及其他一些私人物品,并加装额外油箱、调试引擎,让整艘船慢慢进入状态。据达菲本人观察,希格森从来没有拖慢过工作进度,甚至几乎没有真正地休息过。他搬动的设备甚至多过达菲自己,当然也多过两个男孩中的任何一个;他懂得如何操作无线电;他身上有一种既冷静又充满了无限信心和精力的氛围,让两个男孩都深受鼓舞,并且让他们的工作逐渐走上正轨。除此之外,希格森还随身带来了一套额外的野营装备,里面包括大量的罐头食品、纱布绷带、药品以及其他用于急救的物资,达菲不由得询问他在退休之前是否曾是一名医生。

"不是,"希格森如此回答道,"但我曾与一位医生同住过几年。"随后他提出了一个观点,而达菲由于一直忙于调整船只,并没有想到过这个问题。"这次撤离行动不可能没有伤亡产生,最好能提前做好准备。"

整个任务的内容非常简单：在戈特勋爵将军麾下的英国远征军被正在推进的德国军队彻底毁灭之前，将其残军拯救出来。英国远征军目前已被压制在敦刻尔克东西两边长约十公里的环形防御带以内。三天前，德国人从位于索姆河河口的阿布维尔转向西北方向行军，首先占领了布洛涅，并于今天早些时候攻占了加来的港口。现在，德军的豹式坦克正朝北边的突出部，亦即敦刻尔克突击，然而出乎人们意料的是，它们在该市南方十六公里处的艾尔运河的岸边停了下来。

\* \* \*

又高又瘦的希格森先生独自站在玩偶号的船首，牙齿紧紧地咬着那只被熏黑了的烟斗。挺拔的鼻梁之上，一双明亮的眼睛正在黑夜中搜寻着海岸线的踪迹。在他左前方的远处有一道即使在夜间的雾霭中也异常明亮的火光，那是敦刻尔克的储油罐，今天白天的时候那里遭到过德军容克Ju-87式轰炸机——亦即著名的斯图卡式俯冲轰炸机——的攻击。

玩偶号已经遇到了十几艘甚至更多的满载士兵返回英国的船只，这些船只全都建议他们使用火光来作为指引目的地位置的灯塔。在闪烁的微光中，希格森可以看到附近约200米之内有五六艘其他的船只，每一艘都不比玩偶号更大。

达菲·布莱克身上的烟草气息先于他本人到来了——那是巴尔干寿百年牌烟草的味道，希格森曾经写过一篇学术论文，专门论述如何鉴别各种烟草。船长有些突兀地出现在希格森的身边。"德国佬用这招给我们照亮可真是太聪明了，"他说，"我原本还以为咱们已经没法说他们的好话了呢。"他发出刺耳的笑声，往空气里喷了一大口烟。

希格森说："我不担心这个。会紧张是自然反应。"

"我只是不愿意把担忧的情绪传给孩子们……"他突然停了下来，干笑了两声，"已经被看出来了是吗？"

"的确有些迹象。是的。"

"我想知道都是些什么样的迹象。不妨告诉你，我的确很害怕，但我想尽可能不要在孩子们面前表露出来。"

希格森点点头。"你说话时发出的那种笑声。深吸一大口烟，香烟都快被你的手指碾碎了。"

达菲低头看了看自己的手，将香烟送到嘴边，悠悠地吸了一口，再呼出。"谢谢！"他说道，这次没有笑，"很容易就可以全部改过来。"

希格森往水面上望了一眼，然后又回头看了看。"我想孩子们一定都非常善于掌舵吧！前面越来越拥挤了。"

"这两个小家伙穿开裆裤的时候就上船了。等到我们靠近之后，恐怕更应该担心的是我自己。你怎么样？你看起来好像一点都不紧张似的。"

希格森把烟斗从嘴里拿出来揣进口袋里。"白痴才会一点都不紧张。但比起紧张或是其他什么情绪，我倒是更觉得惊讶。我从没想到过德国兵会容许我们就这样开着船过去。"

"也许他们还不知道我们在这儿呢。"

但是希格森自上船以来就在底舱的双向无线电旁边过了不少时间,因此他毫不犹豫地摇了摇头。"不可能。他们一直在监听我们之间的通话,并且向古德里安本人报告。"古德里安就是德军的指挥官。"他们甚至已经拿到了丘吉尔演讲的全文。所以不管怎么说,他们一定已经知道了我们想要做些什么。"

"你会说德语?"

"能对付着听懂。"他从左至右扫视着天空,"但是他们却无迹可寻。"

达菲目视前方。"我敢说等到了白天会有很多踪迹的,因此我更希望今晚我们就能满载而归。"突然,希格森一手抓住他的胳膊,另一只手则指向远处:"看!你看到了吗?我们已经很接近了。"

达菲眨着眼睛往前方的夜幕中望去,一块比雾霭更加暗沉的地方渐渐出现并且变得清晰。一道虚无缥缈的声音从他们右方穿过水面飘荡而来,"再靠近一点。"而在另一边,储油罐的火焰已经不再出现在左前方的11点钟方向,而是移动到了正左方的9点钟方向。

达菲转过身,抬头朝舰桥方向喊道:"减慢速度,半速前进,哈里。我马上上去。乔吉,到下面来帮希格森先生好吗?看来我们已经很接近了。"

另一艘吃水很深的船突然从迷雾中钻了出来,距离他们不到五十米，两艘船眼看就要撞上了。舰桥上的哈里一声唿哨，两船都急速向右转弯。

两船擦身而过的时候，希格森能够看到那些士兵们的面容——站在甲板上的就有五六十人，谁知道下面的船舱里还塞着多少人呢？士兵们大多数都很安静，因此当对方的船长高声叫喊的时候，他的话语能够听得很清楚："抬高船头，开得慢一点，兄弟。里面有很多浅滩。潮位太低了。"

"前面还有多远？"

"两百米。差不多吧。他们就在海滩上。去找队列吧。你现在正在靠近他们呢。"

现在，达菲已经回到了舵轮前，并且将速度降了下来。几秒钟之内，希格森就感觉到船底传来微微的阻力，这表明他们碰到了——但也仅仅是碰到了——一处浅滩。他们越过了这道阻碍，继续前行。

希格森伸头望着船下黑色的海水。目前，玩偶号的吃水量约为一米多一点，但如果船上载满了人，吃水量自然就会更多。希格森警觉地意识到，他们基本上已经无法再往海滩的方向前进了。

只有13岁的乔治高喊起来，声音都激动得发抖了："他们在那儿，舅舅！一点钟方向。"

希格森朝他的右前方望去，没错，这就是典型的英国式队列，从海滩上一直延伸到海水里。那些男人们站在齐腰甚至更深的冰冷海水里，将武器挂在肩膀上，看起来就像是非常耐心地等候着一艘船到来并且邀请他们上船。队列的方向与海岸线相垂直，一直延伸到在油罐大火的光亮之下能看到的最远处。与此同时，还有许多条士兵排成的队列与他们面前的这支队伍平行并列，队列的间距大约在三十米。

希格森再次感受到了那种已经有些熟悉的、船底轻触浅滩的感觉。与此同时，他发现水流也有了一些变化，并且意识到如果再继续前进，他们将会搁浅。他没有任何耽搁或是犹豫，马上大喊着将这一消息告知舰桥。

达菲几乎是立刻就将玩偶号掉了个头，将船尾对准人列并开起倒车。希格森和乔吉冲向船尾，男孩把绳梯扔到下方，而与此同时，发动机也刚巧挂至空挡。

船员们忙碌地开始执行各自事先分配好的任务。由于希格森比达菲和两个男孩都要高得多，他一直坚称他应当下到冰冷的水中，并且站在那里引导士兵们在黑暗中登上绳梯，他认为这是最符合逻辑的选择。乔吉则负责将已经上船的士兵们带离，以免他们挡住后来者的路。哈里负责计算登船士兵的数量，将他们首先安排到船舱里，其后再安排到甲板上。令人欣慰的是，两个孩子都忙而不乱，脚步轻快。"放轻松点，士兵们。注意脚下。后面还有很多船呢。我们保证你们两个小时之后能喝上热茶。"就这样劝说他们继续向前走。没有时间可以浪费了。

达菲此前已经计算过，如果登船的人数不超过四十的话，他们在重新穿越海峡的航程中就可以保证对船只的完全控制。但是士兵们排成的队伍密集地从船尾处一直延伸到海岸边，这个距离就有至少 150 米。当希格森望向更远的海滩时，他立即就知道等待上船的人可以说是无穷无尽。他将一个又一个的士兵送上绳梯，催促他们往上爬。虽然他没有用心地去数，但他也知道，到现在为止他已经帮助六十七名士兵登上了船只。

在如此的忙乱和紧张之中，他们的船长达菲似乎已经失去了对于整个局势的控制力。希格森意识到如果他再继续让更多的人上船，或许会导致所有人都失去生命。他必须接过指挥权，即使他身处于船尾之下的水中。"再上五个，小伙子们！"他叫道，"很抱歉，只能再上五个了。我们已经满载了。"

"再上五个。"

"再上五个。"

这句话沿着士兵排成的队列往后传了下去，队列中的第六个人没有再重复这句话，而是转过身来朝着他后面的人们说道："到我这里就结束了，伙伴们。请大家继续排队。很快就会有另一艘船来接我们的。"随后，令希格森感到惊讶的是，他竟然唱起了一首流行的小调："*啊，我想去海边……*①"

排在他后面的人们先是爆发出笑声，随后就跟着他一起唱了起来。

与此同时，全心投入工作的希格森将最后五个人一一送

---

① 1939 *年电影《福尔摩斯冒险史》的插曲。*——译注

上绳梯。"三，二，一，往上爬，翻过去。可以上了。"

这位老人站在深达胸口处的水里。他知道自己的身体是多么寒冷，并且意识到被留下来的这些士兵将要在水中站几个小时。等到七个小时之后清晨到来时，到底有多少人还能活着？留下来的士兵之中打头的第一个站在离他五米远的地方，继续引领着大家的歌声。在昏暗的光线下，希格森几乎看不清他的脸。他将手举到头盔旁边敬了个礼。

达菲启动了发动机——也是即将出发的信号——于是希格森自己也爬上了绳梯，翻过船舷。甲板上已经站满了人，就像堆满了薪材一样，连一英寸的空间都没留下。希格森伸出手来将绳梯拉回，顺便也朝下面看了一眼。他们现在明显比来时吃水更深，而在进入的时候船底就曾经碰到过浅滩。但那已经是差不多半个小时之前的事情了，潮位一直都在上涨。

达菲丝毫都未曾犹豫。他将发动机换入前进模式，开始朝着开阔的水面前进。往前开了不到两百米，他们就遇到了另一艘船——这是一艘相当大的拖网渔船，并且正沿着与海岸线平行的方向朝北边驶去。

达菲隔着水面对另一艘船喊了几句，告诉对方那些正站在海水里等候登船的士兵们所在的位置应当是在更靠近海岸线的地方，而不是在北边。

"我们吃水太深了，"对方回复道，"在这儿就已经快要搁浅了。我们得到码头上去接人，"——那是指敦刻尔克港用石头建造成的码头——"但是我们会把话带给后面的船。"

希格森回头望去，内心期望着他们已经开出了足够远的距离，不要让那些被他们遗留在海水里的士兵听到那艘渔船传来的答复。他的担心并不是多余的。被他们遗留下来的士兵们早已经看不到了——那只是几百道完全一样的人列之中普通的一道，而所有的人都期待着会有一艘小船从暗沉而无生迹的海水中出现，让他们登船，带他们回家。

\* \* \*

他们于凌晨4点左右返回多佛。本来是可以更早一点的，但是由于超载过于严重，而且随着潮位升高，海况也有些变差了，因此达菲只能以不到最高时速一半的速度行驶。船上一共承载了72名士兵，几乎是此船最大载客量的两倍。对于今后的航程——他们已决定在整个"发电机行动"期间都往返于多佛和敦刻尔克两地——希格森和达菲商定，每趟最多只能允许60个人上船。在多佛港的码头上，他们听到传言说目前返回英国的士兵已有数千之多。

真是个令人兴奋的消息。

当他们加满了油箱，再一次从多佛港的码头出发时，东方的天空已经开始微微映出青灰色的光。达菲负责驾驶船只，希格森则把孩子们送到船舱里去睡觉，随后又返回舰桥。

储油罐火灾散发出的既粗又高的烟柱不仅能够在晚上指明方向，在白天也同样有用。达菲调整好航向之后，便离开驾驶座，伸了个懒腰。"还能挺得住吗？"

老人点了点头。"干衣服很有效果。"

"你来开一半的路不会太累吧？"

"如果有必要的话，全部由我开也没问题。"

达菲摇了摇头。"之前我还以为——对不起，不是有意冒犯——你会成为我们的负担呢。你不睡一觉吗？"

"晚点会有时间让我休息的，我很确定。"

"好吧，你可真是个坚强的老人家啊。给我一个小时，然后把我叫醒，我负责往里面开。我想让孩子们尽可能多休息一下。这事儿可能要花好几天时间呢。"

希格森坐到舵轮后面的座位上，将速度提升了两节。这暗淡的早晨里，他们周围到处都是船，它们的大小、用途和马力都各自不同，然而却全都在向东驶去。

尽管达菲已经非常疲劳了，但却没有到下面的船舱里去。他只是走到舱室的另一边，站在那里望着外面的海水。他揉了揉自己的后颈，又往下面孩子们正睡着的地方看了一眼，然后从口袋里拿出一支香烟点燃。

"他们会没事的，"希格森说，"那些孩子们。"

达菲转过身来看着他。"你怎么……？我说过关于孩子们的事吗？"

"你没有说出来，但是很明显。"

"你很有观察力，希格森先生。有人对你说过这个吗？"

希格森微微一笑。"确实听过几次，"他说，"你很担心孩子们。"

船长叹了口气。"如果他们有哪一个出了事的话,我姐姐会杀了我的。但是我真的没办法让他们离开——他们根本不会听的。而且他们也确实比任何人都要更了解这艘破船。"

"他们干得很不错。"

"哦,那是当然。我担心的不是这个。他们都是很好的孩子,也是很好的水手。但这次航程随时都可能会发生非常糟糕的事情。"

"你可以把他们两个都安排在船舱里。"

"我也是这么想的——如果发生枪战的话。只要有一位士兵登上船只,他们就可以负责处理绳梯的问题。"这个调整后的计划似乎让达菲安下心来了,他深深地吸了一口烟。

本周五之前,他还只是一个丘吉尔内阁陆军部的普通职员,每天在白厅里为各种各样的命令、公文和报告做笔录,然后再用打字机打出来。现在他看起来仍然是一个典型的官僚,面色蜡黄,身材瘦弱,身穿一件黑色塑料防水衣,整个人就像是悬浮在空中一样。

他们正在执行一个责任艰巨的任务,而这毫无疑问给他带来了非常大的影响。"发电机计划"并不是一次性拯救七十五个人就结束的快速旅行,而是众多民间船只齐心协力,要将数十万的士兵带回海峡对面的英国的军事行动。整个行动可能要持续一周甚至更长的时间,但前提是所向披靡的德国军队可以被拦阻在敦刻尔克之外。而在某个时刻——也许现在就已经开始了——正如达菲所说,整个行动将会变成一场战斗而不是单纯的营救。

"到下面去睡一会儿吧,"希格森说,"你需要睡一觉。我可以把我们带到目的地的。"

* * *

第一波斯图卡轰炸机从希格森左边的烟雾中冲了出来,在离开了具有掩护作用的烟雾之后,它们便开始依照队形,朝着海岸线附近进行俯冲。此时,玩偶号已经与同样行驶在这条航路上的二十多艘其他小型舰艇取得了联系,所有的小型船只都聚集在一艘较大的英国海军战舰坎特伯雷号周围,目前,坎特伯雷号已经在向接近中的德军战机开火了。

"快躲开,快躲开!"达菲冲上舰桥,"离开它们的航线!"

"已经那样做了,先生。"

达菲拍了拍希格森的肩膀。"我早该知道了。你当然明白该怎么做。怎么样,我来继续开船如何?"

"你是船长,先生。"希格森走到一边,让达菲再一次走上驾驶位。

德军战机是从北边来的,一边对坎特伯雷号发起猛烈攻击,一边继续沿着诸多小型船只的航线冲向玩偶号。目前,整个船队离海岸线还有几千米远,有着足够的回旋空间,但是每艘船之间的距离非常接近,因此要躲避战机需要相当高超的驾驶技巧。

　　除此之外还有一个不利的情况,就在小型船只开始散开的时候,海面上的风浪也突然变大了。当达菲将船头转向南方时,泡沫飞过玩偶号的船舷,直扑到希格森面前的挡风玻璃上——玩偶号的舰桥并不是全封闭的。随后,另一艘船突然从他们后面全速冲出,占据了他们的航线。达菲咒骂了一句,连忙松开油门,玩偶号立即停了下来。他伸手转动钥匙,但是发动机未能重新点火。他又再试了一次。

　　"该死的蠢货,你让它进水了!"达菲咒骂着自己,又回头向后面看了一眼,"你得让它动起来,让它动起来!"

　　超过二十架斯图卡已经组成了攻击阵形,其中大多数的攻击目标应该是坎特伯雷号——首先俯冲攻击,然后拉起来再准备下一轮打击。但是其中一个由三架飞机组成的战斗小队在完成俯冲之后并没有拉升,而是继续低空飞行,并朝着小型民船自由开火。就在希格森和达菲两个人眼皮底下,他们身后约200米处的一艘船被打成了一团火球。

　　"动起来,动起来!"达菲慌忙继续点火,但是钥匙转动了一次又一次,发动机却丝毫没有反应。

　　"船长,"希格森走到达菲旁边,"请原谅。"他伸手将钥匙转到了熄火位置。他的声音虽然控制得很好,却也不由得流露出焦急的情绪。"让它先停一分钟。"

　　达菲回头看了一眼,那三架飞机正在拉升,准备进行下一轮的打击。他摇了摇头。"我们没有一分钟时间。如果我们不能移动的话，就会变成活靶子了。"他再次转动钥匙，却仍然徒劳无功。

嗡……嗡……嗡……

"让我来吧。"

希格森的语气中有一种不容置疑的气势，达菲耸耸肩，不情愿地走下驾驶位。在他们身后，三架战斗机正在调整航线，直奔玩偶号而来。达菲站在希格森身后，他朝下面喊了几声，让孩子们打开舱门，给发动机周围送去一些新鲜空气，同时也让部分有害气体挥发出去。

希格森甚至都没有试着去点火。

"他们正朝我们而来！我们得马上动起来才行。"

"我们会的。"随后，他朝着侧面的窗子急切地叫喊起来："孩子们，留在下面！别往外看！卧倒！"

斯图卡们发起了俯冲攻击，断断续续的低沉啸声与更为低沉的战斗机引擎的隆隆声混在一起，形成了一种令人头皮发麻的巨大噪声。战斗机已经非常接近了。再过几秒钟，玩偶号就会进入他们的攻击范围——他已经可以看到那些战斗机在水面上带起的波纹了。

又过了一秒。两秒。最终他伸出手来试着点火。发动机启动了！

"呀啊啊啊啊！"达菲大叫起来。

希格森将发动机挂入前进挡。子弹把他们身后的水面打得水花四溅，斯图卡们在头顶正上方拉升起来，引擎的呼啸声震耳欲聋。

达菲转过身来对着希格森大声叫道："我们被击中了吗？"

"没有！刚巧躲过了。"

希格森并不准备让玩偶号减速。他们目前的处境并不乐观，尽管逃过了第一轮打击，但现在仍然是毫无防备地漂浮在开阔的水面上，而且由于长时间停留在原地，其他船只却几乎都已经脱离这一区域，他们成了这附近唯一的一艘船。

但是希格森却想到了一些达菲或许没有想到的推论——这对于他们来说其实是一件好事。对于斯图卡来说，无论它们自身是如何编组，攻击成群结队的船只显然都比攻击形单影只的船只更有效率。单独的一艘船本身目标太小难以命中，同时又更容易做出规避动作，战斗机们必定会明智地前去追逐那些聚集在一起的船队，而放过单独行动的船只。

达菲又回到了他的身边。"你这是往哪里去？"他的叫声压过了发动机的吼声。

"靠近海岸的地方烟雾更浓密一些，战斗机不太可能在那里发动俯冲攻击。"他走下驾驶位，"你来操船吧，船长。"

达菲点点头，接管了驾驶位。他首先往左边看了一眼——"嘿，你还真没犯过什么错！"——然后就把方向舵打了一圈。现在在他们北边稍远一点的地方，斯图卡们仍然将攻击目标集中于坎特伯雷号上，同时受到攻击的还有另外一艘刚刚进入玩偶号视野的英国军舰，距离大约有两千米远，就在敦刻尔克的防波堤旁边。炮声和俯冲攻击的啸声似乎连成了一片，然而现在他们已经远离了战斗的中心，因此玩偶号得以全速冲向海岸边。

他们几乎是立刻就看到了站在水中排队的人列。另一艘非常小的军舰——仅比战列舰的救生艇大一点——也突然出现在了他们的左舷，并且与他们同向行驶。两艘船分别在对应的队列末尾掉过头背对海滩，再开启倒挡。与此同时，一架单独的斯图卡从烟雾的掩蔽中冲出来，朝着那些占据了沙滩上每一寸空间的士兵们俯冲而去。

到目前为止，希格森所有的时间和精力都用于留意观察来自空中的袭击者，偶尔才会望向站在海水中的士兵队列。现在，当他朝那边看过去的时候，才发现海岸线周围的士兵数量是如此巨大。他从来没有见过如此多的人聚集在同一个地方。

那架单飞的斯图卡现在已经俯冲到了树顶高度——但是这里并没有树——并且从左向右发起了攻击，其上的机枪打出雨点般的子弹，将死亡带给那些排着队、等候着船只来接走他们的人们。

此后，希格森再一次下了船，站在船尾后面的水中，抓住离得最近的人的手，将他引向船上垂下的绳梯。他惊讶地发现他面前的这个人——事实上是整个队列里的所有人——是法国人。

在南方的地平线上，那架斯图卡尖啸着拉升起来，然后转回来，再次朝着海滩上密集的人群俯冲。"Bâtard[①]！"第一个人说道，在他后面排着队的人赞同地点着头。

然而，就算眼下的情势如此危险，士兵之中却并没有产生恐慌的情绪。希格森大声宣布了玩偶号所能承载的人员数量——soixante hommes[②]——士兵们似乎听明白了。他们开始从绳梯登上甲板，并且一个个地报起数来。

"...dix neuf, vingt, vingt-et-un[③]..."

按照希格森的建议，一名士兵代替了乔吉在甲板上绳梯旁边的位置。

但是，截至目前希格森以及其他所有人更为关注的事情则是那架斯图卡的下一次俯冲攻击。海滩上有几挺机枪，他们能听见那些机枪在进行有节奏的还击，这当然令人欣慰，然而那架战斗机并没有受到太多实质上的阻碍。它依旧翻滚着、俯冲着，机枪仍有规律地射出杀伤性极强的子弹。

此后不久，六十名士兵就全部登上了玩偶号，希格森也爬上梯子，和他们站在一起。离他们约有十五到二十米远的另一支队伍的末端，那艘船的登船行动就进行得不是那么顺利，很有可能是因为那艘船实在太小，船体陡峭，使用的梯子也和他们的绳梯不一样。不管原因如何，由于速度太慢，

---

① 法语，"杂种"。——译注
② 法语，"六十"。——译注
③ 法语，"十九，二十，二十一"。——译注

那里产生了一些争执。

在那艘正在接受士兵登船的船只后面，一个穿着英国海军制服的人开始吼叫起来，声音中带着恐慌。"我不关心你的军阶，长官。这艘船不可能承载排在你前面的所有人。没有地方了。你必须回到你在队列中的位置上去，你现在把我们所有人都挡住了。"

"我不会到后面去的！我已经在这里站了整整一夜……"

"我们都是一样，老兄！"队列后面的人喊道。

插队者转过身去，怒气冲冲地朝后面喊道："我不是你们的'老兄'！我是英国远征军的一名少校！"

"你是个混球！"有人喊道，"老兄！"

与此同时，那架斯图卡又冲了过来，朝着他们身后大约三十米外的海岸线发起猛烈的扫射。站在水边的士兵们像是被收割的小麦一样倒下，伤者绝望的呼叫声从水面上传了过来。

在玩偶号旁边那艘船上，那名少校已经将脚踏在绳梯上往上爬，几乎都快爬到一半了。那艘船的负责人在飞机逐渐接近的尖啸声中吼叫着："我警告你，长官！我不能容许你上船！有些排在你前面的人还没能上船呢。"

那支队伍里的人开始向前推挤，口中大声咒骂着，斯图卡的攻击已令他们胆寒，然而可能更为关键的是规矩被破坏的现实。海岸边所有能听到这场争执的队伍原本秩序井然，但这会儿人们的情绪都开始崩溃，最接近事发地点的几行队列已经变得混乱起来。

希格森这时收好了玩偶号的绳梯。但与此同时,他们已经漂流到了旁边那艘船附近,距离近到足以辨认出每个人的脸,听清每个人的声音。

"我警告你,长官。这是我最后一次警告。"

"睁眼看看吧,小子!我已经上来了。"那名少校一条腿已跨过船舷,而这额外的重量使得船身再次下沉,几乎与起伏的水面平齐。海水泼洒到了甲板上。

年轻船长的音调又提高了半度,这使得他的声音听起来更加恐慌了:"上帝啊,你要把我们压沉了,少校!下去!我命令你下去。"

"我才不下呢,你滚开!我要上船。"

"长官,我们吃水太深了!你会把我们都害死的。"

"毙了这个贱人!"队列里的某人喊道。

说时迟那时快,此时希格森看到年轻的船长抬起了手臂。他听到手枪发出的尖锐枪声。随后,少校的尸体扑通一声掉到了水里。

队列里的士兵们爆发出一阵欢呼。

救生艇的船长手持手枪,打了一个绝望的手势,朝着玩偶号瞥了一眼,随后大声叫道:"他会让我们的船沉下去的!我们所有人都会葬身海底!"随后,他俯下身朝船舷下方等候着的人们喊道:"好了,现在接下来的六个人可以上船。我们没有更多的位置了,请快一点走,上船后找好自己的地方。"

当斯图卡再次从烟幕里冲出来的时候,达菲将船挂入了前进挡。吃水极深的玩偶号在身后留下低矮的尾迹,以它所能达到的最快的速度向西横穿水面。

* * *

到了第四次穿越海峡的时候,他们的罐装食物已经全部吃完了。所有的毛毯不是丢失,就是被水浸透。他们也用光了所有的药品和纱布。

尽管希格森事先对此有所准备,他也确实是一个有观察力、思维敏锐的人,然而他现在却意识到,这一切并没有让结果产生太多的不同。也许只是给极少数的人带来了一丁点的慰藉。

现在,玩偶号第七次满载返回多佛港,希格森正掌着舵。他们马上就将再次出发。这似乎永无止境。

对于自己前来参与此事,他的感觉并不能用高兴或是失望来形容。他此生一直都完全忽略自己的情感,这既是事实,也是他长久以来形成的习惯。他把自己生命中的大多数时间都用于解决罪案,如今他年事已高,却仍然决定参与这个不切实际的任务,那是因为他确信邪恶正在这个世界上横行,而他也许能在阻碍邪恶的战斗中扮演某种角色。

正如他在第一次世界大战中所做的那样。

但在目睹了过去几天他所目睹的一切之后——那些就发生在他眼前的大屠杀、斯图卡的俯冲攻击、士兵们和其他民间志愿者们所表现出的英雄气概,就像他的老朋友华生医生那样,他们是真正参加过战斗的人——他现在发现自己其实并没有能力去面对如此大规模的,或者如此直接的死亡。

这是一个新的世界,一个新的现实,曾经有那么一刻,他真的感到毫无准备。他引以为荣的智慧和他惊人的观察力突然间似乎毫无作用,或者至少被严重地边缘化了。

这使得他意识到,他现在是字面意义上的与他的同胞身在同一条船上了。在他漫长的一生之中,他第一次从内心里感受到了他们彼此之间的联系。

一种名叫归属感的情感,和它带来的力量。

\* \* \*

四天之后,日期是5月30日。玩偶号正在与巨大的海浪和强劲的顺风斗争着,而希格森则坐在底舱的双向无线电旁边。

希格森已经不能确实地记得自己上次吃东西或者睡觉是什么时候的事了,也记不清楚他们这是第几次穿越海峡,不记得有多少人登上他们的船只并且被转运到多佛港,或是另一艘较近的海军驱逐舰。他利用无线电与许多其他船只取得了联系,并且听说了许多不同的传闻。他不知道自己是否可以相信这些传闻中的数字——据说在第一天就有两万七千人获救,而第三天的数字则是一万八千。

听起来似乎是不可能的。

德国人已经在敦刻尔克的港口里击沉了两艘英国的大型战舰，但是"发电机行动"仍然在港口以南的防波堤附近持续展开。大量小型船只在海峡中来回穿梭，为此次救援行动出力。

德军指挥官古德里安得知这一情况后显然已经意识到，他在最初将盟军打败并且围困在敦刻尔克之后没有继续追击是一个巨大的错误。现在他已下定决心要阻止被困士兵返回安全的英国，因此德国空军的战斗机带着炸弹和机枪冲了上来。通过无线电，希格森得知每一分钟伤亡人数都在上升。

另一方面，从几天前行动开始时到今天为止，敦刻尔克近海都是一种非典型的风平浪静的好天气，然而此刻却是风大浪急，给玩偶号这样的小型船只带来了许多麻烦，就好像德国地面部队的推进和空军的出击还不够糟糕似的。从他们出发开始，希格森就忙于接收求救信号，并且尝试着协调附近船只对那些被吹到沙洲上甚至海滩上搁浅的船只进行救援。

与此同时，他偶尔还会接收到德军司令部的一部分通话，从而得知豹式坦克分队已经进入了敦刻尔克周边十千米的包围圈。按照这个速度来计算的话，敦刻尔克及其港口和海滩最多只能再坚持两天就会陷落，"发电机行动"将会彻底失败，那成千上万名还在沙滩上等候的士兵也将难逃厄运。

希格森与外界的唯一联系渠道就是这台无线电，它是达菲的姐夫几年之前安装在船上的。这是一个相当简陋的短波电台，当他们在为这次任务做准备时，把它从舰桥里搬到了相对安全的底舱，因此它的收发范围也受到了一定的影响。希格森将航海图在大腿上铺开，由于目前风浪较大，收到的信号大多都是断断续续的，但至少他仍然可以在航海图上标出受困船只的位置——目前他已经与其中六艘取得了联系——如此一来当他们接近被困船只时，也许可以指挥其他船只去营救那些失去了动力的船员。这并不是什么重要的工作，但至少他可以有些事做，不让疲惫坚持着把他带走。

玩偶号重重地落入一道极深的波谷之中。它的船底拍击在水面上，发出令人牙齿发酸的噪声，无线电也发出最后一声粗哑难听的声响，原本正在接收着的一道来自被冲上海滩的某艘船的通讯也就此中断。

希格森在无线电旁边忙碌的同时，两个男孩铺开铺盖卷，在船舱里固定着的像是长板凳一样的座位上睡着了。拍击发生后，年龄更小一点的乔吉翻了个身并且发出一声呻吟，但是没有醒来，而在底舱另一侧睡着的15岁的哈里则坐了起来："那是什么声音？我们被击中了吗？"

"我们从浪尖上掉下来了。"

男孩扭过身，从舷窗往外看了一下大起大落的海面。他将视线收回到自己所在的狭小船舱，打了个大大的哈欠，然后用手指着无线电说："这个无线电坏了么？"

"现在暂时收不到了。"希格森把无线电的开关来回拨了几次，"里面可能有一根导线松脱了，不过现在船晃得厉害，没法修理。你睡着了吗？"

哈里疲惫地咧嘴笑了起来:"睡觉?那是什么?"

希格森也微笑了一下。"是的。"然后,他开了个玩笑,"至少我们的身体还是干燥的。"

"这也能算是干燥?"

他们所有的衣服,甚至包括用于换洗的衣服,都在这许多天的航行之中湿透了一遍又一遍。从第三次士兵登船的时候开始,希格森就没有再到船舷下面去引导他们了。他们已经知道了自己该做什么,对于绳梯的掌控也没有问题。除此之外,秩序和纪律自身就足以维持登船行动的顺利进行。

这时哈里站起来,伸了个懒腰,然后跨过四个台阶走上了甲板。希格森用力拍了那台无线电几下。有那么一会儿,他的眼睛闭了起来,甚至都睡着了,然而这时他听到一声巨响——哈里从甲板上跳到了底舱里。男孩嘴里叼着一支点燃的香烟,毫无疑问,这一定是达菲舅舅的礼物。香烟的味道几乎要让希格森昏过去。哈里深吸了一口烟,然后把烟卷递给希格森:"来一口?"

"好啊,谢谢。"希格森接过香烟吸了一口,立即就感到尼古丁在他的血液里流动起来。这时哈里从口袋里掏出一把螺丝刀,绕到无线电后面琢磨了起来。希格森也走过去,再把烟卷给那男孩抽一口,就坐下来观看他的行动。

"舅舅有些工具放在上面。"哈里说,"如果所有的设备都能正常工作的话,我的感觉会好一点。"

"我也是。看来你很了解无线电。"

"懂一点。"

在过去的这几天之中,哈里还曾经告诉过希格森,他"懂一点"关于船只、阅读海图、修理发动机、在白天和夜间领航的技能。如果你不去观察他的行动,而只是听他自己的描述,你会以为他只是对以上这些方面略有涉猎,但这个想法是错的。希格森回忆起了自己年轻的时候曾经雇用过的伦敦街头的流浪儿们,他们的成果也一向丰硕。如果哈里说他"懂一点"无线电的知识,希格森会放手让他来修复无线电。

哈里打开了无线电的后盖,伸手进去检查里面的线路。"舅舅说我们大概离岸边还有十五分钟的航程。不过到现在还没看到战斗机,也许这么大的风也让他们无法起飞。"

"真希望是这样。"希格森说。这会儿又轮到他吸烟了,他吸了最后一口,把烟蒂递给哈里。"我听说德国人已经攻占了一部分海滩。"

"这些该死的家伙。你觉得在他们彻底占领海滩之前,我们还有多少时间?"

"一天到一天半吧。"

"那现在还有多少人留在那里?"

"没有确切的数字。无线电广播中的信号正在催促每一艘还能动的船继续赶去接人,可能还有二十万人被困。"

哈里突然把头转了过来,震惊得张大了嘴:"还有二十万?"

希格森严肃地点了点头。"我听说是这样。"

"我的老天爷。"哈里说,"我还以为我们真的做成了一些事呢。"

"我们的确做成了。"

哈里摇了摇头，似乎想把这个令人不可思议的数字赶出脑海，然后就继续修复无线电了。突然间，无线电发出一声噪声，随后声音开始变得清晰，可以听到有一个人在说话，并且混杂着枪械射击的声音。"……自清晨后两小时开始遭到持续攻击。重复，我是布莱斯·哈金上校，第十四高地团的指挥官，我们被德军巡逻队盯上了……"

希格森待在无线电的前面，控制着无线电的收发功能。哈金发出的信号是他到目前为止接收到的最清楚的信号，因此他将开关转至"发送"。"这里是多佛港的玩偶号。请描述你所在的位置，完毕。"

"我们现在位于敦刻尔克海滨的最南端。"

希格森转向哈里。"快到上面去问问你舅舅，我们顺利抵达海岸最南端的机会有多大。"接下来他又对麦克风说道，"你们有多少人？"

"大概还剩下60个。我们被压制在一座古老要塞的废墟里，这里的沙滩略微向海里延伸，旁边还有一条漂亮的小溪。"

"我看到了！"这时哈里已经从上层返回，他立即通过翻板门朝舱室里喊道："两点钟方向，舅舅！"

"我们已经靠过来了，"希格森说，"你现在应该可以看到我们。试着让你的人往水里走。"

"你不是开玩笑的吧!那不是自杀吗?"

"你有别的办法吗?"

哈金停顿了一下,然后说道:"真他妈的。"

\* \* \*

哈金的感叹一点都没有错。

他现在已经命令他的一部分部下留在破旧要塞的矮墙后面,掩护其他士兵向水中撤退,然而由于地面被仅在一道沙堤之外的德军部队持续的覆盖式打击炸得坑洼不平,撤退行动也并不顺利。另一方面,由于受到向陆方向的大风大浪影响,达菲只能更为谨慎地驾驶玩偶号,因此他不得不将船开到离海岸线还有大约四十米远的地方,此处的海浪虽已变得细碎,但仍有足够的力量阻碍那些士兵登船。

希格森站在船尾的绳梯旁边,注视着哈金的部下以整齐的快步冲进水中,他们的双手将枪支举到头顶上,尽全力走在水底那些移动着的沙洲上面,在巨浪中穿行。这本身已经足够困难了,他们手上的武器更加重了这种困难。过去几天之中,玩偶号搭载的士兵们大多数已经丢掉了武器,但这支部队似乎下定决心要保留枪支和弹药,他们还抬着布朗式轻机枪、弹药箱、来复枪,肩膀上挂着子弹带,腰间塞着蛋形手榴弹。

第一名士兵刚刚走到船边,正伸出手来要握住希格森的手的时候，沙埂上的一道重机枪射了过来，在波浪上留下数道波纹。这名士兵连同他身后的三个人一起被打得身子都旋转了起来，然后重重地摔倒在水里，海水也很快变成了暗红色。

"下去！到下面去！"希格森对那些孩子们喊道，"到甲板底下去！快！"

他又握住了另一个士兵的手，这名士兵顺利地登上了船，然后立即在船上奔跑起来，在船舷后面找到一个合适的位置，开始向敌人还击。在敌军的另一次齐射之前，约有10人成功登船，随后就有两名士兵在浅水处倒下，很快又有两名士兵被打倒。

尸体在巨浪中浮浮沉沉，士兵们在登上船只这一安全的庇护所之前还需要躲开它们。哈金手下的另外两名士兵登船后直接冲上舰桥，在那里向德国人开火还击，使得德军的火力投放出现了数分钟的减弱迹象。

哈金的部下们由此占据了优势，他们从堡垒的掩蔽处跑了出来，直接冲向水里，然而却仍然保持着整齐的队列。

希格森不由得对这种极致的纪律性感到由衷佩服。

现在，哈金的部下们正从船上的三四个位置朝着德军阵地射击，但是敌人还击的目标也从沙滩上转移到了船只本身。讽刺的是，这对于目前仍在水中的人们来说反而是个好消息，也许这一切根本就是哈金的计划——将敌人的火力从那些因需要涉水而无法保护自己的士兵身上引开。

大多数登上船的士兵现在已经挤入底舱之中，而当底舱被挤得水泄不通之后,后来的士兵就蹲伏在甲板上,期望着船的外壳能给他们带来些许保护。尽管如此,还是有至少五个人受了伤,他们躺在甲板上,在痛苦中呻吟或是尖叫着。就在希格森回头张望的时候,一颗子弹将站在船尾他身边的一名射手的脑袋削去了半边。那人翻倒至船外的水中,位置也立即被哈金的另一名部下所占据。

一道机枪的弹幕将低矮的舰桥犁过了一遍,达菲朝下面大喊:"我们得出发了,希格森!要不我们一个也活不了。"

正在走投无路之时,希格森看到最后一批士兵——大约有十五人的样子——已经离开了要塞。而在他们身后约一百五十米远的地方,一排德国人从沙埂上的掩蔽后跳出来一边射击一边冲锋。"再给我两分钟!"他叫道,"我们能把他们接上船。"

事实证明,德国人的冲锋反而拯救了英国人。他们避开了重机枪的射击角度,而重机枪才是最让哈金的部下们绝望的东西。最后一批人的最后一个也顺利地通过绳梯登上了玩偶号。这最后一个人手臂受了伤,浑身是血,但还是挺直身子敬了一个军礼。"我是布莱斯·哈金上校。"他说,"非常感谢你们来接我们。"

话音未落,达菲就将发动机挂入前进挡,小船向前冲去。希格森一把抓住了哈金,以免他翻出船舷,掉落到巨浪翻滚、充满血腥的海水中去。

\*\*\*

尽管仍受到来自岸上的零星火力打击,但船上的大多数人或是躺在甲板上利用船舷进行掩蔽,或是藏身于底舱之中,因此没有增加更多的伤亡,不过玩偶号本身的舰桥和水线处都遭到了损坏。终于,他们得以顺利地逃出德军的武器射程。由于船只吃水深、风浪大,再加上达菲不顾一切地加速行驶,经常会有海水从舰首处飞溅到甲板上,不过现在达菲已经收回了油门,让玩偶号以一个更为合理的巡航速度向前行驶。

尽管哈金的手臂受了伤,但他本人仍然登上了舰桥并且站在达菲身边,双眼盯着海岸的方向。而那个在希格森身边的人,也就是在原来的那个士兵被杀死之后接替其位置的人则和希格森一起躺在甲板上。现在他坐起来,回头看了一眼,然后又转向希格森。"我们都欠你一条命,老爷子。谢谢。"他微笑着伸出手来,"我是威尔克斯。"

"希格森。"

两人都站了起来。在他们身边的其他人也都开始挪动身体,威尔克斯则立即进入了上位者的状态。"我要求大家把受伤的兄弟抬到底舱去,尽可能让他们舒适一点,免得遭遇风雨。"他转向希格森,说话的声音虽然不高,却透着一股子利落劲儿,"船上有没有医疗用品?药物?毛毯?或是类似的其他东西?"

"恐怕没有。很早就都用完了。我们只是在做运输。"

"那已经足够了,请不要误会。"他再次转向士兵们,抓住离得最近的一个人,"罗杰,我们现在最需要的是一些临时的止血带。由你负责。"罗杰点点头,从底舱的入口走了下去。威尔克斯再次回到希格森身边道:"横穿海峡需要多长时间?"

希格森意识到,为了在巨浪中保持行船的稳定性,玩偶号的速度已经放慢了。但这对于船上的人们来说不是个好消息,特别是对那些已经受了重伤的人更是如此。"按照现在的速度,大约需要四个小时。如果风小些的话,"他补充道,"时间会更短。"

威尔克斯点点头,然后对士兵们高声道:"请把下层甲板留给受伤的兄弟和照顾他们的人!其他所有人都到上面来,找个尽量舒适的地方睡一觉。最多再过一千六百小时我们就能在多佛喝茶了。"

这诙谐的说法让希格森忍俊不禁。他正要转过身,突然听到引擎高亢连续的声音猛地变得低沉下来。他的眉毛立即皱紧了。他首先抬头望向舰桥,随后想到了不久前遭到德军斯图卡战机攻击的事情,立即又望向正在远离他们的海岸。他听到上方传来一个粗哑的声音:"威尔克斯。"

威尔克斯从舱室里走出来,眨着眼睛抬头看着舰桥方向,敬了个礼。"长官?"

"我们还有多少人?"

年轻的副官根本不需要去点人头。"有三十二个健康的小伙子,长官。还有五个受伤的,再加上您本人。"

"那我们的补给情况呢?"

"补给,长官?"

哈金的声音变得尖锐起来:"我指的是枪支,小伙子。手枪、来复枪、弹药、手榴弹。我非常清楚我们已经把电台留在海滩上了。除此之外我们还有些什么?"

"我需要点时间,长官。"

"好吧,那就给你一分钟。就一分钟。"

威尔克斯脸上的表情也能够体现希格森本人对上校专横腔调的反应——不耐烦、沮丧,甚至还有些气愤。随后,他的表情就变得柔和了,一个有幽默感的人总是更有耐性的。无疑,威尔克斯已经对于他长官的脾性十分熟悉了,因此他非常认真地将他的命令执行下去。他立即来到士兵中间,开始统计他们手上的军火数量,然而,希格森并不认为在现在的情况下这么做会有什么好处。

希格森本人首先去确认了一下,哈里和乔吉都没有受伤,表现得生龙活虎的。随后他爬到梯子上前往舰桥。在达菲切断引擎动力之后不久,他们就不再能够前进了,玩偶号现在只是在巨浪中上下起伏着。在他往上爬的时候,看到了天空上已经现出了放晴的迹象——虽然还是有很多聚集着的乌云,但是云层之间已经有了裂缝,可以从中看到蓝色的天空。甚至还有一个瞬间,明亮的阳光照到了甲板上。希格森在梯子从顶端走入舰桥。"我们的情况怎么样?"

"很好。"

希格森说:"我们前往多佛的航程似乎放慢了速度。下面有些人正焦急地等待着回家。"

达菲灰色的双眼毫无神采。"跟上校说吧。"

希格森点点头,转过身敬了个礼。"哈金上校。你的手臂怎么样?"

"用不上了。不过只是皮肉伤。不碍事。"

"长官,我们已经开始在下面给受伤的士兵们进行治疗了。"希格森说,"他们想办法制作了一些临时的绷带。也许你也应该到下面去,让别人照顾一下你,给你处理伤口。"

"我的伤已经处理得很好了。另一方面,希格森先生是吗?我建议你不要给身负重要任务的高级军官下命令。"

希格森眯起眼睛,鼻孔都气得扩大了。"我只是提个建议,长官。不是下命令。你当然有权利做任何你想做的事。"

"我知道。你也需要记住这一点。"

丘吉尔或许不会拘泥于参加"发电机行动"的志愿者是否具有军衔或是否与部队的军官拥有同等权力的小事,然而希格森可不会认为像他这样一个已经退休的老人会比一个真正的英军上校更有权力,哈金也显然不会这么认为。如果希格森准备质疑哈金接管船只这一行为的合法性,后者恐怕会一枪把他打死。尽管他对于上校的态度极为不满和愤怒,但他可不准备挨枪子儿,所以他只是点了点头道:"当然,长官。抱歉。"

达菲从他的座位上转过身。或许是由于压力、紧张、交火以及这次拯救中所遇到的灾难终究超过了他能承受的极限,他现在看起来像是生病了,脸色发青,表现得非常虚弱。"哈金上校,"他以毫无起伏的音调说道,"想要看一看我们的海图。希格森,你能否去把它们拿来给他看一看呢?"

"我们的海图?"

"我们的航海地图。"

希格森知道海图是什么意思——他们也并没有别的地图。"好的,船长。"他回答,"我马上回来。"

在下面,男孩们和威尔克斯一起将伤员和其他人安排好位置,恢复了最低程度的秩序。奇迹发生了——一定是有人把香烟藏在了帽子或者头盔里,这些香烟还是干燥的,大多数人都开始吸起烟来。希格森在电台旁边翻找着他们的海图,这时他听到身后的威尔克斯站在甲板上,向舰桥中的哈金进行报告:"我们有19支卡宾枪,长官,还有16盒配套的子弹。手枪有24支,每支手枪大约有一百发弹药。6架布朗式机枪,子弹有4箱。没有更重型的武器了,也没有机枪架。此外还有40颗蛋形手榴弹。没有任何足够干燥的武器。"

"我没指望会有什么干燥的东西,威尔克斯中尉。我只关心这些武器还能不能使用。请让士兵们检查、测试并且准备好他们的武器。"

威尔克斯没有询问任何问题,只是敬了个礼。"是,长官。"

这时,希格森还在底舱之中舰桥上看不到的位置,他低声说道:"他是不是疯了?"

威尔克斯迅速摇了摇头——别问问题!——然后转过身开始执行上校的新命令。他从门旁边走开,低声对希格森说:"如果你是在为他找东西的话,你最好快一点。"

希格森拿起海图,再次返回舰桥。

在舰桥上,哈金用他那只没有受伤的手臂接过了海图,没有任何表示感谢的言辞或者动作。他用伤臂的肘部压住海图的底角,将它在挡风玻璃上展开,并且询问了达菲他们现在所在的位置。随后他便仔细地研究起来。

玩偶号依旧停泊在原地,随着波浪上下起伏。哈金继续聚精会神地看着海图。在他们下面的甲板上,士兵们进行起了测试射击,枪声断断续续地响起来。希格森和达菲对视了一眼,继续安静地等待着。现在已经是五月末了。乌云逐渐散去,每一次太阳露面的时间都变得更长,吹拂的海风似乎也突然间失去了那种潜藏着的寒意。

过了好一会儿,哈金终于轻咳两声,站直了身子。"船长,"他对达菲说道,"如果我没有看错的话——我相信是如此——我们现在离艾尔运河大约有十二公里远,对吗?"

达菲走到海图前面低头看了一下。"是的,长官,很接近。"

"所以,我们应该可以在,比如说半个小时左右的时间里,赶到运河的河口处?"

"是的。"

"那好吧，按照这个目的地设定你的航线。我们将会在那里发起进攻。"

达菲难掩惊讶，不由自主地问道："进攻，长官？"

"是的，船长，进攻。为我们的国王打出一击，让德国人也出点血。"哈金转过身，对达菲和希格森一起说道："断后在战略上的意义是毋庸赘言的。如果能让德国人以为我们在打击他们的后方，他们在敦刻尔克方面的进攻就必然会放缓。我们可以多为那些还留在海滩上的兄弟们争取一天，甚至是两天的时间。"

"很抱歉，长官，并无冒犯之意。"达菲说，"但是您的部下只有三十个人，而且他们已经全都疲惫不堪了。"

哈金被这个问题激怒了。他绷直了身子："我会原谅你的这个问题，船长，因为你和你的多佛玩偶号现在正在提供英勇而无价的服务。但尽管如此，你仍然应当清楚，你现在正在运载的是整个英国远征军中最优秀的战斗单位之一——如果不能说是最优秀的那一个的话。第十四团还没有被打垮，而它存在的唯一意义就是为英国的荣誉而战。

"而且，我要再一次提醒你们，我并没有愚蠢到要在艾尔运河开展一次大规模作战的程度。我的副官威尔克斯中尉精通德国佬的语言，而且在我们上一次宿营的时候——我们还没有遭到攻击——他用电台监听到了德军攻击部队的日常联络。这一情报表明，正在对敦刻尔克进行合围的坦克部队已经全部渡过了艾尔运河，毕竟它只有三十米宽，据说是工兵搭了两座浮桥。现在那两座浮桥都只有一些辅助部队进行看守，等候着他们的坦克归来。我认为我和我的部下将能毫不费力地摧毁掉其中的一座，甚至是全部两座浮桥。"他脸上露出微弱的笑意，"就算只用一只胳膊也绰绰有余。"

\* \* \*

尽管在希格森看来，哈金既傲慢又独断，但不能否认的是，上校的确是一个极富勇气的人，而且他对手下士兵的领导能力也是非常强的。

在制订出这个"解放"艾尔运河浮桥的计划之后不久，他便将威尔克斯叫到舰桥上来，并且相对详细地讲解了一番自己的计划。虽然他确实急于赶到艾尔运河河口，但他并不特别急于作战，尤其是如果他们遇到的德国军队对他们没有产生怀疑的话，那样做就显得非常愚蠢了。若是一切顺利，他的士兵们还可以找到一个更舒服的地方休息几个小时再去战斗，甚至睡上一觉，而不必在海峡中受着风浪的侵袭。这其中还有另一个令他比较担心的问题，那就是饥饿，不过他告诉威尔克斯，这个问题在船上是没办法解决的，但一旦上了岸，他就可以派出两个小分队进入乡间寻找附近的农场或是村庄，在德军发动残暴的"闪击战"之后，居民们很可能对他们表示同情并给予食物。

在达菲将船驶向海岸线的同时，哈金和威尔克斯则下到甲板上，将士兵们集合起来，并向他们重新说明了一下作战计划。士兵们没有欢呼——毕竟他们已经知道了德军士兵不是些易与之辈——但是也没有表露出不满的迹象。士兵们早已测试过了他们的武器，现在，哈金告诉他们自行寻找一个舒服的位置休息一下，最好能睡一觉。他不打算让他们在白天暴露于可能会在运河两岸巡逻的德国军队的注视之下。他们将会在堤坝的掩护之下停泊，那里的风浪也会小些。

随后，哈金就开始征求等到靠岸后下船去寻找食物的志愿者，希格森抓住机会站了出来。

他注意到哈金的眼神中流露出了惊讶和嘉许的神情，但上校立即说道："好样的，希格森先生，但在我们毁掉浮桥之后，还需要你来帮助我们回到这里来。另一方面，你不是军人，如果你被抓到的话，肯定会被当成间谍杀掉。但你愿意站出来，我们都很感激。谢谢。"

突然间，希格森似乎对哈金的手下们为什么如此忠于他有了些新的理解。

一二十分钟后，达菲再一次关掉了发动机。除了哈金和威尔克斯之外的所有人都弯腰以船舷挡住自己的身体，玩偶号畅通无阻地从河口处的防浪堤冲入一个狭小的港湾。这里没有住宅，没有商业建筑，而且更重要的是，也没有德国人存在的迹象。达菲开着船又在这个港湾里航行了一公里，然后就进入了一条既宽阔，两岸也没有河堤的运河——艾尔运河。

他们又沿河上行了大约三百米左右，哈金用他惯常的那种尖刻而又冷静的语气下达了关闭发动机的命令。船停下来之后，附近变得极为安静。他们在北岸边下了锚，这一侧的河岸上都是碧绿的田野，在远处有牲畜、马匹和人们居住的房子的迹象。船刚停下来，就有四名志愿者两两一组离开了船只，爬到防波堤上。威尔克斯也志愿参加这次的行动。

哈金命令希格森还有达菲都到底舱去和孩子们以及受伤士兵待在一起，并且命令他们躺下来，闭上眼睛。至于他本人则将留在舰桥中进行瞭望，如果需要的话就会随时叫醒他们。与此同时，他对他的士兵们大声宣布，现在的任务就是休息。

此时，时间还不到中午。

\* \* \*

希格森突然间听到了许多声音——船体发出的轻微吱嘎声，身边的人们发出的鼾声和呻吟声，还有蟋蟀的叫声。他睁开眼睛，立即意识到自己这一觉睡了相当长的时间。太阳已经从云层的遮蔽中彻底解放出来，现在，它正在用它的光芒将整条船涂成明亮的橘红色。他发现自己也不再感到寒冷了，气温有了相当大幅的上升。

随后，他突然明白了把自己吵醒的是什么声音。那是马蹄的嘚嘚声。马！

达菲船长目前还昏睡未醒，脸色通红地躺在甲板上，紧紧靠着希格森的身子，但希格森足够小心地坐了起来，并没有弄醒他，随后站起身来。在上层甲板上，士兵们一个个东倒西歪地或躺或坐，就像是燃尽的火柴杆一样，几乎占据了甲板上的每一寸空间。他们全部都睡着了，其中大多数人怀里还抱着自己的枪。东方的天空刚刚开始变成深蓝色，预示着黄昏以及其后温暖而平静的夜晚即将到来。

希格森绕过甲板上的士兵以及他们摊开来晾晒的衣物来到舰桥的梯子上面，刚好看到两个赤膊的男人骑在马背上出现在堤坝的顶端。其中一个正是威尔克斯，他骑着一匹漂亮的黑色阿拉伯种马。当他跳下马的时候，朝着船这边竖起了大拇指，然后把马脖子上挂着的一大串食物给摘了下来。

这其中至少会有些面包，希格森这样想着的时候，嘴巴里就突然分泌出唾液来。他能看出最上方的袋子里装着的显然是厚面包，另外还有一些玻璃瓶子——要么是牛奶，要么是葡萄酒——还有绿叶蔬菜，以及其他一些用纸或是布包着的食物。他听到在他的头上，驾驶员的座椅发出吱嘎的响声。他抬起头来，看到哈金上校正站在梯子的顶端。上校低头看了看他，用那只没受伤的手打了个手势，示意他到舰桥上来。

"你睡着了吗？"当他爬到梯子顶端时，哈金问道。

"是的，长官。谢谢。"

"你饿了吗？"

"不,长官。"

"不必这样,希格森先生。你肯定是饿了。到目前为止我们依然很幸运,两支搜索队都找到了同情我们的当地居民,也都拿到了一些食物。"他指了指塞在驾驶座底下的四个袋子,"另一支搜索队是差不多一小时之前回来的,不过我还是想看看威尔克斯他们那一组能不能也搞来点吃的,然后再一起分发。现在看来,他们的确弄到了些东西,所以你可以掰一点面包,再配上些奶酪。在这儿。下面还有些牛奶,我想那牛奶现在恐怕有点发酵了,不过还是可以喝。"

面包上覆盖着一层很厚的硬壳,非常有嚼头,是刚刚做出来的那种。奶酪呈纯白色,既坚硬又散发着刺鼻的气味,而牛奶则确实有些发酵,而且还带着丰富的奶泡。在他漫长的一生中,希格森曾经在一些世界上最为知名的餐馆里用过餐,但是他觉得自己从来没有吃过比这些面包、奶酪和牛奶更美味的食物。

正在希格森咀嚼着食物的时候,威尔克斯和他的搭档已经带着他们找来的食物从防波堤下到玩偶号的甲板上了。坐在驾驶员座椅上的哈金上校看了一眼自己的手表,然后又转过身看了一下低垂在西边天空中的太阳,最终做出了决定。他站起身来,身子朝着威尔克斯那边倾斜。"该叫醒他们了,威尔克斯中尉。另外,我这里还有一些食物。"

\*\*\*

在天色完全暗下来之前，那些已经得到了充足休息的士兵们又饱餐了一顿面包、奶酪、牛奶、葡萄酒、香肠、火腿、包心菜，甚至还有巧克力的大餐。他们还为一个伤重不治的士兵举行了简短的宗教仪式，并决定将他的遗体留在船上带回英国，使他能够魂归故里。

现在，他们正沿着运河缓缓上行，船上的灯光全部都熄灭了，玩偶号发动机的轻微噪声在河岸两边回荡，听起来就像是一台蒸汽机车的嘶叫和叮当声。希格森和威尔克斯一起站在舰首的高处，搜索着不知会在前方何处出现的浮桥。

"德国人肯定听到这破船发出的噪声了。"威尔克斯说。

希格森年轻的时候，若是需要向缺乏洞察力的人们说明一些显而易见的事实，总是极不耐烦，甚至有些粗鲁。然而，时间软化了他的态度。"是的。正如你所见，我们毕竟是行驶在一条运河上，难道不是吗，威尔克斯？运河上总是会有船只来来往往的嘛，这并没有什么值得奇怪的。"

"你说得对。我想我只是有些紧张。"

"我完全能理解。"

停顿了一小会儿之后，威尔克斯问："你们来回跑了多少趟了？"

"我得好好数一数才能告诉你确切的数字。大概二十趟吧。"

"没停下来歇过?"

"可以这么说。"

"我看到船上有不少弹坑。"

"它也有过'辉煌时刻'了。"

"呃,我很感激你们把我们接上船。"

"那主要是因为你们有个电台。我们只不过是凑巧在那个区域罢了。"

"还是得谢谢你们。每当我想到那些还在等待的小伙子……"

两人陷入了沉默。希格森望向前方的夜幕,一轮下弦月洒下的月光在水面上倒映出来,河岸两边都是一片片的农田,一直伸展向远方的地平线。而在他们的北边——敦刻尔克,一抹橘色的光芒还逗留在天空中,不时地,他们会听到又或是感受到一阵低沉如雷鸣的声响——重炮或是炸弹的声音——这声音甚至盖过了玩偶号的马达声。

但是到了现在,田野和月亮越来越接近,希格森身处于一道平静的水面之上,周遭的夜色也突然出乎意料地变得温暖起来。他吃饱喝足,还睡了一觉,简直觉得自己身在家乡的南部平原了。当他开口说话的时候,连自己都吃了一惊:"我真没想到你会骑着一匹公马出现。而且还是没有马鞍的。"

在黑暗中,威尔克斯问道:"你会骑马?"

"我还小的时候特别喜欢骑马。我现在仍然很喜欢马,但是我已经不养马了。尽管如此,每当有机会的时候我还是会去骑马。"

"我也是。今天那匹公马太棒了。"

"它就这么让你骑上它的背?"

"我那会儿搞到了一些糖。我用糖哄住了它。但只要我爬上它的背,它就甩不掉我了。它真的很棒,跑起来就像风一样。"

"真希望哈金那会儿允许我参加找食物的志愿队伍。"

"那真是一种奖赏,我跟你说。"

哈金用粗哑的声音在舰桥里向外吼道:"威尔克斯中尉!如果你跟希格森先生在外面吵吵闹闹就是谈论这种事的话,麻烦你闭上嘴好吗?"

"是,长官。"

* * *

在接近十点钟的时候,士兵们全部下了船并且登上堤岸。在此之前,哈金看到了一些灯火,他认为那可能是一座城镇,因此命令达菲停下船并且靠岸。达菲和孩子们在玩偶号的舰桥里等候着,士兵们离船大约一刻钟之后,他们开始越来越焦躁不安了。

此时希格森待在下层甲板上,和那些睡着了的以及被伤痛折磨的伤兵们在一起。他守候在电台旁边,尝试着接收一些可能与德军部队运动有关联的消息,同时也监听着仍在参与"发电机行动"的民船之间的交流。

据他了解,哈金的计划并不复杂。原则上讲,他准备"为国王打出一击"并且寄望于能吸引一些目前正在向敦刻尔克方向合围的豹式坦克部队,但是没有人相信他们有望破坏哪怕是一座浮桥,就连上校本人也是如此。真实的目的是,他们要制造足够的噪声,并寄望于这一行动能够拖延敌军那势不可挡的前进步伐。随后,他们就返回玩偶号并跨越海峡——如果他们能够做到的话。

一连串微弱的爆炸声标志着战斗开始——那是英制蛋形手榴弹的爆炸声。接下来则是连续不断的尖锐枪声从运河的水面上传过来。仅仅两分钟之后,整个场面听起来就像是一场真正的大战一样了。他们前方的天空已被迫击炮击发时的火光照亮,与此同时,英军手持的布朗式轻机枪那独特的枪声也逐渐被显得更低沉且有节奏的车载重型机枪枪声压制,这意味着德军已经开始还击。

在希格森看来,一个十分明显的事实是,即便哈金确实如他所希望的那样做到了出其不意,他仍然误判了德军装甲车后卫部队的战斗力。当然,也可能是他刚好遭遇了一批正在渡河开往前线的队伍。希格森走到上层甲板,站在黑暗中聆听着,枪声现在几乎已经连成一片了。他可以看到远处的地平线上有几个相当明亮的光源,或许是探照灯,又或许是各种机动车的前大灯,这些灯光唯一的目标只可能是哈金和他的部下们。

他想象着他们是如何潜伏在低矮堤岸的斜坡之下。如果真是那样的话，只要浮桥上还有德军部队，或者更糟，是运河的对面有德军部队的话，那么他们将会成为毫无防护的活靶子。持续不断的枪炮声终于有所停歇，希格森抓住机会爬上通往舰桥的梯子，并且在中间位置停了下来。"他们正在承受大量的火力打击，达菲。"

"听起来是这样。"

"或许我们应该试着到上游去接他们。"

"那样的话我们可就成了砧板上的肉了，希格森先生。你想想看，我们在运河中间，两岸全是德国人。"达菲嘴里燃着的烟卷照亮了他忧心忡忡的脸，"另一方面，'陛下'命令我在这里等着，至少这样他们可以知道应该到什么地方来找我们。"

希格森从船头向前望着战斗发生的地方。一阵齐射的声音响了起来，听起来简直就像防空武器——高射机枪以及其他一些射速超高的枪械，远比哈金的手下们能够带上船的武器要强大得多。就在他注视着那里的时候，那边又出现了一道闪光，然后是另一道，随后就是那种现在已经让人感到熟悉起来的迫击炮击发时的沉重声响。这次射击的迫击炮听起来更多了。"我们不能在这里干等着，达菲。他们正在遭受屠杀。"

达菲的声音里有一种希格森从来都没有听过的严肃。"如果他们正在尝试着撤退，并且成功了，但是我们却不在这里了，他们又会如何？我们又会如何呢？"

但是，就在那一刻——希格森简直不敢相信自己的耳朵，可那清晰的声音根本没有错误的可能——他再次听到了清脆而有节奏的马蹄声，这一次，可以听得出那匹马正在全力奔跑。马蹄声越来越近了，随后——"别开枪，小伙子们！是我！"那是威尔克斯，他骑着另一匹马出现在了防波堤的顶端。他从马上跳下来，冲向水边，差一点跌倒在水里。他一边剧烈地喘息着，一边竭尽全力开口道："他们把我们钉在第一座浮桥那里了。道路上的德国人怕是有半个师。哈金说你们得到前面去接我们，我们已经没法突围了。"

"你不是刚突围了吗？"达菲说。

"是的，但我的两个同伴没能出来，而且要不是我在路上看到过这匹马，并且记得它在什么地方，恐怕我自己也栽了。"一轮重炮射击的声音打断了他的话，"……没时间了。"

"对，我也这么认为。"

希格森抬头看着达菲，后者转过身，随后不到一秒，希格森就听到船只的发动机开始吼叫起来。"你要上来吗？"

"我想我上船的话应该会快一点。"他从水里爬起来并且翻过船舷，"如果德国佬还没绕到我们背后的话，我们还是会有些掩护的。"

"漂亮。"达菲说，"有多远？"

"五百米，或许更远一点。你会看到的。"

"我对此一点都不怀疑。"说话的工夫，他已经把发动机挂上了挡。

＊＊＊

玩偶号在黑暗中狂奔。绕过河道的一个小弯，枪炮声突然间变得震耳欲聋了。面前有一座横跨整道运河的浮桥——这也代表着船只不可能到更上游的地方去了。哈金和士兵们现在是在浮桥的这一边，但是德国人已经钉住了他们，正对着他们位于桥和陡峭的防波堤之间的一个狭小的临时庇护所发起猛烈攻击。

枪炮声同时也从运河另一边的岸上传来，站在舰桥上的达菲·布莱克将此视为一个不祥的预兆，这一解读并没有错误。这意味着敌人已经有效地包围了哈金所部，而他们唯一可行的逃走路线就是通过进来时的那条水路。然而，玩偶号本身就是一个巨大、缓慢而且没有任何防护的目标，一旦对面的德国人开始大规模地踏上浮桥——达菲认为即使在如此的黑暗之中，他仍然已经看到了黑暗中正用蹲姿前进的大量阴影——哈金和他的士兵们也就彻底完了。他们将被迫投降或是战死，而从达菲所见到的哈金和他的部下们的做派看来，他毫不疑惑他们会选择这两者之中的哪一个。

但是，目前的形势也不是全无希望。由于德国人正忙于围攻哈金所在的位置，现在还没有注意到玩偶号正在接近——当然也可能是尚未意识到这是一艘属于敌军的船只。无论如何，当达菲驾船行驶于平静的黑色水面上时，他并未受到任何攻击。再过一百米左右，他就会接近浮桥，他将会在浮桥边上调转船头，试着把士兵们接到船上来。

然而，他还是犹豫了。从他确定这个拯救计划的那一刻开始他就知道，他本人、威尔克斯以及曾在过去几天做出如此英勇事迹的神奇船员三人组——希格森和两个孩子——将有可能全部阵亡。很显然的是他们至少会被抓住。德军已经控制了运河两岸的防波堤以及正前方的浮桥，四个方向有三面是死路。只要德国人辨明玩偶号的身份，一切就都完了。

他决定在这个位置提前调转船头，给自己留出更多的操控空间。也许德国人会将这一姿态视为即便不完全友善，也不能认为是敌意的行动——他们可能会以为这是一艘本地的船只误入交战区域，立即掉头离开。达菲知道在现在的情况下，玩偶号只不过是水面上的一个阴影，而且不管是他本人，还是威尔克斯，还是待在底舱的任何一个人都没有开枪射击。

他们还有一点点时间。

他转过船头并且挂入倒挡。现在，德国人识破他们的动机并且向他们开火已经只是一个时间问题了。威尔克斯指出了哈金的士兵们所在的具体位置，玩偶号开始迅速弥补这段距离的鸿沟。七十五米，六十米，五十米。

随后，突然间，他们清晰地听到有人尖叫着用德语发布了命令——听起来似乎他们周围到处都是德国人——而且，同样突然的，他们发现枪声的密度迅速降低。这一次，由于距离足够接近，他们已经可以看到德军的阵形而不会有任何错讹——看起来至少有一两个整排在快速穿过浮桥。

但是在达菲看来，最令人震惊的是，即便桥上的德国军队仍在承受哈金所部的轻型武器攻击，他们仍然没有停下来并且彻底打败这些对他们来说并不难缠的敌人。三十秒之后，玩偶号靠上了防波堤的底部，几乎全部的枪炮声也都停止了，只剩下防波堤的另一面城镇所在的方向还有断断续续的机枪声。威尔克斯和两个孩子都下到甲板上，对哈金的手下们高声呼喊——"快走！快走！马上上来！快点！"——催促他们赶紧上船。

在那一瞬间，达菲想到"希格森在什么地方"，并且立即联想到希格森可能是被击中了，心里不由得一阵剧痛，然而现在并没有时间去考虑这些。他不知道德国人停止攻击的原因，自然也无法推测这段幸运的间歇期能够持续多久。现在他所能做的就只有让士兵们上船然后离开这里。哈金的部下再度表现出了他们那种典型的精神，他们首先把幸存的伤者送到船上，现在，最后几名伤者也开始被吊上甲板了。

"到下面去！别出来！到下面去！"男孩们正在将已经登船的伤员送到底舱去。达菲瞥了一眼，得出了伤员可能有十名以上的结论。未受伤的士兵登船后，威尔克斯安排其中的几人占据了船首和船尾的有利射击位。随后，达菲听到他高叫起来："好了，达菲！所有人都上船了。带我们离开吧。"

"哈金在哪儿？"

"死了。"

达菲将操纵杆用力向前推,玩偶号的发动机发出一阵吼声并且喷出一阵轻烟。但它现在开始移动了,并以它能够达到的最高速度沿着运河冲向大海,只要到了海峡上,它就安全了。

威尔克斯又回到了舰桥上,站在达菲的身边。"那里到底发生了什么?他们为什么停下来?"

"不知道,兄弟。也许是上帝之手吧。有多少人活下来了?"

"十八个。其中一半带伤。"

"希格森怎么样了?"

"没看到他。"

"该死。"他用手遮住了眼睛,"真他妈的该死。"

"是的,先生。我也这么认为。"

在他们身后的浮桥旁边,一支德国的机关枪又开始开火,其弹道在夜空中留下清晰的痕迹。处于船尾的士兵借助弹道进行了还击,但是效果并不明显。达菲尽力使船靠近运河的中心航道,转过那个弯之后,玩偶号也终于脱离了战场。在那之后大约半分钟,除了船只的发动机噪声以及底舱偶然传来的伤兵们痛苦的呻吟、哭喊声之外,就再也没有别的声音了。

\* \* \*

威尔克斯知道下层甲板的舱室里已经塞满了伤员,因此他和其他没有受伤的幸存者一起坐在上层甲板上。他本身是一位军官,又在甘冒奇险突围回到玩偶号一事上立下了大功,因此士兵们给他留下了一个储物箱上面的位置,背后有隔板可以倚靠。他精疲力尽地坐下来,蜷起身子,用双臂环抱住双膝,试着从这个姿势中得到一些温暖和舒适。在晚间的行动中,他的衣服再次湿透了——从今天早上开始他的衣服就没怎么干过。现在,他低下头,试着在发动机的震颤中寻求一些类似于休息的感觉。

"给我这可怜的老头子让点位置好吗?"

老人的声音似乎是从极为遥远的地方传来的——也许威尔克斯打起了瞌睡,这声音不过是他的想象,但当他抬起头来的时候,尽管周围很黑,他还是清晰地认出了希格森那张满是疲倦的脸。"我也死了吗?"他问。

"抱歉,'也'是什么意思?"

威尔克斯摇摇头,赶走莫名其妙的想法。他现在可以看到,他们显然已经穿过了防波堤,身处于海峡之上了。他坐直身子,然后舒展了一下肢体。"达菲和我都没找到你。我们以为你已经被甩下船了。"

"没那么好的运气。我刚才在舰桥上看到他了,他说我们两个小时后就能到多佛港。"

"那刚才你在哪儿?"

"在下面。"

"下面的人怎么样了?"他问。

"有三个死了。其他人都还好。至少他们能活着回去了。"

"我不想说死人的坏话,但是上校的行动从一开始就是个自杀任务!我们能有这么多人活下来已经很幸运了。三十人要为了什么国王进攻三百个德国人,甚至看起来有三千人那么多!那根本就不是什么'打出一击',那是走入一个死亡陷阱。"

希格森沉默了一小会儿,然后说道:"实际上,是一百二十个德国人。"

"什么?"

"被留下来保卫浮桥的分队。总共有一百二十个人。"

"就算是这样,"威尔克斯说,"四对一也不是……"他突然停了下来。"你怎么知道的?你怎么知道他们有多少人?"

希格森朝身后打了个手势。"是电台。我说了,我一直都在底舱里。就在我们出发沿河而上之前,我刚好找到了他们的通信频率。我发现这支部队在阿奎斯附近守卫着浮桥,马上意识到他们正是我们正在对抗的那支部队。我就跟他们建立了联系。"

"你和他们说话了?"

"Ich bin Hauptmann Braun, Offizier im Stab von General Guderian. Dies ist eine Angelegenheit der höchster Priorität." 他露出一个僵硬的微笑。

威尔克斯将这句话翻译过来:"我是古德里安将军的参谋布劳恩少校。这是紧急通话。"

希格森咧嘴笑着,他的牙齿在黑暗中闪着光。"我要求他们报告他们的位置和人数。"

"他们按你说的做了?"

"德国人一向都很有效率。"

"那然后呢?"

"然后,作为布劳恩少校,我告诉他们,同盟军发动了出人意料的大规模反击,大约有一个师的部队,机动性很高,他们不知是如何躲过了'我们'的钳形攻势,目前正在朝着城镇的方向行军,其目的显然是要占领桥梁。至于浮桥附近的小规模部队毫无疑问只是一种伴动,目的是引诱我们的断后部队,而与此同时,他们的主力将会毫无阻碍地穿过阿奎斯。布劳恩少校——也就是我,"希格森说到此处,满意地笑了一声,"向他们传达了古德里安本人的命令,要求他们立即——立即——放弃浮桥,并且尝试着阻拦同盟军的攻击。看起来有效果了。"

"有效果?当然有效果。你救了我们所有人!"

希格森摆了摆手。"我应该让他们把浮桥炸掉,那样就完美了。"

"你想太多了,老伙计。多么出色的计谋啊!达菲还以为那是个奇迹。他说是'上帝之手'。"

希格森摇摇头。"也不能那么说。只能说是当我们需要的时候,运气刚好来了。"

"那你说的运气是什么?"

"碰巧找到了他们的通信频率。"

"你是有意地去找的。这不是运气。"

"好吧,重要的是这可以把我们拯救出来。"

"那是很重要,你应该为此而得到一枚勋章。"

"别胡说了,威尔克斯。现在我只想要这个箱子上面的一点空间。我快要累死了。"

五分钟之内,希格森就打起了鼾,就像任何一个终于得以休息的老人一样。

\* \* \*

九天之后,亦即1940年6月4日,代号"发电机行动"的敦刻尔克大撤退终告结束。约八百艘英国民船与多佛港的玩偶号一同被紧急征召,并且想方设法将三十三万八千二百二十六名士兵带回了英国。玩偶号自身总共往返于海峡两岸三十八次,其中在艾尔运河浮桥袭击战之后又往返了十八次。

弗兰克·达菲返回陆军部任职,并且将其所见到的一切向周围的人大肆宣扬:在玩偶号的船员中最年长的那一位,一个仅以"希格森"这个姓氏为人所知的平民是如何以他的英勇和智慧阻挡了德军——从目前得知的情况来分析,发生在艾尔运河浮桥的这场战斗虽然规模不大,却切实让德军的推进严重滞后,最终使之对敦刻尔克的围攻延迟了至少两天,无数人的生命因此而得到拯救,而希格森的事迹也在人们的口口相传之中发扬光大。

最终，整个故事被汇报到了英国最高指挥部。温斯顿·丘吉尔下令对此事进行了一番调查，证实了当时的实际情况，也确认了此事的战略后果。但尽管此后政府发动了广泛的寻找，这位英雄的身份也未能得到进一步的证实，当然也没有寻找到他本人。没有任何一个姓希格森的人居住在苏塞克斯丘陵或其附近，而这却是弗兰克·达菲所知道的所有关于这位老人的背景资料。

尽管如此，在1940年10月，丘吉尔仍然向一位身份未知、仅知道希格森这个姓氏的志愿水手缺席颁发了英国军方最高等的荣誉勋章——维多利亚十字勋章，以奖励他"在敌军的面前"表现出的英勇。

这枚勋章始终无人领取。

# 空拖鞋疑案

文本：利亚·摩尔、约翰·瑞裴翁

绘图：克里斯·多尔蒂、亚当·卡德维尔

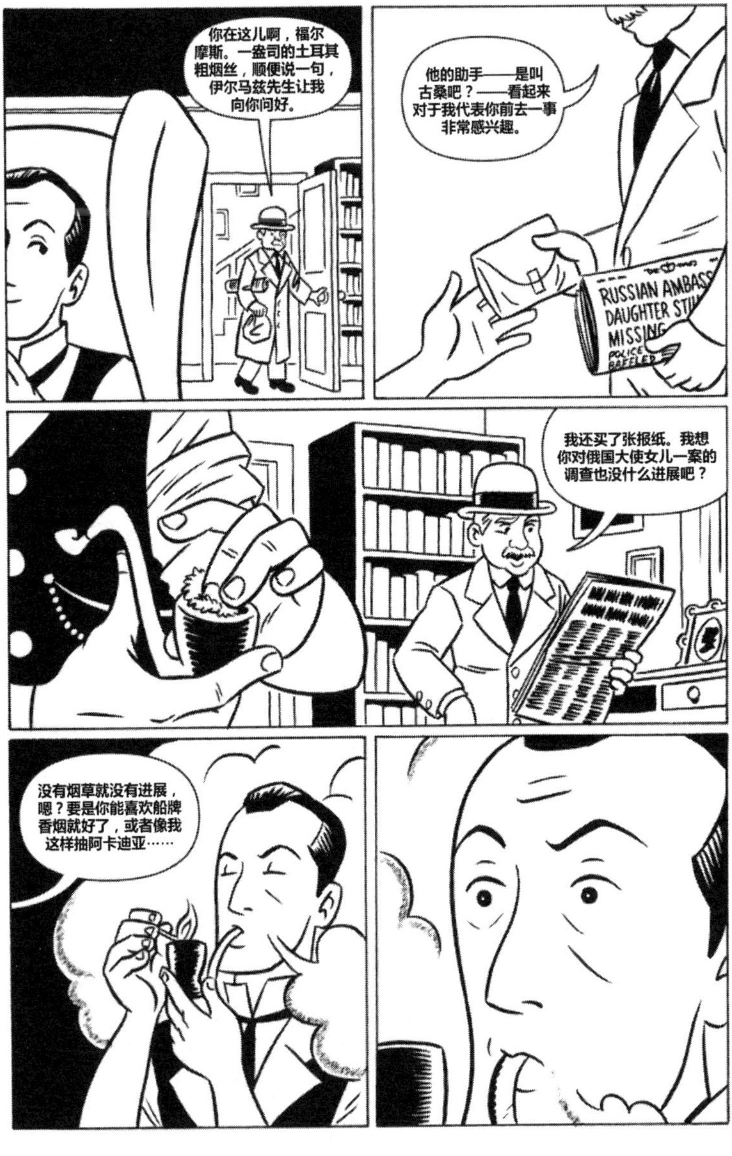


*报纸：俄国大使女儿仍失踪，警方无计可施

## 与福尔摩斯为邻

福尔摩斯！我说！干吗这么急？你要到哪儿去啊？

没时间解释，华生，没时间解释！

睁大眼睛看好了，女士们先生们。别让你们的眼睛离开那颗球！

我敢赌两个半先令，我肯定知道它在哪！

我敢赌两个半先令，你肯定不知道，先生。

嘿！我的帽子！

IN THE COMPANY OF SHERLOCK HOLMES

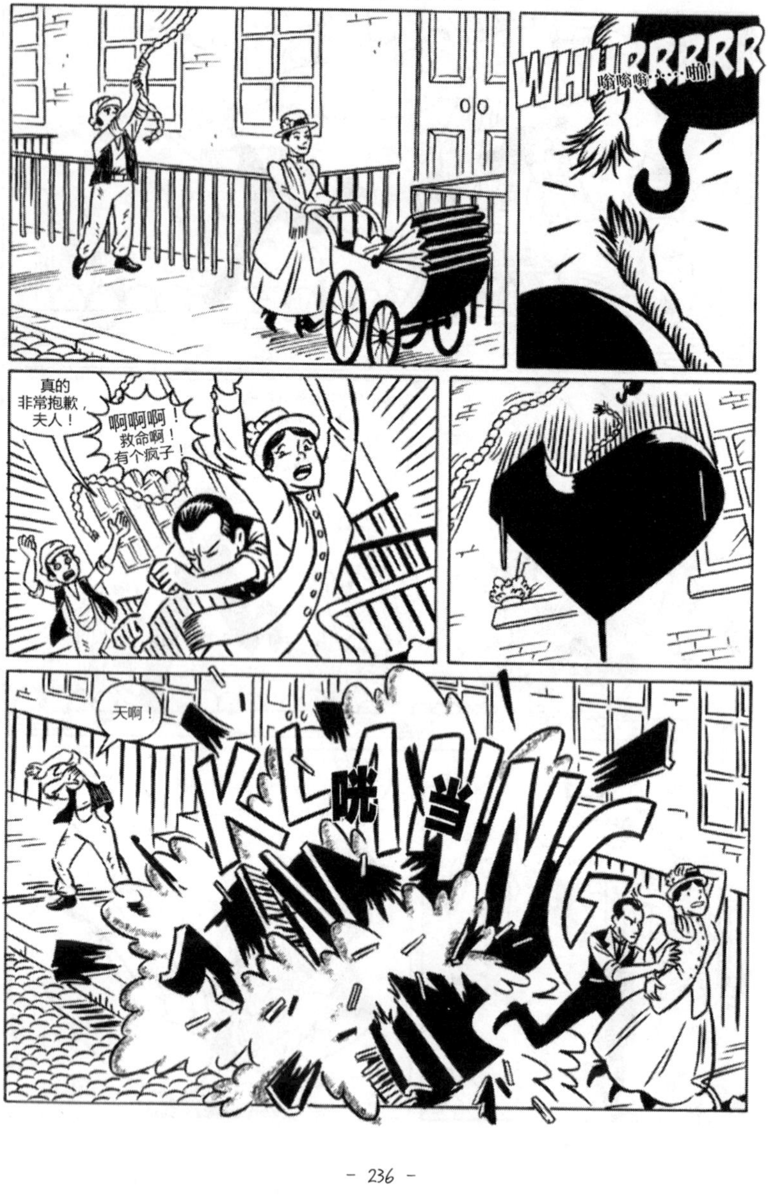
WHIRRRRR
嗡嗡嗡……啪！
真的非常抱歉，夫人！
啊啊啊！救命啊！有个疯子！
天啊！
咣当

绳、绳子突然断了！
我啥也干不了！
他们本来有可能会死！
但他是怎么
知道的？

你怎么知道的，
福尔摩斯！
你怎么可能会知道？
没时间解释了，
华生！没时间
解释了！

与福尔摩斯为邻

古桑，毫无疑问，这是个亚美尼亚名字。
SLAMM
砰!
他们有理由对他们同胞的困窘现状而感到沮丧。
俄国承诺保护他们的国家，帮助他们的人民。它让他们失望了。
这两人成为了革命者，相信自己能够复仇。
伊尔马兹先生因受到威胁，被迫与他们合作。
但他故意把我要的耶尼杰和巴夫拉烟草以错误的比例混合，从而给我传递了一个信号。
说到这个，你能否帮我重新混合一剂呢？
因为现在我真的非常想要吸一口烟了。
END

# 失踪男孩

科妮莉亚·芬克

亲爱的福尔摩斯：

你总是有意将你的过去掩藏在神秘的帘幕之下。你比任何人都更清楚，如果你的过去被掌握在敌人手中，将是一件多么可怕的武器。只有一件案子暂时地揭开了那道帘幕，而我遵从你的意愿——甚至可以认为那是一种命令——毁去了我们有关此案的一切记录。但我对你有着足够的了解（尽管由于你的种种阻碍这并非易事，我亲爱的朋友——而我现在敢于这样称呼你），因此我确定总有一天你会愿意回头看看，并且明白我为什么要保留这封信：过去的阴影让你成为了你这样的人。

我经常怀疑，你之所以如此充满激情地揭露他人的罪行和秘密，是因为它们会让你回想起你自己掩盖起来的秘密。相较于其他案件，这桩案子——让我们暂且称它为"失踪男孩案"吧——更好地证实了这一猜测。它让我明白，我最好的朋友将他的情感用一层层的寒霜覆盖起来，是因为他被回忆所萦绕，只有在如此冻结的、死气沉沉的状态之下，他才能够忍受这些回忆。伟大的夏洛克·福尔摩斯所惧怕的魔鬼始终存活在他的内心之中，而他掩藏在最深处的秘密就是它们的居所。

"当我看到他的时候，我就有一种预感。"我们经常说的这样一句话，实则不过是将我们在此后得知的一切投射到过去的某一刻罢了，而且我们自己也知道是如此。但是，这话并没有错。我第一眼看到那个男孩时就产生了一种预感——那孩子首次介绍自己时自称尼古拉斯·霍金斯。那是——而且仍然是——真实的。

尽管哈德森太太——愿上帝保佑她的灵魂——并不是一个以洞察力见长的女人，但即使是她也无法将目光从他身上移开。

但这并不是一切的开始。我前往故事核心部分的脚步或许是太过急切了。

这个案子起始于某次你如此慷慨地给予贝克街小分队的大餐，每当他们给你带来有用信息的时候，你总是会请他们吃这样一餐。有时候，贝克街221B号甚至有超过二十个肮脏的小流浪汉。在绝大多数情况下，哈德森太太都需要我的帮助，因为她经常会发现他们那肮脏的手指放在对她来说非常贵重的物品上面。相反的，你总是很喜欢这些未成年的罪犯围绕在你身边。你具有非凡的装扮技巧和欲望，同时也有能力以比大多数人更有条理的方式去思考——即便是身处于你自己有意制造的混乱环境之中也是如此。然而你的这一偏好是目前为止我掌握的最有力的证据，可以揭示你内在的自我是蔑视权威的。你很可能会补充说，你蔑视的是那些建立在可疑基础上的权威。但我怀疑你蔑视一切权威，特别是宗教和政治类的。

夏洛克·福尔摩斯坚信规则的必要性，也是一个维护正义原则的有力战士，但他很少意识到规则和正义也体现在人类的法律之中。因此他认为自己可以随意地忽略甚至有意违背法律，只要他认为自己的行为是真正正义的就可以。

那些相当自豪地自称为贝克街小分队的男孩们对此有着与他相同的观点——他们很可能比和我们一同寻求正义的成年合作者更好地理解这些观点。生活早早地教育这些孩子：人类社会的法律保护的主要是财产而非健康和福祉。贝克街小分队的孩子们从来没有机会建立"这个世界是正义的"这样的信念，因此他们对这个世界的观感是严厉而无情的，这值得敬佩，因为他们周围的成年人都戴着一副幻觉的眼镜来安慰自己。

这个团伙的头目比利·利赛德再一次地带来了一位新的男孩来参与他们所谓的"贝克街的盛宴"。贝克街小分队一直在街道上或是河岸两边的垃圾场里招募新的成员，我知道有几个男孩是他们从有虐待癖的父亲那里救出来的。有时，他们甚至会从济贫院里释放未成年的男孩。比利总是会把新成员带到我那里去，以确定他们身上的皮肉伤没有掩盖着骨折或是脏器破损之类的重伤。对于贝克街小分队的大多数成员来说，"家庭"意味着危险，而"家"可以简单地译为战场。事实上我认为这些小孩子所遇到的暴力，以及暴力对他们的伤害远远超过穿着制服的士兵们所遭受的一切，因为在家庭中本来就不应当有战斗，而在这战斗之中又没有同伴来保护他们的后方，只有对那些本来应该爱他们、保护他们的人无助的恐惧。

使得尼古拉斯·霍金斯引人注目的原因并不是他的衣服。小分队的成员们经常穿着一些式样时尚、制作考究的衣物——毕竟他们都是技术高明的小偷。每当我们不能以更合适的方法来获取一些证据时，就会派他们出马。是的，新来的男孩所穿的衣服做工十分精良，所有的那些污渍和灰尘都不能遮掩这个事实。但我也注意到了他脚上那双昂贵的鞋子大小刚好合适，而不像其他孩子的鞋那样有的过大，有的过小（你所教给我的推理方法毕竟不是徒劳无功）。这孩子面上虽有尘垢，仍能看得出他的脸色相当白皙，但不是那种在济贫院待得久了营养不良的那种苍白。那可以说是一个家境富有、未经风雨摧残的男孩所显露出的那种白皙。那双接过哈德森太太递来的盘子的手是瘦削而柔软的，而当我询问他的姓名时，他所吐出的每一个元音和辅音都透露出他受过良好的教养，不过我却没有听出伊顿或是威斯敏斯特的独特口音。

我的朋友，使我联想到你的并不完全是他那瘦削的脸颊，虽然这也是他与你略微相似的地方之一。不，是那个男孩的眼神。既叛逆又无所畏惧，尽管受到了一点点恐惧的侵蚀；其中充满了激昂的情感，然而却被他的聪慧所掩盖，被他的痛苦所冻结。还有他的姿态——那么笔直，那么骄傲……他在与他内心中一切虚弱的、年轻的、易受伤害的东西作战。这一切都让我感到无比熟悉。

你当然也看到了这一切。小分队带来的是一个年轻的你自己，虽然男孩的头发是金色而非黑色，而那双和你一样时刻充满了戒备的眼睛是棕色的。

尼古拉斯·霍金斯一言不发，与此同时，其他人全都在不断地吵闹，以至于哈德森太太每次往他们的盘子里填上肉汤和土豆泥时，都会朝我投来闷闷不乐的目光。

不，他一个字都没有说，也没怎么吃东西。但他偷了一支已经用了很久的银叉子——那是你不顾哈德森太太的抗议而允许贝克街小分队使用的。

我瞥了你一眼。

是的，你已经注意到了这次偷窃。

男孩尽了自己最大的努力试图将银叉子藏在他肮脏的衬衫下面，但他显然不像其他男孩那样拥有久经锻炼的偷窃技术。

正当我准备站起来时，你示意我继续坐着不要动。我们彼此之间太熟悉了，以至于几乎不需要用言语来传达这样的信号。你左侧的眉毛轻轻挑起，瘦削的手指来回摸着鼻梁，轻触上唇或者仅仅是一只放在膝盖上的手……我们无言的词汇表如今已经非常可靠了。

贝克街小分队有一个不成文的规定，他们一直都是严格地遵守着的，就好像用血发过誓一样（据我们所知，他们经常举行这样的仪式用于制定其他的一些规矩）。这个规定是这样的：夏洛克·福尔摩斯的住所是一个神圣之地，因此在这里不可以偷窃、说脏话、随地吐痰或是丢弃虱子以及其他一些藏身于他们的头发和衣服之中的令人厌恶的生物。

尼古拉斯·霍金斯无疑已经得知了这条规矩。但是绝望可以让人敢于违犯执行得最为严格的法律条文，他的眼睛之中就潜藏着那种绝望，甚至比我在贝克街221B号所见到的任何一个来寻求你帮助的成年人都更加黑暗深沉。

随着你灰色眼眸的快速运动，你将我的目光吸引到装着柠檬水的大杯子上面，这是哈德森太太随着食物一起不情不愿地送进来的。

在你的需求之下，我已经成为一个非常好的演员了（也许没有你那么好——夏洛克·福尔摩斯有可能使我相信他是哈德森太太在后门喂养的野猫之一）。我设法将大部分的柠檬水泼洒在尼古拉斯·霍金斯身上，而没有引起我们一向相当多疑的客人们的任何疑虑。而且，感谢我明显的笨拙和哈德森太太制作的特别黏稠的柠檬水，尼古拉斯·霍金斯（当后来我发现这个姓是他从他最喜欢的书里剽窃而来的时候，我感到相当吃惊）不得不留了下来，其他的男孩们则飞快地冲下楼梯，准备去跟踪一个知名的银行家，你（理所当然地）认为此人涉嫌在已故的莫里亚蒂的某些行动中予以了资助。

尼古拉斯一边含糊地说着一些借口,一边穿上了哈德森太太从我们为贝克街小分队准备的装得很满的衣柜里取出来的干衣服,从而也再次暴露了他的良好教养。这孩子设法继续拿着那支叉子。目前它被藏在他的左袖里,但他很显然对此感到尴尬。

当我把这孩子带回起居室时,你正坐在椅子里吸着烟斗。你平静地凝视着他——这是一种你经常用于盯着客户、甚至是未来受害者的眼神,冷淡而超然,就像一条随时准备出击的蛇。但除此之外,你的表情里还有其他一些东西,那是一丝同情——我极少在你身上发现这种情绪,而且它通常都不会在与某人第一次见面时出现。

"我想你低估了你当前的同伴,"你说话的时候眼睛始终盯着那个孩子,"他们具有惊人的同情心。我很确定如果你将你目前的情况坦然相告,他们一定可以为你提供购买车票所需的资金。"

尼古拉斯·霍金斯的脸上几乎一直都挂着一副毫无表情的面具,就和夏洛克·福尔摩斯的习惯一样。但他还是太年轻了,无法抹去所有的由羞耻、恐惧和受伤的自尊所留下的痕迹。你强加在自己感情之上的冬天已经来了,但年轻的春天仍然能够在冰冻的表面之下生根发芽。

"我不知道你在说什么,先生。"

"很显然你并不太了解这个城市的地下交易。你藏在袖子之中的那把叉子绝对不足以支付一张到……让我猜猜……约克或是斯卡伯勒的车票。这件银器已经使用了差不多五十年了，磨损得相当厉害。同时还有另外一个可悲的事实，它上面有一个代表低等纯度的印记。然而，由于它对我个人还有一些感情方面的价值，我不得不请求你将它归还于我。"

男孩犹豫了一下，似乎仍然想要装出无辜的模样，但他还是打开他的袖子，把那支叉子拿了出来。当他把它丢在你伸出的手中时，泪水在他的眼眶里打着转，看起来就像是自尊受到了伤害……你很少露出这种表情，但我已经见过了。

"你怎么知道我要用这笔钱干什么？"

你把叉子放在桌上。"其他人在吃东西的时候，你没显得特别饿。在我看来，你没有药物上瘾的迹象，你必须要吃东西。尽管你有一个很好的老师，且这位老师也花了很大精力来帮助你掩饰你的口音，但你显然不是伦敦本地人，而你身上衣服的状态显示你至少有两周没有回过家了。你戴着一个盒式吊坠，而且经常用手去触摸它。考虑到你的年龄，我想这个吊坠应该不是一段情史的见证物，那么也就是说，你是一个深爱着自己母亲的温柔儿子。"

我的朋友，直到现在我仍然不能确定，当你说出这些话时，谁的脸色更加苍白，是这可怜的孩子，还是你本人。

"我必须回去。这样跑掉是不对的。"

"此话说得对，但也不对。"你回答道，"之所以说对，是因为你必须回去，否则你可能永远都无法原谅自己。但这种回归必须做好准备，否则可能会带来危险，因此答案就变成了'不对'。跑掉本身不是完全错误的,因为现在你遇到了我,而我将尽我所能来帮助你。"

你朝男孩的胸膛点了点头。"你是否介意解开你的衬衫,让华生医生看看你胸口和背部的伤痕呢?我确信那些地方是有伤痕的。"

男孩只是看着你,他的脸色像死人一样苍白。

"有一些小的动作透露了这个讯息。对身体疼痛的恐惧可以引发惊人的反应。我们变得像鹿一样警觉。但是这并没有什么帮助,因为猎人同时也是我们的主人。对吗?"

男孩紧紧地咬着嘴唇,以至于他的嘴唇甚至比脸还要更苍白。"我看到了他在做什么。"

"是的,你看到了。而且他也知道。"

那个时候,我看到了,我的朋友。在你的脸上。那是回忆。不是那孩子的回忆,而是你的。我把它们写了下来,因为这么长时间以来,我一直都是你回忆的抄写员。若要将它们保存下来,纸张是一个更安全的地方,因为在你的思想里,你已经决定要把它们冻成冰。在我参与战争的那些日子里,我有时候会要求在战场上受了刺激的人把他们的回忆写下来,再把纸烧掉。我把这些事情写在纸上,也只是为了要把它们烧掉。但你必须在正确的时间去烧掉它们……当你写下的字句已经准备好要把你的回忆一同带走的时候。遗憾的是,这种方法并不总是奏效。

"我可以做一件事。"你继续道,"因为我猜测你大概不想让我通知警察。"

男孩使劲摇了摇头。

"好吧，那么让我们暂时把这个选择放在一边。"你抚平了裤子的面料，就像在整理你的思绪一样。"事实上，我恐怕你的看法是对的。即使叫来警察，这一类家务事也不会有什么好的变化。"

你站起来，走到窗前——当你的情绪有着逃离你强迫它们穿上的紧身衣的倾向时，你经常会这么做。

"答应我，如果没有我的信，就不要回去。"你说道，并没有转过头。

男孩点了点头，但就我所见，他所想要的只是逃开这个可以像他自己一样清晰地读出他所有心思的人。如果是你的话，应该也会是这种反应。当然，你也知道这一点。

"这封信同时也会保护你的母亲。"你补充道。

男孩只是盯着你的后背。他不相信你。他早已不再相信有任何东西能够保护她。

你派我在他离开后跟踪他。

长话短说吧，尽管这是我心中最沉重的负担之一：我把这个孩子跟丢了。

我从来没有见过你比这次更加愤怒的样子。

你亲自去找了比利，但是这个自称姓霍金斯的孩子再没有回到贝克街小分队之中。

你命令他们寻找他。你付钱给他们，让他们在所有的主要车站守候。你整夜未眠,你写好的那封信一直都放在你的书桌上。

这个男孩一直都没有被找到。

两天后,《泰晤士报》报道称,在约克附近拥有大量地产的富商理查德·波尚之妻比特丽丝·波尚自杀身亡。她留下了一个儿子。一个叫做尼古拉斯的独生子。

凌晨3点时,我仍能听到你在起居室里走来走去的脚步声。我敲了敲门。你让我进去了,我的朋友。对此我依然深深感激。这个夜晚解释了许多事情,也最好地证明了你对我的信任。

"他没有兄弟。这是最令我担忧的一个细节。"你站在窗前凝视着黑夜,仿佛要用你的目光穿透一种与此不同的黑暗,"如果没有迈克罗夫特的帮助,我永远都无法阻止那件事。在那个年纪,我哥哥比我更善于推理和逻辑思维,不会受到情感左右。如果没有他的话,我会被我的情感淹没。"

一个车夫的沙哑声音从街上传来,仿佛在提醒我们,在我们这个世界的表面之下依然潜伏着暴力。而且有些时候,这种暴力也不会轻易地放过我们称之为家的地方。

"我们以勒索的方式阻止了我们的父亲。我们找到了他已经犯下的几次轻微罪行的证据——他试图威胁一个商业上的合作伙伴。在我们看来,相比于他对我们母亲所做的事,这其实算不了什么,但如果警察发现了这些事,他就算是毁了。我们害怕一旦他发现那些信件是我们寄的,他会杀了我们，或者派人来杀了我们。但是他决定逃到殖民地去，带走了大多数的现金，留下一所负着许多债务的房产。我的母亲一直没有彻底原谅我们。不过，迈克罗夫特始终认为她对我们最强烈的情绪是源于自己无能为力的尴尬，而且她始终都还爱着他。"

你转过身来看着我。"我已经忘记了如此年轻的感觉是怎样的，华生，"你说，"这样的父亲只能使我们觉得无法相信任何人。我对我的无知感到羞耻。请你找到那个男孩在哪里，我还是想让他父亲收到我的信。"

我找到他了。他在他父亲安排的一所可怕的学校里，悲伤已经让他变得疯疯癫癫了。福尔摩斯的信使得尼古拉斯·波尚被送往了这个国家最好的学校——这封信是我亲自送去的——而且即使在学校放假时，他也可以不必回家。

他没有兄弟，我的朋友。但他遇到了夏洛克·福尔摩斯。

# 会思考的机器

丹妮丝·汉密尔顿

比尔·格利森边吃午餐边用电脑。电脑正在进行消费者数据分析，无聊中，他的视线游离到桌角的画框。他思索画框卷角与平行线之间所蕴含的美妙几何关系，恍惚中陷入了数学的深思。

不过，有些东西很令他烦恼。

数字慢慢淡去，画框里的图像却越来越清晰，那是大女儿波尔莎捧得科学奥林匹克杯冠军的照片，照片上的她很开心。

比尔仔细端详着掌上明珠的照片。波尔莎即将上大学，仅剩下萨曼莎，比尔叫她千金二号，或者叫Dos。他憧憬着上大学那天把各种行李拉上沃尔沃旅行车，带着波尔莎到大学宿舍……

突然间，比尔发出一声怪叫，坐直起来。

要是他能收集到足够多的数据来预测哪家孩子能上大学呢？这些孩子上了大学就要买台灯、床单、枕头、书架和实验工具等等，而全国连锁的仓储超市兰马特正好可以针对这类家庭开展促销和广告，比尔在这家超市从事研发工作。

在接下来几周时间，比尔头脑里面一直在考虑这个创意的可行性。毕竟自己有想法不代表所有人都能接受，并且为这个创意立项拨款。当前，他将自己的一些想法跟几位同事交流得到的只有满满的恶意，在被怒目而视的白眼攻势中，他只好做做鬼脸找台阶下。

此时的比尔觉得自己在整个兰马特公司内部被视作《生化危机》里面的异类。他求学生涯的终点是拿到了数学博士学位，这在同辈当中寥若晨星。毕业之后，他在一所研究型大学里浸淫了十年之久，专门跟数学打交道。他在那里感觉很自在。数字很精确，算出来是什么就是什么。这些数字从来没有让他失望过，不像是人与人之间，感情不好掌控，行为无法预测。人情世故一直是比尔的弱项。

再往后，数学变得很吃香，像比尔这样深谙数据分析与预测的人才需求量迅速增加。曾经一再谢绝硅谷与美国信息技术公司高薪职位的比尔，终于依依不舍地离开了经费拮据的科研机构，跟大学生活说再见，来到薪水是科研机构 4.256864 倍的兰马特就职。

迫使他下定决心走出象牙塔的人，正是他现在的妻子丽莎。

出于某种机缘巧合，丽莎认识了他。她不像其他女性一下子被比尔吓倒，用她的客套话讲，比尔有"怪才"。如今夫妇有了一双宝贝千金波尔莎和 Dos，一家人尽享天伦之乐。

比尔一直担心扮演不好父亲的角色。他深知自己跟像素打交道比跟人打交道更自如。但是令比尔颇感欣慰的是，他发现两位掌上明珠青出于蓝而胜于蓝,至少很多方面自己不如两个女儿。他曾在她们熟睡之际用颤抖的手指轻抚她们粉红色的贝壳般的耳朵,发现耳朵的纹理跟费波纳契螺旋一致。他曾花了老半天研究哪一个品牌的尿布吸水性最佳。他日复一日地在谷物箱上辛劳,做出一份份由麦片、奶酪和火鸡组合而成的小精灵三明治给孩子们吃。

每当下班回家,在他还没进屋、因疲累而笨拙迟缓,连拥抱女儿也做不好的时候(虽然已经比之前好很多),他的两个女儿还是会不顾一切地扑到他的怀里,抢着要他在睡觉之前讲故事——还必须讲得绘声绘色,饱含深情。

从《草原上的小木屋》讲到《暮光之城》,比尔学乖了。他再也不去计较从生物学的角度吸血鬼根本不存在的事,或是质疑某些发型和装备的魔力在狂怒(21.7%)与泪奔(17.6%)状态下的统计概率。直到有一天,当姑娘们分别长到17岁和15岁的时候,丽莎郑重表示希望再怀上一个孩子。

女人到了她这个年纪,首先遇到的问题是不孕,需要去向妇科医生问诊,做各种测试,注射很多药物,对身体的伤害很大。直到丽莎流产两次之后,夫妇俩才作了个明智之举,说好先不跟两个姑娘们说这事,等真的怀上了再说,免得孝顺的女儿们担心。

比尔希望以后万事大吉,丽莎化悲痛为双倍的努力。她要求比尔在她排卵期间利用午餐开车回家造人。有一次他参加在旧金山举行的数据分析大会,不得不提前两天回家。比

尔恨透了这些"排卵期",因为他的日程安排不得不变成一种经过数学精确计算过的行为,使他回忆起孩童时期的歌谣:

**机——器人**
**机——器人**
**比利只是台机器人!**

"午餐行动"也令他在状态最差的时候工作心不在焉。入职兰马特时,比尔已经构建了一套计算机数据库来分析该超市顾客——兰马特称之为"客官"——的购买方式。

自打那时起,他就专注于用各种可能的方式将数据分割、分类,生成的信息量大得令人咂舌。例如,将自己孩子照片放在信用卡上刷卡的客官消费纪录较高。为此,兰马特开展了轰轰烈烈的促销活动,免费发放头像定制的信用卡,这让各网点的库存率下降了3.2%。

比尔本就是个情商低于谷歌总部海拔高度负值[1]的人。这些研究成果使他确信冰冷枯燥的数据能掩盖,但同时也能揭示出无可辩驳的情感真相。

虽然公司后来对比尔进行了表彰,可他还是意犹未尽。盯着屏幕上的一排排柱状数据图,他只看到了自己真正想得到的数据外观:一个灰色的幽灵在他眼前一闪而过。

---

[1] 谷歌公司总部新大楼高达330米,它的负值可想而知……

这就是办公室见证Eureka①的时刻!

次月,比尔向老板吹嘘自己很快就能够识别兰马特客官中孩子有上大学潜质的家长。他只需要收集到更全面的数据。

"我相信隐藏在这些数据背后的数理模型可通过法医学建模得到,"他向公司的几个大老板夸下海口,"不像市场部的那些蠢货天天比较用哪种颜色的标题和字体做电子促销券最合适。这将是革命性的。"

兰马特拒绝购买比尔所需要的昂贵的消费者数据,他们认为后者拥有的数据已经足够了。到了年终考评,他的评价中有人提到他对待同事关系"尖酸刻薄、招人讨厌"。

"你要多跟大家和睦相处。"人力资源经理说。

"可他们确实脑子进水还不干正事啊。"

人力资源经理语重心长地告诉他:"哎呀,比尔,你智商高,我们大家都知道。你的工作业绩突出,这大家也是公认的。世上的人有爱读书的,也有人精。能做到人上人的,谁不都是既有头脑又有人脉?这样的人在社会上才能左右逢源。"

我也没想着要在社会上左右逢源呀,比尔嘴上不说,心里很想反驳。看来我还是回到大学里头更自在一点。

下一次部门例会的时候,大家看到了一张新面孔。此人的牙齿白得能亮瞎眼睛,他把两脚放在会议室的长桌上,晃着奢侈得吓人的名牌鞋。这是新来的副总,负责研究与开

---

① 希腊语,意为"我发现了"。——译注

发。来人自称姓莫里亚蒂。

就在这时，比尔完成了日常的数据挖掘工作，莫里亚蒂凝神望着他，若有所思。他并没有批评比尔不够圆滑。随后，莫里亚蒂悄悄钻进比尔的办公室，悄无声息，不留痕迹，如鲨鱼一般。

他捡起椅子上吃剩的半块能量棒，扫扫灰尘，坐了下来。

"我觉得你心里有事瞒着大家，比尔。心理学家认为，每当经历人生大变化时，人是最脆弱的，并且最容易听进各种建议。你的数据可以预测喜结良缘、夫妻分道扬镳和房产变动吗？如果你能做到，我们就可以针对客官做广告了。"

比尔惊得目瞪口呆，喉结起伏不定，兴奋到无语凝噎。等他能把话说利索了，又忍不住滔滔不绝地讲了五分钟，莫里亚蒂不得不打断他。

"不要给我讲具体的，你到底要多少，我们来做预算。"

比尔哆哆嗦嗦地报了一个数字。

莫里亚蒂说，钱的事情他来想办法。

然后他凝视着比尔，双眼眯成一道缝，看得比尔浑身不自在，浑身上下不听使唤地抖起来。

"这件事你得守口如瓶，"莫里亚蒂说，"要是让竞争对手知道了，我们全盘皆输。我们会让律师起草一份非公开声明让你签。就是走个程序。"

"没问题。"比尔说着，用平底鞋点着贝多芬第九交响曲的节拍，莫里亚蒂打乱了他的节奏。

"就连你的家里人，包括你的妻子也不能讲。跟朋友出去吃饭的时候也不能说。"

"好。"比尔满口答应，其实也没人请他吃饭。

"初步结果多久可以出来？"

比尔说，不知道。他讨厌估算，不精确也不科学。所以他开始抛出一些技术词汇和行话，脚上继续踏着节拍，直到和弦奏完才闭嘴。他怕莫里亚蒂随时可能打断他问他到底在搞什么飞机。

可是莫里亚蒂却仰面靠在椅子上，45度仰望天空，陷入了沉思。

"想象一下，如果能窥视他人的灵魂，直达他们内心深处的渴求那该有多好。把成吨成吨的东西卖给他们，甚至在他们意识到自己需要什么之前，"他说，"几乎与发现圣杯无异。"

\* \* \*

当天晚上，比尔跟往常一样带着没做完的工作回家。

最近他加班比较频繁，莫里亚蒂交待给他新项目之后，任务更加繁重了。困扰比尔心头的是，他跟家人在一起的机会少得可怜，他甚至错过了孩子们参加的足球赛和女童子军活动。现在孩子们都长大了，他很怀念一家人其乐融融的快乐时光。他怀念那种被需要的感觉。

波尔莎少年老成，相处起来仿佛是另一个大人。他像个大夫一般注视着她的成长，希望能发现波尔莎与自己相似之处，但是发现之后又惶恐不已。其实波尔莎既遗传了他的分析型头脑也遗传了丽莎的情商。

"爸爸！"她边喊边欢快地从楼梯上蹦跳下来，一头栗色的秀发在身后飘动，散发出柠檬与蜂蜜的芬芳。她扑向比尔，他强迫自己双臂张开来拥抱她。她聪明能干，近些年来愈显出丽莎的气质。比尔觉得她要是再胖几磅就更好了，不过他也注意到波尔莎带到学校的午餐里面是她亲手切的芦笋和土豆，知道她担心自己的身材走样。

"今天的录取通知书更多，"波尔莎笑着说，"有布朗大学的，索思摩学院的，还有阿拉巴马大学的。"

自从PSAT成绩出来之后，各大学纷纷向波尔莎伸出橄榄枝。

"他们都想录取你，我的宝贝女儿。"比尔说，"继续考出好成绩，你就能书写自己的传奇了。"

比尔本以为接下来，他会在厨房泡茶，听波尔莎讲这一周所发生的趣事。

结果波尔莎把脑袋缩进外套里。

"谈恋爱了？"他的质疑中带着失望。

他已经深深地预感到了波尔莎再到Dos一个个离家上大学之后那种空虚感。尽管丽莎没有把话挑明，但是比尔深知丽莎想再怀上一个孩子的心情。

"别装疯卖傻了，比尔，"丽莎边说边从厨房走出来，"他们这一代可不像我们那个时候。现在的孩子比咱们当年有抱负多了,扎堆地旅游,忙都忙不过来,哪有心思谈情说爱呢!她已经跟朋友约好了去商场看电影,我等会开车带她去商场,晚上你再开车接她回家。"

丽莎握住手里的车钥匙,解释说比萨还是热的。

"Dos跑哪儿去了?"比尔问道。

丽莎噘了噘嘴。

"楼上呢。你呀,也别再这么叫她了。她的年纪也不小了,我怕她心里有阴影,觉得被老爸看不起。"

"可她确实是千金二号啊!"比尔不紧不慢地说,"再说了,从数学上讲,2的价值是1的2倍。所以要说谁心里有阴影,那也得是波尔莎。"

"你够了,比尔。"丽莎说。

她开门,一阵刺骨的寒风瞬间冲进来,母女俩走了。

比尔切两块披萨放到盘子里,倒了一杯牛奶,慢悠悠地上了楼,心中对大女儿的成熟老练和蓬勃朝气赞叹不已。同样是17岁,当年的比尔经常逃课跟一个高中辍学的小混混一起玩。这个小混混只有八根手指,教他怎么造火箭发射器、动力澎湃的汽车和爆炸性化学品。

他来到Dos的房间,门上写着"非请勿入",他敲门,发现没人答应,就把门推开了。

Dos戴着耳塞,在镜子面前扭动身体。她把衬衫衣角系在肋间,把裙子的系带退至小腹,露出她的肚脐,这几天她正努力给肚脐安上腹环。

Dos迫不及待地想得到苗条、结实的身材,形成优美的曲线。她将妈妈的化妆品一扫而光(波尔莎从来不用),穿上塞了胸垫的内衣,天天在网上瞎混,跟闺蜜聊帅哥和暗恋对象。

有一次,全家到洛杉矶玩。Dos跟每个冲浪手打得火热,乞求他们带自己去好莱坞永恒公墓,并且在玛丽莲·梦露的墓前合影。"这孩子得看紧点。"当时比尔的姑姑噘着嘴说道。

突然,Dos从镜子里看到了比尔,吓出一声尖叫。

"进门之前要敲门!你知道规矩的!"

"我敲了门才进来的。"

他指着她的耳塞,眼睛却盯着自己的脚。

"我回家了。"他喃喃道。

Dos的表情放松下来。她扯下耳塞扑向父亲。

"傻爸爸。"她说着,把头靠在他的胸前,深情地拥抱他。可就当他正准备伸出双臂环抱她时,她仿佛触电般一下子推开他,继续扭来扭去。

"你和妈什么时候才肯让我约会呀?"她问。

比尔顿时差点背过气去。丽莎此刻要是在场就好了。经过了几番反复的思想斗争之后,他琢磨出一个比较好的答案,说道:

"这是个理论问题吗?还是有男孩子约你了?"

比尔摘下眼镜,用随身带着的擦镜布擦干净,重又戴上眼镜,慈爱地看着她。

"我这不是在未雨绸缪嘛!"Dos说。

比尔松了一口气。"我和你妈妈还需要再考虑一下。"

Dos怒不可遏。

"为什么家里什么事都要经过民主程序?"

"因为这是最好的治理方式。"

"那为什么我没有投票权?"

"因为你还不到岁数。"他郑重其事地说道。

比尔早已心不在焉了,这时候他脑子里想的都是工作上的事。Dos塞回耳塞,随着耳塞里面的音乐起舞。

比尔退出房间,把门关上,内心充满了对小女儿的亏欠和迷茫。

\* \* \*

在接下来几个月,比尔从各大银行、信用卡发卡公司、零售商、电子零售商、按揭贷款公司和跟踪顾客消费行为的在线网站那里购买了海量的数据。他将这些数据与兰马特公司的数据进行反复比对,希望从中找到一些模式。

正如所有秘密计划都有一个代号,比尔和莫里亚蒂给计划起了个代号叫"夏洛克"。从孩童时起,比尔就如饥似渴地读过阿瑟·柯南·道尔的系列小说,并且幻想着有朝一日能成为福尔摩斯,因为他和后者有不少相似之处:都喜欢足不出户,都推崇逻辑分析,都有貌似简单粗暴但行之有效的办事作风。说不定柯南·道尔笔下的福尔摩斯，会趁他不注意的时候，把烟斗扔到一边，冲进卫生间，把自己反锁起来，然后发疯一般地挥舞手臂——比尔遇到工作压力大的时候就会这样给自己释放压力。

虽然心理学家早已经指出，多数购买行为基于冲动，但是比尔的数据挖掘结果表明，这些购买行为背后具有逻辑性。夏洛克计划，正如它的名字一样，所依赖的是推论、演绎、数据线索、以往的行为特征和达成理论的推理。在此基础上，该计划诱使兰马特的客官们买更多的东西。

这还只是万里长征走完的第一步。

莫里亚蒂交代给比尔第一项任务只是小试牛刀：为兰马特构建一套数据库，列出所有养宠物的客官，这样一来，这些客官就会收到节假日动物产品的各种优惠广告。截止到一月，统计促销情况发现，宠物相关的销售增长了17%，这还是在经济疲软背景下取得的。

比尔得到了一次不意外的晋升。

他满心欢喜。但是这项工作把他折磨得精疲力尽。

他成天浸淫在数据的海洋里，试探、探索全新的世界。在信用卡账单、就业经历和在线活动规律的基础上，他搭建起一扇神奇的窗户，管窥兰马特购物者内心深处的秘密。他成了电子偷窥狂，脑子里全是他从数据中发掘的成千上万人的秘密。而这些人他从未曾谋面。

倘若史密斯夫妇花了572美元用于婚姻咨询，又花了350

美元用于家庭房产估价,那么比尔知道他们的姻缘已经走到了尽头;如果琼斯家买了一部二手车,还买了宜家超长双人床上用品和SAT习题集,显然这家人将会出一个大学生。如果他们的家庭住址在洛杉矶,但是却买了一件冬大衣,这个孩子可能会到寒冷的地方上学,他也许还需要买连指手套和保暖内衣,外加感恩节的往返机票。

"你现在成了炼金术士,把原始数据加工成了金子。"在圣路易斯最好吃的牛排馆小包间里举行的每月例行午餐会上,莫里亚蒂颇为得意地说,"多少年来,我们一直在寻找看透人心的虫洞,你让我们梦想成真。"比尔喃喃自语,说什么行为特征很容易发现,同时双手在餐桌下面把餐巾纸折成半英寸宽的纸带。

无论订什么牛排,比尔都会精挑细选,清除下脚料,再切成均匀的方块,检测每块的大小是否一致,咽下去之前再看看肉块的颜色和纹理。"挑食吗?"莫里亚蒂边问边用上台演示PPT的兴致对自己的那份牛排发起了攻击。

"那倒不是。"比尔缩缩身子。

莫里亚蒂睿智地颔首:"我知道。你是怕摄入胆固醇。我一个月只吃一次红肉。"

"也不尽然……"比尔说,从煮得很烂的土豆里面挑出绿色的豆子。他憎恶自己的盘子里有两种不同的食物混在一起。

莫里亚蒂轻拍肚皮。"随你怎么说。我得锻炼六块腹肌了。明天在健身房里多练几下。"

比尔把手里的叉放下，双手抱头。

"不不不，"他说，"我不是这个意思。"

意大利餐厅味道其实并不怎样。中餐呢？汤汁寡然无味，里面放的蔬菜少到看不清，比尔不得不一碗接一碗地吃米饭。

"我女朋友最喜欢来这家餐馆。"莫里亚蒂说，熟练地用筷子夹起一块块宫保鸡丁。

比尔小心翼翼地把果仁从宫保鸡丁里挑出来，用餐巾纸擦得干干净净，再吃进去。这时的果仁干而清爽，看起来很有胃口。听到莫里亚蒂的话，他大吃一惊，抬起头来。

"原来你还没结婚。"

"我确实已婚。"莫里亚蒂说道。

比尔只好把目光聚焦在自己的餐盘上，脸红了。

"你真是不食人间烟火啊，不是吗？"莫里亚蒂问。

比尔默不作声。他心里想的是怎么开发一个程序来发现兰马特客官们是否有出轨行为。他首先能想到的就是查询客官的珠宝、鲜花、酒店房间、餐馆、香水以及伟哥订购量有无出现激增。接下来当然就要查信用卡消费记录了，看看谁的月度账单是不是寄到了另一处地址。

莫里亚蒂把自己的餐巾纸叠起来塞到餐盘底下。

"你继续好好表现，我也照旧。"

\*\*\*

工作进展顺利。莫里亚蒂安排他加入一个由专业销售经理、营销能手、心理学家和神经科学家组成的团队。这些人都是兰马特从麻省理工学院招募过来的。他们举行"蓝天"会议,交流创意。

一天,莫里亚蒂怒气冲冲地进来。

"如果我们想知道某个兰马特客官是否怀孕,就算她不希望让我们知道,我们有办法查出来吗?"他问。

"我可以试试看。"比尔说。

"孕妇在医院做检查时会收到其他公司发的纸尿布和奶粉优惠券,"莫里亚蒂说,"到时候,全世界都会知道她们怀孕了。我们得抢先竞争对手一步预知谁是孕妇。"

负责专业销售的女士点点头:"我们兰马特有新生儿注册网点,许多女性朋友在上面注册,这样亲友就知道该买什么了。"

"这主意不错,"心理学家接她的话头,"就消费特征来说,怀孕可是人生一件大事。客官们情绪波动更加剧烈,更愿意试用新的商品。一旦我们把她们牢牢把握住了,就可以说抓住了她们的一生。"

莫里亚蒂转向比尔。

"我要你去把注册了新生儿的女性资料好好捣鼓捣鼓,尽可能回溯。去发现这些人的共同特征。"

比尔的第一步是去分析这些女性在生产之前的九个月买了什么东西。他先是每三个月分析一次,然后是每个月分析一次,接下来是每两周分析一次。他还调用了怀孕之前六个月的相关资料。

下一次会议上,比尔带来了一堆数据和图表,发现了一些线索。

"家用待产用具套装通常是最初的指标,"他说,"进入第四月,维生素、无味洗剂和可可油的消费量急剧上升。到了第六个月,拼装地毯、婴儿护理类书籍和舒缓性的音乐销量上升。"

"准确性有多高?40%?50%?"莫里亚蒂问道。

尽管数据一下子就闪现在他脑海里,但是比尔装作毫不知情,翻看自己的笔记,以避开与所有人的目光交流。

"87%。"他喃喃自语道。

整个屋子鸦雀无声。

"我了个乖乖。"神经学家说。

"这个数字谁也不准说出去,"莫里亚蒂扯着嗓子说,"比尔的数据准确的话,母婴行业将发生一场大革命。"

比尔整个人一下子坐进椅子里。

母婴,母婴,又是母婴。

他被现实和理论中的婴儿所环绕。全都是因为莫里亚蒂,整个兰马特团队专注于受孕、妊娠和生产。比尔简直难以忍受,心里想着家里究竟怎么样了。

每个月都要经历一次感情的过山车。丽莎究竟有没有怀上？每次总是不可避免地失望。上个月，比尔亲吻了丽莎挂满泪痕的脸，摊开他事先准备好的五颜六色的图表和流程图，希望能好好安慰安慰她。

这些图表表明，自从启动再孕大工程以来，比尔的工作效率下降了14%，而丽莎的自由咨询业务收入下降了28.2%。

比尔还编写过一个程序，计算把孩子拉扯到18岁所花的成本，其中包括每日消耗的卡路里，睡眠剥夺的时长，给孩子穿衣、喂食、做课外活动、求医问药和上大学的成本。他还以列表的形式展示了身为父母在孩子成年之后，体力、肌肉重量、精力水平、记忆力和持久力何时开始缓慢下降。

比尔感到欣慰的是，图表明亮的颜色，诱人的字体终于让丽莎止住了泪水。可是他还没开始解说，丽莎突然开始尖叫，一巴掌拍开了图表。

被她这一下给震惊了，比尔一时不知所措，陷入了沉默。但是丽莎拥抱了他，令他感到松了一口气。

"我知道你是出于好心，比尔，但不是所有事情都可以简单归结为图表和数字的。生活不是这样子的。"

比尔盯着地板，咬舌直至出血。

*确实可以啊！*

*我日复一日地证明我的分析是正确的。*

他轻抚她的长发，擦干她的眼泪，像安慰猫一样的安抚她。丽莎小臂上有着金色的汗毛，他伸手往下将它们抚平。

若是反过来从下往上抚摸，比尔会被逼疯的。假如你给猫顺毛，却没用对手法，猫也会号叫一声跑得无影无踪。他拍了她的右臂30下，再拍左臂30下，带有韵律感的肌肤之亲让夫妇二人感到无比的愉悦，反复几次之后，他感到她僵硬的身体变得柔软。她把头靠在他的肩窝说："哎，比尔，我对你爱归爱，可有时候我希望你真的不要这么理智。"

"我控制不住自己。"他喃喃道，深深地吸了一口气，把挚爱之人的秀发芬芳纳入胸中。

"我懂。"

在会上回想起这幕，比尔的双肩变得无比沉重。他已经受够了不能在上班时候说话，受够了在一双儿女面前强装镇静，解释说她们的母亲只是工作劳累了，抑或是偶尔脾气不好。但是在苦苦支撑的也不是丽莎一个人。有时，比尔觉得自己的头痛得快炸了。他得把自己反锁在残疾人专用洗手间，疯一般地挥舞双臂才可以让自己冷静下来，这种情况一天要反复好几次。

"倘若夫妻双方都希望对孕事保密呢？"比尔正想着，没想到顺口说出来了，吓了自己一跳。

莫里亚蒂邪恶地笑了笑。"多谢你了啊，比尔，从此世间再无秘密可言。兰马特早已看穿了一切：看透你的大脑，你的卧室，甚至是你的子宫。"

这位艺术部的头头说：

"我们已经针对本公司客官需求派发了精美的商品目录，

这样一来就可以制定出以婴儿产品为中心的商品促销目录。我们身怀六甲的客官们不再需要担心邻居是否得到了不一样的目录。他们得到的目录内容都一样：'这张优惠券我用得着。'"

比尔心里想的是他和丽莎除非确认怀上，否则就将准备怀孕的事情守口如瓶。

"可是有的女性还没有打算公开怀孕的消息，却事先收到了这样的商品目录，上面写着'祝您身体健康，早生贵子'，难道就不会被吓到么？至少丽莎和我会。"

他羞红了脸，生怕被同事们看穿心思。"我是说……此类事件一旦发生将成为公关灾难。企业大佬把鼻子凑到毫不知情的公众脖子下面窥探个人私密。要是像……呃，其他国家的……或者政府获得这些程序，将其用于监控孕妇并迫使其堕胎呢？"

"其他国家发生的事情不需要我们操心，"莫里亚蒂说，"除非影响到我们纸尿布和儿童座椅的销量。"

"比尔的问题提得很好。"心理学家反驳道，"我们不应该向怀孕的客官派送只包含婴儿用品的优惠商品目录，这样做会让他们惴惴不安，效果适得其反。这事的关键在于要做得不露声色。我们最好还是把婴儿产品的广告散布在商品目录中，让他们抓不到把柄。"

"两个星期之内把模拟结果报给我。"莫里亚蒂说。他站起来，把手伸向比尔："好样的，伙计，我要提拔你。"

握手时，比尔强装笑颜。他还是笑得很不自然，但是这几年在镜子面前的练习总算没白费。他点一下头，朝莫里亚蒂扫一眼，迅速撇开，因为理论上说，男性的眼神交流不会持续很长时间，除非事出有因。

为了学这一招他也费了很大的劲。

会议结束，散会之后，比尔到洗手间洗手。他洗了二十遍。在看到镜子中的自己时，他把目光转向一边，不堪忍受镜子里面那个头发稀疏、额头长出皱纹的男人盯着自己。

* * *

家里的情况并不是很乐观。丽莎创造新生命的努力屡战屡败，这抽干了她的精力，弄得她心力交瘁，有些时候，她甚至连下床都变得很艰难。其他时间，她逛逛街，遛遛狗，做几单业务。波尔莎对母亲的近况很是担心，以至于刚拿到驾照就敢开车穿过全城去买丽莎最喜欢吃的黎巴嫩美食。

比尔告诉丽莎自己升职了。他很高兴，莫里亚蒂恪守承诺没有泄密。丽莎还没有怀上孩子，这个时候可不想听他分析全美数千名孕妇的购买特征。

发现自己无法令丽莎开心起来，比尔只好另辟蹊径。

莫里亚蒂对夏洛克计划87%的成功率大喜过望，不过这个数字表明仍有13%身怀六甲的兰马特客官成了漏网之鱼。为了解决这剩下的13%，比尔开始熬夜加班，置变各种参数，编写新的程序，撒更大的网。工作过程极其痛苦，又不能出半点差池，让人精疲力尽。比尔很羡慕夏洛克能配制出纯度为7%的可卡因："如此的透彻心扉，醍醐灌顶。"

一天晚上，比尔十点下班，比往日略早，回到家正准备打开一瓶馨芳葡萄酒畅饮一番，丽莎正好走进来，愁容满面。他多拿一只杯子，给两个杯子都倒上了酒。

"我不该喝酒。"丽莎说，捻弄酒杯脚，大口地嗅着深红色酒香。

为什么不来一口呢？除非你有什么心事不肯告诉我，又不会伤到胎盘，比尔心里这么想着。

然而比尔深知她这么说无非是一种养生之道，意在受孕：不得暴饮暴食、不得摄入咖啡因、健康饮食、经常锻炼身体。

"哦，我也该作出决断了，"丽莎说，举起酒杯，"你知道吗，有时候我觉得……"

她没再往下说，因为此刻比尔已经飞一般地冲出厨房，忙不迭地上楼去了，上楼时还边走路边喃喃自语。

"看在老天的分上，比尔，我再也没法跟你沟通了，你总是工作工作工作！你醒醒啊！我是你老婆，你的家人都在呼唤你回家！快醒醒吧，比尔！"

可是比尔已经坐在桌前，狂热地摸索新的算法。对啊！酒精！咖啡因！这两样东西销量同时下滑的话，说明客官是孕妇啊！不过再仔细想想，她们也可能买更多的去咖啡因的咖啡还有茶叶。比尔工作至深夜，不停地组合各种指标。

把这些数字组合重新过一遍之后，他的预测准确率上升了一个百分点的十分之七。

他开始打起自己家人的主意。

当他跟丽莎说起覆盖她一头常年乌黑光泽的秀发之中已经出现了灰色的发丝时,她皱起眉头说染发剂会透过血液吸收。一周后,他看到浴室里放着一瓶散沫花染料。通过阅读产品标签上的成分,他上谷歌搜索"天然毛发染色",把更多的线索加入他的计算公式中去。

他看到波尔莎给脸书上一支乐队点赞,联想到刚刚怀孕的女性点赞过访问过的网站也可以成为解开他苦恼的新线索。

比尔预测的准确率艰难地上升,但是永远达不到完美。

他是多么渴望能有这样一个程序,如费马定理一般的简洁,如 $E = mc^2$ 一般普遍适用。他的工作与预测怀孕率几无二致。

他开始走火入魔,天天在办公室里待到半夜,周末则在家里加班。预测准确率节节攀升:从95%、97%直到99.3%。接下来无论他再怎么绞尽脑汁,也没有办法填补那一个百分点的十分之七的差距。最终,他明白事情到了这个地步,已经不可能再完善了,更不用说数据上无足轻重。

他必须收手了,不然他真的要疯了。

其实他已经疯了,他只是不想更疯。

\* \* \*

没过多久,莫里亚蒂把他叫进办公室,告诉他兰马特已经专门为他新设了一个职位：分析预测总监。这可是连升好几级，从此他有了自己专属的办公室，还有一群手下。

比尔兴冲冲地回家，迫不及待地告诉丽莎这个好消息。这样一来，他们不仅可以去欧洲避暑，更可以负担起两个女儿的大学学费了。他们还可以开展新一轮的怀孕计划。

进入门厅，他停下来透过信箱看了看里面的邮件。几张账单，还有好几份给波尔莎的大学录取通知书，订阅的一些报刊，垃圾邮件以及优惠商品目录。他一眼就看到了熟悉的兰马特标识。原因也很简单，格利森一家都是兰马特的客官。他心中顿时涌起一股自豪感，这些都是他和他的团队所实现的工作成就呀！他享受工作的乐趣。他过上了体面的生活，尽管这样的工作意味着无休止的加班，但是至少养活了一家人。他也许跟家人交流有障碍，但是他真的爱他们。为了家人，他可以弃一切于不顾。

比尔拿起兰马特优惠商品目录抽出来看。设计该目录导览的艺术总监曾以大胆的设计和广告文案赢得大奖。他的获奖作品唤醒了人内心深处的焦虑，也保证了客户只要购买了上面所列的产品，就能一步迎娶白富美，走上人生巅峰。

比尔看到其中一面的目录上，最上面是一台拖式除草机广告，最底下是猫咪小屋广告。介于两者之间的，就是婴儿摇篮的广告。

他把这页翻过来，上面是书架、盆栽土和产前维生素的广告。

他的心似乎被什么东西揪了一下，翻页的速度加快了。

瓦罐、狗帐篷、滑雪板以及婴儿监视器。

纸毛巾、色彩鲜亮的地毯、芳香蜡烛和可替换纸尿布。

每一页，乍一看天衣无缝，但是家中有人怀有身孕的话，仔细一瞧似乎又能看出端倪。这番设计是通过无休止的设计会议，在反复讨论了字体大小和颜色，确定不会引起孕妇警觉之后定稿的。

后面是鸭绒垫子、烤面包片机和婴儿车。

比尔似乎听到一声巨响。

不可能。

"亲爱的。"丽莎说。

她走进来吻他，他反而一把抓住了她。

"丽莎！你瞒着我。"

"瞒着你什么了？"

"喜讯！"

她从他的手里脱身，向后退一步。"什么喜讯？你怎么了，比尔？听你的声音像是被什么事情刺激了？"

和往常一样，她准备拍拍他的肩膀。

他无法直视她。相反，他走到门前，指着百合花瓶问：

"你什么时候怀上的？是不是刮狂风暴雨的那个晚上，电闪雷鸣？每每有异象出现说明……"

"怀什么？"

"现在我知道为什么你什么也不肯说，原来是怕又……"

他突然停下来不说了。

"宝贝,"比尔说,"我知道你很想。我太高兴了!"

他一把抱起她,在空中旋转。

"比尔,别闹了,"她尖叫着,"快把我放下来。"

他欲言又止,喘不过气来。

"你在健身吗?"

丽莎的市场尖叫引来了正在餐桌上与朋友学习AP物理书的波尔莎。

比尔稳住自己的情绪。他必须尊重丽莎保守秘密的愿望。因此他再次拥抱她,在她耳边说话。

"我们现在进展到哪一步了?"

丽莎用手捂住嘴,惊恐地后退一步。

"你从哪来的消息?……有消息我就说了……我没有怀……怀上。"她说最后几个字的时候几乎是咬着牙说的。

比尔震惊了。他把视线从妻子悲痛的表情转移到门厅台上的手册。

夏洛克计划预测兰马特客官的准确率为99.3%,它的判断依据完全基于事实和逻辑。推理过程完美无瑕,他,比尔,是始作俑者。

比尔一把夺过手册,用手指着上面的图片。

"给我好好看着……母婴产品的广告!我就是干这个的!这就是我一直守口如瓶的绝密计划!我的升职,就是……"

丽莎不住地摇头,嘴里反复地说着"不不不"。

楼上的门猛地关上。

比尔头痛得不行。

难道是Dos?

15岁的她看上去已经有23了。她成天只知道在镜子面前搔首弄姿,追求时尚,花痴帅哥。

若怀孕的不是丽莎,有没有可能是Dos,想帅哥都快想疯了的疯丫头,已经跟哪个臭小子约会,珠胎暗结了?

**不!**

比尔不想再接着往下推理了。

可是到目前为止,数据并没有说谎,他很清楚这一点——虽然还有那仅存的0.7%的误差。没错,这一定是误差!他全家被列入了统计上毫无意义的那一小撮。

比尔想到这顿时释然了,几乎快要哭出来。

餐厅里,波尔莎和同学还在刻苦攻读。快乐的生活还在继续,尽管他按部就班的、符合逻辑的生活方式已经被摧残得一点不剩。

可万一夏洛克计划不像他说的那样靠谱呢?想想他以前在公司的不可一世和狂妄自大,他对负责艺术与营销同事发自内心的鄙夷。他固执地认为只有数字才能揭示真相。要是夏洛克计划从一开始就隐藏着缺陷怎么办?兰马特投入这么多资金到头来都打了水漂吗?倘若是这样,他的整个职业生涯就彻底完蛋了。

比尔必须立刻上楼,把夏洛克的所有分析数据再过一遍，从最小的一份数据开始复核。这项工作说什么也得花上几周的时间，可万一在程序中隐藏了一个不为人知的缺陷，他对天发誓一定会找到的。他还会修正这个缺陷，运行诊断程序，直到彻底修复它。

可首先，他欠丽莎一个道歉。丽莎，他美丽的妻子，已经被他逼得快痛哭失声了。

比尔不敢看她的眼睛，而是把目光聚焦在隔壁房间两颗俯案做作业的人头上。路灯照进窗户——应该是成75度角，他估算——把波尔莎的秀发映成红色，把她的同伴的头发照成乱蓬蓬的金色，鸟窝一般。比尔在脑子里搜索这个男生的名字。他之前见过这个特别的男孩，但是他竟然一时没办法把人和名字对上号。他只好去问丽莎。

丽莎的声音让他回过神来。

"比尔？你有没有在听我说话？你喝醉了吗？"

她拿着目录但是没拿稳。目录掉地上，展开的页面是一个胖嘟嘟的婴儿坐在经过人体工学改造的高椅上。

比尔弯腰去捡，突然回忆起来这个坐在波尔莎身边的男孩叫扎克。他是校游泳队的，经常跟波尔莎一起玩的男孩子之一。

然后他注意到了异常情况。

桌子底子，没人看到波尔莎和扎克手牵着手。

比尔直起身子，站在那里，摇摇欲坠。

他捋了捋整件事情的来龙去脉。他曾经看到波尔莎做完市场营销回家，两只手上提着兰马特的购物袋。好呀，认真周到的波尔莎主动请缨为受孕失败卧病在床的母亲买东西。还有最近这次是为了治疗母亲的抑郁买药。波尔莎从来都按时交作业、理智地管理时间，凡事都预先作计划，准备上名牌大学。

夫妻俩给她办了兰马特附属信用卡，她可以想买什么就买什么。

想买什么就买什么。

比尔疯狂地跑上楼梯，把自己的妻子留在门厅，后者认为前者已经失心疯了。

上了楼梯，他一巴掌把电脑从休眠状态中恢复过来，开始在书桌上敲起了瓦格纳经典歌剧《尼伯龙根的指环》第四部第三幕里的那首《女武神的骑行》。

丽莎从他身后走过来。她靠在他身上，双手放在他的肩膀。

"我们来谈谈，亲爱的，"她的语气温柔中带着恳求，"你把我吓坏了。"

比尔坐在椅子上打转。

"哎，丽莎！"

接下来，他用平静的语气，大体描述了整个计划。他说到自己是如何日夜操劳以提高孕妇预测模型准确率的。他谈到了家里门厅那本掉到地上的目录。他又是如何发现波尔莎的手在桌子底子紧紧地牵着那个男孩的手。还有波尔莎肚子不知道什么时候鼓了起来，他本人和丽莎由于被各种琐事缠身竟无暇顾及。

"波尔莎？你觉得他们两个真的可能偷食禁果了吗？"丽莎好奇地问。

"当然不，一定是哪里出了问题，"比尔喃喃道，"我一定搞错了，我必须搞错了。"

他停顿一下。

"只有我错了，事情才会比较正常。"

"她要是真怀上了怎么办？"丽莎说。

她的声音醇厚而充满梦幻，眼里满满的是当年哺育宝宝的温情画面。"波尔莎的孩子！我们的孙儿。我们可以在这里抚养孩子。她可以照样上大学。这个办法虽然不是最理想的，但是至少管用。我们来养。很多人都是祖父母带大的。"

比尔痛苦地呻吟。

"丽莎，你怎么才能变得平静和理智？"

他把头转回屏幕，上面的信息似乎永远都在跳动。在图像切换的间隙屏幕全黑，他可以看到他们夫妇两个的侧影。他整个人陷入椅子里，丽莎站在身后，双手放在他的肩上，她一脸兴奋，洋溢着笑容，期待着。

这幅场景是如此的富有戏剧性，如此的陌生却又如此的熟悉，他甚至恍惚以为自己曾经在梦里见到过。妻子求子的心声通过另一个途径得到了回应，统计学上最不可能探测到的途径。他回想起自己曾经在凌晨3点爬起来喂孩子奶、换尿布，擦掉孩子吐出来的高汤豆汁。所有这些过程给他留下了纷乱的回忆，回忆充满了恐惧、慈爱与困惑，还有精疲力尽。他也不想再来过。但是丽莎压着他，她的手臂温暖而柔软。他的内心充满了对妻子和整个家庭的爱，不管这个家庭的成员有什么变化。当他们相拥在一起，二人之间的距离消失殆尽。他发觉她懂自己比自己懂她更多，不过他坚信有朝一日，他们总会扯平。随后丽莎调整下姿势，冰冷的空气马上乘虚而入，安全感又无影无踪了。比尔感觉他一直以来为之努力奋斗的稳定有序的生活像奇美拉一般飞走了，抛弃了他的肉体。

比尔等着柱状数据图列表呈现在屏幕上时，把头枕在键盘上吼道：

"上帝啊！求求你，就这一次，让夏洛克计划出错吧！"

# 以汝之名

迈克尔·德尔达

"你怎么可以这样?我问你,你怎么能这样?"

珍·勒奇抬起头看着阿瑟·柯南·道尔,泪水止不住地往下流。这对情侣坐在伦敦卡姆登镇 ABC 茶馆一个安静的角落里。她的男友穿着帅气的粗花呢,看上去左右为难。

"亲爱的,小心肝,别哭了好吗?"

"说得倒轻巧,难道你不能设身处地地为我想想吗?"

"我喜欢你。"

"省省吧,把这话跟托伊说去,你这个虚伪的小人!你喜欢她到要娶她,而且在这里面秀恩爱!"珍从大挎包里抽出一本书,啪的一声放在桌上。

阿瑟轻轻地把这本小册子拿起来,看了一眼书的标题:《出双入对》,A. 柯南·道尔著。娇美而心乱神迷的少女接着说:

"你这下无话可说了吧?别装作什么都不知道。"

"亲爱的,《出双入对》出版好些年了,我怎么可能还记得里面的内容?"

"是吗?看来你连这个也忘了。"

她把手伸进包里，拽出厚厚的一叠纸，上面写满了漂亮的笔迹。

"这是什么？"

"这么快就忘了。你把这些当作礼物送给我，上面写的全是你和托伊之间各种恩爱的故事，还有你们婚后尽享的各种天理伦常，突然有一天，美好的生活全被——"她接着抽泣——"一个心机女给打破了。现在问题来了，这个小婊子，这个狐狸精、蛇蝎女，书里面称作莉丝的女人，究竟是何方神圣？是不是珍·勒奇小姐，全英格兰最悲惨的女人？我真傻，还对你的山盟海誓信以为真，还一直在等你……"

"呃，珍。"

"什么？你……你这薄情郎、负心汉！你还有什么要说的？"

"书里面讲的都是过去的事了，宝贝。你何必在意呢？"

"好，亲爱的，"珍冷冷地回应道，"好在我把这本书读完了。我本来还有点担心，我们已经在谈婚论嫁了，但转念一想应该没有什么，没想到……"

"珍，你别再哭了。"

"阿瑟，就凭这本书，我们的婚事就算彻底黄了！"

"你说什么！"

"你听好了，阿瑟，这本书既然已经描绘了你和托伊幸福恩爱的生活，我可不想生活在你俩恩爱的阴影之下，我受不了。说不定此刻托伊的在天之灵正看着我们，她的幽灵正潜伏在我们左右。"她环顾了茶馆四周。

阿瑟·柯南·道尔像泄了气的皮球一般瘫倒在椅子上，再用力支撑着身体坐起来，思虑再三，说："珍，我本该把话挑明了。不管书里面是怎么夫唱妇随，都跟我、托伊，又或者我俩，没有半毛钱关系。"

珍听罢大笑，而后又止。

"你在说什么鬼话？接下来你是不是要否认自己是著名作家A.柯南·道尔？"

"说实话，我还真不是。"

"骗人！"

"真的，不骗你。我的小宝贝，《出双入对》也不是我写的。"

"封面上明明有你的名字。"

"很多书的作者都盗用我的名字。虽然我不能百分之百确定，但是我猜《出双入对》的真正作者应该是格兰特·艾伦，《做过此事的女人》就是这家伙写的。"

"那手稿又是怎么回事？"

"你细心看的话，就会发现上面没有任何纠正、涂改和修订的痕迹。"

"确实没有。"

"因为我是直接从那本书上抄的。"

又过了三个月：

"这么说来，A.柯南·道尔是《海滨》杂志的招牌了。我早就应该猜到了。"

泽布伦·达内——俱乐部成员、记者、偶尔充当夏洛克·福尔摩斯先生的顾问——吞云吐雾，朝后靠在自己最喜欢的真皮长靠椅上。"妄言俱乐部"组织活动，成员可以畅所欲言，但是没有一句话被记住，就算上了法庭也不例外。他望着俱乐部的拱形窗外进出地铁站的乘客，个个行色匆匆。

"没错，"他接过话头，"我早就该想到。没有人能用如此丰富的体裁写出这么多作品。当初你们是怎么策划的？"

赫伯特·格林豪·史密斯，《海滨》杂志编辑之一，轻啜了一口白兰地。"我觉得这得归功于华生。他带着他写的这些引人入胜的福尔摩斯探案故事找到我，但是他显然对于在作品上署真名感到不安。用他自己的话说，一个立志从医的人决不会去写小说，同样地，如果被发现写了小说，他的医术就会受到质疑。"

"真的有人认为约翰是医生吗？"

格林豪·史密斯笑道："Touché[①]。不过，华生既是个好人，也是个文笔好得不得了的作家。此外，他已经采用'A.柯南·道尔'作为笔名在《比顿》杂志和美国《利平科特》杂志上连载福尔摩斯的两部探案传奇。"

"就是王尔德首次发表《道林·格雷》的那家刊物？"

---

① 法语，意为"一语中的"。——译注

## 与福尔摩斯为邻

"对,就是这家。"格林豪·史密斯一饮而尽,"无论如何,我建议如今可以放弃笔名,直接用约翰·H.华生作为《波希米亚丑闻》的署名,可华生怎么也不听劝。我敢说,福尔摩斯会觉得文化名流不免要对贝克街221B号产生一些毫无必要的关注。不过就个人而言,我觉得玛丽才是主要因素。她深知有些女读者被作者迷得神魂颠倒,聪明的女人,也了解自己的丈夫绝对会拜倒于漂亮女粉丝的石榴裙下,她不会这么做的。为了福尔摩斯好,也为了维持平静的婚姻生活,笔名继续采用A.柯南·道尔无疑是明智之举。"

达内唤来侍者。"给我的客人再上一杯白兰地。"侍者退出后,他说:"外界风传的消息已经足够八卦,不过在十分钟前,你暗示过华生也许不是唯一使用A.柯南·道尔作为nom de plume①的人。"

《海滨》杂志的编辑露出惭愧的表情。"八成还真是我的不是。有一天晚上,欧奈斯特·洪纳与我邀请奥希兹女男爵共进晚餐。你知道洪纳有多喜欢说双关语吗?那天晚上,他评头论足了一番,认为《红发会》的作者是某位仿柯南·道尔的作家,而非柯南·道尔本人。当然,他知道自己的妹夫连处方都不会写,更不用说短篇小说了。"

"但是他那部《业余神偷拉菲兹》的致辞:'献给ACD②,

---

① 法语,"笔名"。——译注
② 即A.柯南·道尔的首字母缩写。——译注

- 286 -

荣幸至极'又是怎么回事？"

"不过是讽刺或者不大不小的玩笑罢了。恶棍拉菲兹与正直的他判若两人；A.柯南·道尔也不是作者外界所看到的样子。这两个人呈现的都是假象。"

格林豪·史密斯沉默一会儿，呷了一口白兰地继续说道："整件事要追溯到19世纪80年代。约翰·H.华生和阿瑟·柯南·道尔是多年好友，甚至长得也像，经常被人错认为两兄弟。此二人当年于瑞士相遇时，刚刚从医学院毕业，风华正茂，共同师从著名的眼科专家。"格林豪·史密斯盯着快喝光的酒杯。"等到《血字的研究》快完稿的时候，华生得知他的老同学在某个市镇开诊所遇到了困难——貌似是在朴次茅斯或者是南海城。事实上，柯南·道尔的诊所完全无人问津。福尔摩斯肯定会第一个站出来指证约翰是个好心人，而且他自己也有过在陌生城市开诊所的那种孤立无援的体验。实话跟你说吧，我猜他到现在为止还没有完全从阿富汗迈万德战场上的创伤中恢复过来，甚至回到伦敦之后的几个月还非常不适应。福尔摩斯会说起那些梦魇般的日子……我跑题了。

"权衡利弊之后，华生达成君子协定：他给老友阿瑟版税的一部分，作为借他的名字作笔名的报酬。当然，柯南·道尔也需要装作自己是《夏洛克·福尔摩斯探案集》的作者，一开始只有一个系列，后来是两个，现在越出越多。从那时起，读者们便纷纷报怨，至今仍然没完没了：到底福尔摩斯是虚构的还是确有其人？他的案子是华生记录的还是柯南·道尔编出来的？不管是哪种情况，笼罩在福尔摩斯身上的谜团有助于小说的销量，就算是夏洛克·福尔摩斯大驾光临亲自破解这个谜团，我也要千方百计地阻止他。"

格林豪·史密斯喝光了第二杯白兰地。

"天长日久，柯南·道尔逐渐融入了文学界，尽管他仍然将大把的时间花在板球和桥牌上，还不时回到瑞士滑雪度假，这些才是他的真正爱好。说起来你可能不信，他居然还玩拳击！有时候这个人总让我想起另一个杰克·伦敦，当然，伦敦真的能写。"

达内嗤之以鼻："柯南·道尔的作品一直很对我的口味。阿尔弗莱德·道格拉斯曾经告诉我说，他真的在捕鲸船上待过。你知道这事吗？我只能描述他手中握着的是捕鲸叉而不是滑雪杖。说到杰克·伦敦，咱能不能不提他。我们这么说吧，我大半辈子都在逃避狂野大西部那种所谓的'真男人'，在近卫军的那些日子是我今生最可怕的遭遇。现在好了，亨利·詹姆斯[1]的作品刚好说出了我的心声。"

"我个人受不了他。可怜的克劳复·亚当斯怎么说来着？亨利·詹姆斯没什么实际生活体验，但是他善于发挥。要我说，这个大腹便便的假英国佬根本不知道怎么将故事展开。

---

[1] 20世纪小说意识流写作技巧的先驱。生于美国，后加入英国籍，故下文称其为"假英国佬"。——译注

他那部中篇小说[1]里的女家庭教师到底疯了没有？我真的看不出来。现在有一个说书人叫萨基[2]，可以介绍给你。"格林豪·史密斯思索片刻，轻轻晃动酒杯中再次斟满的白兰地，叹了口气，继续说：

"华生觉得两人之间的君子协定维系不了多久，最多一两年。事实上，自从华生医生将诊所迁至苏塞克斯丘陵之后，福尔摩斯探案系列接连几年都没有新作发表。华生一家幸福而忙碌，简朴的乡村生活也不需要多少收入来维持。但是自从孩子夭折，可怜的玛丽自杀之后，华生开始自暴自弃：酗酒、赌赛马赔钱、阿富汗战场上的梦魇、身上的阿富汗长滑膛枪伤发作等等，直到有一天，他举起服役时用过的配枪，对准自己的脑门，想一了百了。这样活下去还有什么意思？看来，是福尔摩斯拯救了他，先是让他搬回贝克街221B号住，然后再敦促他继续写他们联手办案的故事。"

"如此说来，"达内打断他的话，"华生就利用《巴斯克维尔的猎犬》悄悄地回归。"

"你说得不对，"格林豪·史密斯说，"华生是从《空屋》开始重新记录福尔摩斯探案经历的。但是在此之前，《海滨》杂志的读者们早就按捺不住，在翘首以盼这位大侦探的新探案故事了。然而据我所知，在那个时候，华生对于福尔摩斯

---

[1] 指亨利·詹姆斯的作品《螺丝在旋紧》。——译注
[2] 英国著名短篇小说作家赫克托·休·芒罗的笔名。——译注

的事是不想再写一个字了。为此,我让弗莱彻·罗宾逊[1]来接手凶多吉少的巴斯克维尔一事。华生像之前一样慷慨,乐于把自己的笔记和草稿本借给我们。投桃报李,罗宾逊在故事中给华生这个角色增加了不少分量,简直发挥得有些过头了。不过,罗宾逊深知达特沼地保持着原生态,他成功地向喜好猎奇的读者们展现了一个非常不一样的世界。达内,在我心目中,蒙蒂·詹姆斯的鬼故事系列问世之前,没有哪篇作品能比得上《巴斯克维尔的猎犬》。然而,罗宾逊把这本书献给他本人也实在太恬不知耻了。"

"经由你们编辑的妙手,弗莱彻·罗宾逊以柯南·道尔的名义和华生的笔记,摇身一变,就成了《巴斯克维尔的猎犬》真正的作者。我觉得迈克罗夫特这人真是不择手段。"

"达内,不管怎么说你也是记者,编辑们的口味你是最清楚不过的了。福尔摩斯在十一月某天深夜提起巴斯克维尔谜团,我一下子就记住了。我怎么会让这样的好故事白白浪费呢?"

"这样说来,我没听错的话,在某一时刻,至少有两位作家用了柯南·道尔作为笔名?"

---

[1] Bertram Fletcher Robinson(1870—1907),英国作家、记者、编辑。他写过大量短篇小说,同时与阿瑟·柯南·道尔本人是极为要好的文学合作伙伴,曾在旅途中结下了牢固的友谊。《巴斯克维尔的猎犬》灵感原点即来自于他讲述的德文郡猎犬传说。

"噢，何止两位。我已经连脸面都不要了。欧奈斯特·洪纳一语点醒了我，华生也只是其中一个柯南·道尔。为什么其他人就不能用这个笔名呢？这个作家已经出名了，任何书，哪怕是垃圾，只要封面上有'A.柯南·道尔著'字样，读者都会买回家看。一天下午，我跟史丹利·魏曼[1]谈，我突发奇想，问他愿不愿意用笔名写一部描写暴徒或冒险家经历的霸道小说。魏曼刚开始上手，当时我估计他只出版了《狼之家》等一两本书。既然出版社邀稿，他当然就抓住机会写出了《白色连队》。唉！我们后来没有继续连载，被《康希尔》杂志接手了。不过，不久前，我力邀我们的老朋友奥希兹女男爵[2]写《尼格尔爵士》。她的吉卜赛血统使她很乐于隐藏自己的真实身份，就好比她自己笔下的波西·布拉肯尼爵士，也就是大家所熟知的——"

达内惊叫起来："求你了，别说！"但为时已晚。

"《红花侠》！'他们在这里找他，他们在那里找他，法

---

[1] Stanley J.Weyman(1855—1928)，英国小说家，被誉为"浪漫王子"。他从事了八年律师工作，后书写了《狼之家》《国王的策略》等小说，红极一时。

[2] Emmuska(Emma Orczy, 1865—1947)，出生于匈牙利的英国小说家、剧作家、艺术家。代表作为历史冒险小说《红花侠》，后又陆续创作相关系列小说达四十本以上。除此之外，她还写了多部短篇侦探小说，如《角落里的老人》《英利夫人》等。

## 与福尔摩斯为邻

国佬在到处找他……'"此时,格林豪·史密斯一跃而起,手中挥舞着剑,作出大义凛然的神态,模仿扮演波西·布拉肯尼爵士的泰德·特里本人,恐怕就连亨利·欧文爵士[①]也要妒忌三分。不过达内倒是一脸尴尬的样子。

"你够了,我亲爱的先生!"他呵斥道,"请记住你所处的位置,老老实实地坐着。我可不希望某位贵客因为举止失当被逐出我的俱乐部。"

格林豪·史密斯不情愿地放下舞剑的手臂,回到自己的座位上,喃喃道:"他升入天堂还是堕入地狱?这该死的繁笺花,无所寻踪。"泽布伦·达内点燃了另一根香烟。

"到底有多少个柯南·道尔?"

"不好说,数都数不过来,"编辑大人上气不接下气地说道,"我来算算,我给布莱姆·斯托克[②]《寄生虫》的创意。吸血鬼等题材不算。安斯提[③]直接把自己的《互换角色》拿来改写成《杰出的虚空实验》。《城市之上》这部描写妇女解放的喜剧实际上是由萧伯纳操刀的。我不会再跟他合作了。你绝对不会惊讶,韦达[④]打算写以中东为背景的绑架题材小说。《克罗斯科的悲剧》可能是我最喜爱的柯南·道尔小说。事实

---

[①] 英国著名演员。——译注
[②] 亨利·欧文的秘书,吸血鬼小说《德库拉》的作者。——译注
[③] 英国小说家托马斯·安斯提·格斯里,笔名F.安斯提。——译注
[④] 英国小说家玛丽亚·露易丝·迪拉洛美的笔名。——译注

上，一些我安排下去的任务在审稿之后被我毙掉了，但是其他杂志还是愿意发表。我已经尽全力了，达内，这才使得柯南·道尔的名字能够尽可能地经常出现在《海滨》杂志的目录页面上。"

"枪手们还在继续写喽?"

"当然，不过我不确实这种情况能持续多久。你问这干吗？你也有意试水写一部署名柯南·道尔的小说？我想到类似多尔金之战的海战，潜艇摧毁英国海上霸权。不要？坐过飞机吗？要不写一种生活在云端的生灵，会飞。"他咯咯地笑起来。

"恐怕这种题材的小说才是威尔斯或者马修·P.席尔的最爱。我偏爱有事实根据或者描写现实生活的小说，毕竟我是记者出身。"

"得啦，别装得这么一本正经的，达内。用柯南·道尔做笔名的什么样的人都有。你难道没有察觉到《斯塔克-芒罗来信》[1]中采用了杰罗姆·K.杰罗姆[2]的写作风格？那种幽默感与宗教严肃性夹杂一体的结合形式，我觉得会成为西方不败。

---

① 阿瑟·柯南·道尔于1895年出版的一本书信体半自传小说。

② Jerome K.Jerome(1859—1927)，英国作家，代表作有《三人同舟》，作品具有幽默、讽刺的风格。

## 与福尔摩斯为邻

布兰德太太①带给我一本《皮漏斗》以及《大吉尼奥尔》中关于桑诺克斯夫人的部分。据她所说，这些都是 E.内斯比特的儿童读物节选。我敢保证为《沙基队长》奋笔疾书的巴利②一定从中获取了不少用于铁钩船长③的创作灵感。不管怎么说，用柯南·道尔作为笔名已经成为一种潮流，但是公众显然还被蒙在鼓里。没人怀疑，连你也不曾觉察。"

"我听闻坊间有谣言。"

"仅仅是谣言而已。"

"没错，这倒是真的。我忍不住想问你为什么要告诉我这些。问题究竟出在哪？你又为何要向我求助？"

此时，在贝克街221B号：

"华生，你说说看，你都写了些什么？"

福尔摩斯大步流星地穿过起居室，把最新一期的《海滨》杂志甩到好友的大腿上。善良的医生小心地捡了起来。

"福尔摩斯，是这样的，从外观来看，这是一本最新的

---

① 伊迪丝·内斯比特，婚后姓布兰德，英国作家、诗人，笔名即下文提到的 E.内斯比特。——译注

② 苏格兰小说家及剧作家詹姆斯·马修·巴利，儿童读物《彼得潘》的作者。——译注

③《彼得潘》中的虚构人物。——译注

《海滨》杂志。"

"完全正确,我亲爱的伙计。除此之外,你就没什么想说的吗?"

华生仔细瞧了瞧封面,其上描绘了街头熙熙攘攘的场景。他打开目录页,映入眼帘的是皇室成员在宫中的照片,H.G.威尔斯写的科幻小说《空虚的地球》,一篇署名A.柯南·道尔的关于唯灵论①的文章……

"我没看出什么问题。"

"你当然看不出,华生。你只是视而不见。"

"我刚要说,除了这篇柯南·道尔写的《即将到来的神启》②。在我看来,这文章满纸荒唐言。"

"这篇当真不是你写的?"

"我的老天,当然不是,福尔摩斯。我只写你的案子。我可能会在里面增添一些氛围,比如加点颜色和对话以提升戏剧性,但是我一直都是用事实说话的。"

"我亲爱的华生,你能推断出是谁写了这篇文章吗?"

"我现在一点儿头绪也没有。格林豪·史密斯一直神秘兮兮的,这几年拼命推出署名A.柯南·道尔的作品。他手下有一批作家成天在捣鼓描写暴徒或冒险家经历的暴力小说、言情

---

① 一种主张灵魂和精神是世界本原的宗教和唯心主义哲学学说。
② 此处原文为 *The Coming Revelation*,或在暗指柯南·道尔的《新启示》(*The New Revelation*)。

小说以及各种惊悚猎奇故事。如果我没说错的话,安东尼·霍普①嫌疑也很大,就是写杰拉德准将②的那名作家——我要是有他的才华就好了……"

"华生啊华生,人怕出名猪怕壮。你善于把我们的探案经历用一种浪漫的手法表现出来,但我心里很清楚,无论是你,还是《曾达的囚犯》的作者,都不会写这种愚蠢至极的文章。你显然已然忘却了我曾经利用文体风格学逐一分析过《海滨》、《培生》、《钱伯斯》等一系列杂志期刊主要撰稿人的身份。特定用语的出现频率、搭配的形容词、篇章段落的长度——受过训练的人都可以从这些线索中确认未知作者的身份。我们眼前的这篇文章,鼓吹所谓的占星术,显然不出自任何我已知的杂志作者之手。不过,我怀疑这篇文章是布莱克伍德那帮人搞的,假以时日,我一定会证明我是对的。"

"你是说阿尔杰农·布莱克伍德③?格林豪·史密斯跟我说过,目前布莱克伍德在写一些小说,主人公是一个名叫约翰·静默的玄学调查者。他也是所谓虚构的'夏洛克·福尔摩斯的

---

① 即下文《曾达的囚犯》之作者,英国小说家。

② 实为柯南·道尔笔下的主人公。

③ Algernon Blackwood(1869—1951),英国恐怖小说家。他痴迷于催眠术和超自然现象,离开大学后又研究印度哲学和神秘主义,后将这些经验用于写作之上,出版多部恐怖小说。代表作有《人首马身怪》《琼斯的疯狂》等。

竞争对手'之一。如果你不是做咨询侦探的话,我想我们就不会听到马丁·休伊特、罗姆尼·普林格和S.F.X.范杜森教授[1]了。"

"你是说竞争对手吗,华生?我估计这又是你苏格兰式幽默的一个例证。祈祷我们不要被手头上的事情分散注意力吧。我一开始认为这篇文章可能是布莱克伍德所为,部分原因是它的会员被称作'金色黎明的海尔梅斯会'。比幼稚更幼稚、比可憎更可憎的繁文缛节!我感觉我内心里的科学家受到了伤害。但是这篇文章不是布莱克伍德写的,也不是他那个神秘的威尔士朋友阿瑟·玛臣[2]所作。我现在总算知道了文章作者的真实身份。"

"到底是谁?"

"柯南·道尔。"

"没错,没错,标题上是这么写的,可究竟是哪一个?"

"你这笨蛋!我是说你的朋友阿瑟·柯南·道尔,出于尚未知晓的原因,突然署上自己的真名。"

"但是这难道不很可笑吗,福尔摩斯?此人除了体育活

---

[1] 均为与《福尔摩斯探案集》同时期的其他侦探小说中的主角。——译注

[2] Arthur Machen(1863—1947),威尔士作家,喜爱研究神秘与自然之力,擅长写超自然、幻想、恐怖元素的小说。代表作《潘恩大帝》被誉为恐怖故事的经典之作。

动，什么都不关心——如果我没记错的话，他还被那个年轻漂亮、叫勒奇的小姑娘迷得神魂颠倒。"华生停顿一下，思索片刻，继续说道："你觉得这就是他这么热衷于离婚法的原因所在吗？我觉得不好说……不过说实在的，福尔摩斯，柯南·道尔是作家这件事，本来就很可笑。接下来你会告诉我，你想自己把破案过程写出来！我倒是想看看你怎么写狮鬃毛的案子[①]。"华生开始咯咯笑起来。"想一想都觉得可笑。"

"确实很可笑，"福尔摩斯回复道，"但不是你想的那个原因，华生。我跟托马斯·卡莱尔一样，敏锐地感觉到这家杂志的节操比清洁工还要低。"无论如何，这位杰出的侦探有时候若有所思，仿佛他只是在思考一个问题，还是这个世界无人预想过的那种。

"行行好，福尔摩斯，"华生回应道，打断了他朋友的沉思，"别贬低我潦倒文人养家糊口的生活了。毕竟，《海滨》杂志寄给我的稿费顶了咱们一半的房租呢，"——此时华生卸下医生和蔼可亲的面目——"写作助我度过漫漫长夜。"

"好吧，华生。我收回之前粗鲁的评价。我太没礼貌了。不过老伙计，你承认这其中的含义吗？我担心你的文学生涯快到头了。除非我低估了我的老对头，否则格林豪·史密斯此刻极有可能正赶往去见某记者的路上——而且我说的这个记

---

[①]《狮鬃毛》是以《福尔摩斯探案集》中为数不多的以福尔摩斯第一人称口吻写成的短篇小说之一。——译注

者不是朗代尔·派克。你猜得没错,华生,他要去见的人是泽布伦·达内。"

三天后,在妄言俱乐部:

"跟我们打交道的柯南·道尔太多了,我能直呼您的名字么?"泽布伦·达内说,"我相信您一定不会怪罪我的冒昧。鄙人全名泽布伦·安德鲁·达内——这是一位美国探险家的名字和我舅舅名字的组合,我舅舅是《蓝色童话》①的作者。鄙人对名字很敏感,但请原谅我,估计您对在下个人的家谱内容无甚兴趣。"

相貌堂堂、留着小胡子的运动员强装笑颜。他心里开始打退堂鼓了,后悔当初听了珍的话上这来。

"好,你可以叫我阿瑟。"

达内接着说:"您和在我们这儿的这位约翰想必很熟悉了。《海滨》杂志的编辑格林豪·史密斯先生可能随后就到。哎,夏洛克·福尔摩斯不巧出差去乌法岛了,那里有地下活动需要去调查。可能你们也听说了,那里出现了类似蓝约翰洞穴妖怪的怪物。不过依我看,他早已逃回伦敦,等风声过去

---

① 《蓝色童话》(*The Blue Fairy Book*)是一本童话故事合集,由英国著名文学家、历史学家安德鲁·朗格编辑。著名作家萧伯纳曾盛赞此书为献给世界儿童的精神食粮。前文名字中的"泽布伦"意指著名探险家泽布伦·蒙哥马利·派克。

之后再现身。毕竟，他本人是这场风暴的fons et origo①。"

阿瑟·柯南·道尔和约翰·H.华生将扶手椅拉近泽布伦·达内，后者仍旧坐回红色真皮长椅。

他接着说："正如你们的外科医生桑代克大夫所说，让我们来揭示真相。真相一：多年之前，约翰劝说经济拮据的阿瑟，允许自己使用A.柯南·道尔作为笔名，发表大家所熟知的《夏洛克·福尔摩斯探案集》。我说'大家所熟知'是因为我深知福尔摩斯对于'探案集'这个沾满了铜臭气息的词儿畏之如虎。

"真相二：久而久之，《海滨》杂志编辑赫伯特·格林豪·史密斯开始启用A.柯南·道尔为多部小说署名，而且不加节制，结果无论是历史爱情小说还是反映当代生活题材的作品，甚至是世态小说，都署上了A.柯南·道尔的大名。

"真相三：我私下与珍·勒奇小姐谈过，从中了解到，读完A.柯南·道尔署名的《出双入对》之后，她悲痛欲绝。显然，这本书采用自传的体裁，用了很大篇幅描述婚后的幸福生活。珍·勒奇小姐认为该书影射了阿瑟与已故妻子露易丝，也就是大家所熟知的托伊的生活。

"真相四：阿瑟对勒奇小姐辩称他本人并非《出双入对》的作者，而且事实上该书的作者是格兰特·艾伦。这一假设也是不正确的。格林豪·史密斯告诉我，真正的作者是玛丽·科

---

① 拉丁语，"源头"。——译注

雷利。无论如何，当进一步问询之后，勒奇小姐得知她的，呃，朋友事实上从未以A.柯南·道尔的名义发表过任何作品。

"真相五：勒奇小姐是一位颇具道德公正心的年轻人。她发现自己怀着仰慕之情所交往的某绅士一直生活在自己所编造的谎言中，对此极为震惊。她告诉我，她只会尊重，她极富文采的原话是，'真实如钢、耿直如剑'的男人。总而言之，勒奇小姐威胁断绝与阿瑟·柯南·道尔先生的一切关系，除非他'改邪归正'。我觉得威胁这个词用得并不过分。话已至此，她的意思已经很清楚了，对'A.柯南·道尔'这一署名不分青红皂白地滥用和——在她看来——捏造该署名的行为必须立即停止。

"至此，我们触及了该问题的核心，请允许我总结接下来的事件。不过，您需要一杯白兰地吗？不需要？或者来杯波特？雪利酒怎么样？"

"随便来一杯就行，泽布。"华生说。

"那么，阿瑟——"达内向这位身材魁伟的运动员扫了一眼。"显然遇到了严重的问题。这不仅仅事关他的社会地位，而且关系到他以'A.柯南·道尔'品牌发表的作品的一大部分收入。我这里借用了美国西部牛仔常用的一个词'品牌'。此事若公开出去，他将沦为世人笑柄，从此穷困潦倒、一贫如洗，为此，他向勒奇小姐提出新建议。阿瑟，能说给我们大家听听吗？"

柯南·道尔表现得非常不自在。"辞令非我所长，但我郑重向珍，也就是勒奇小姐保证：从今往后，除了我本人，任何人再不能以A.柯南·道尔作为笔名。我跟她说，过去的事就算了，也无法挽回。但是我保证今后A.柯南·道尔这个名字只会用于正道。"

"正道？此话怎讲，阿瑟？"华生问道。

"约翰，我愿为冤假错案辩护，支持法律与民事改革，最重要的是，致力于推广珍引导我去相信的一切。"

"你说的这些，我猜，不会是唯灵论吧？"华生打断了他的话，"你怎么可以信这种荒谬的东西啊，阿瑟？你是有教养的人啊，爱丁堡医学院的高才生，还是外科医生……"

"是的，我就知道你会这样嘲讽我，约翰。你也不会是最后一个，但是我的亲眼所见，亲耳所闻，让我不得不相信还存在着另一个世界，通灵是可能的，还有——"

"随你怎么说吧，阿瑟，那是你的自由。不过在我看来，只要A.柯南·道尔还能在行医记录上签名，他当然还可以用另一个名字发表小说。"

此时，一扇门静静地打开了，一位年长的侍者把走路略微有些不稳的格林豪·史密斯领进了房间。"孩子们，你们好。我知道他已经把坏消息告诉你了。此后，骄傲的A.柯南·道尔，曾经是有史以来最伟大的叙事者，将惠赐辩证神学、护教神学和唯灵论史各种荣耀。我个人毫不怀疑，同样受惠的还有关于未知世界的书，说不定还包括童话书和讲小矮人的书。"

"得了，别说风凉话。"华生说，"赫伯特，这样说就有点过了。你策划用柯南·道尔卖一些比不值钱的惊悚小说好不了多少的作品，这么做已经非常过分了。事到如今，不要得了便宜还卖乖。比方说，你出过木乃伊复活的小说，没记错的话是叫《249号拍品》。但是童话？你真的够了！阿瑟绝不会走这么极端的。"

柯南·道尔看上去更加如坐针毡了，虽然他装作漫不经心地朝俱乐部的窗外望去。

"好吧，也许你是对的。"《海滨》杂志编辑答道。"我们走着瞧。不管怎么说，"格林豪·史密斯继续道，"我与勒奇小姐谈过了，她允许我们已经印刷成册堆积如山的《挑战者教授》系列上市。你知道这套丛书的，华生，其中有三本还是四本是吉卜林和哈格德写的，描绘了他们去英格兰打高尔夫球时和一只百灵鸟的故事。可勒奇小姐坚持要她未来的丈夫在《挑战者》里面生硬地加上唯灵论说教的内容。作为一名科学家，哪怕是写小说，加入唯灵派显然会对该宗教运动的发展起到推波助澜的作用。'可惜，'她说，'《挑战者》要真像斯科特队长或者哈里·弗莱什曼爵士[1]就好了。'"

"那我怎么办？"华生抗议道，"我自己署名的那些福尔摩斯探案小说怎么办？"

"是这样的，约翰，"柯南·道尔笑道，"既然你宅心仁

---

[1] 均为小说虚构人物。

厚，愿意与我分享你所写的那些故事，只有让你得到相同的份额作为报答才算公平——只要你让我续写贝克街的传奇。我承认我的文笔不及你万一，不过，只要借给我你的笔记，例如《王冠宝石案》还有《三角墙山庄》的，我就会全力以赴，把故事写得比《斑点带子案》或者《"银色火焰"赛》还要惊悚。"

"不过，阿瑟，作为老朋友我也把话挑明了。你不知道我在《海滨》杂志连载的那些小说上耗费了多少心血。"

"好啦，都什么时候了，华生，你当然得把这些故事改得像是独立的作品。我敢打赌，任何人，只要收集到该案件的事实，也一样能够写出夏洛克·福尔摩斯探案传奇来。'1892年10月的一个深夜，天气湿漉漉的，但是我和福尔摩斯正舒舒服服地待在起居室里，突然哈德森太太告诉我们有客人来访。'看见没？丝毫不费吹灰之力。可现在我得走了，勒奇小姐在门厅等我。下午茶之后，我们要去参加降神会——阿莱斯特·克劳利[①]引领我们走上属于我们自己的精神向导之路。如此渊博的知识！如此睿智的古代智慧！菲尼亚斯事实上可以作为某部小说的主角，我把书名都想好了，叫《菲尼亚斯吐真言》。"

柯南·道尔离开后，屋子里所有人都松了口气。"我的天

---

[①] Aleister Crowley(1875—1947)，英国神秘学学者、诗人、作家、画家，创立了神秘宗教"泰勒玛"。

哪，"达内哀叹道，"我都不敢想象今后A.柯南·道尔的笔下会写出什么三流布道和冗长乏味的说教来。我倾尽全力劝说他和勒奇女士维持现状，但是收效甚微。已经无能为力了吗？"

"是的，"格林豪·史密斯说，"是很可惜，但是人各有志。《海滨》杂志还是要继续前行。我开始感到当前我们必须作出某些改变。俗话说旧的不去，新的不来，约翰，你来写一部'间谍'类的惊悚小说怎么样？在我看来，《沙岸之谜》开启了一些叙事的新领域，你意下如何？"

"谢谢你的好意，赫伯特，不过我兴味寡然。我以前喜欢看齐尔德斯①的书，后来你也知道，我对于海上历险的故事有多么偏爱，不仅仅限于克拉克·罗素的作品。然则我确实不是写小说的料。我这个人没什么太多的想象力。不，约翰·H.华生离开了写作这个行当，今后也不会再重操旧业了。不过我把一些福尔摩斯办案档案存在考克斯银行的保险柜，包括恐怖谷一案在内的很多材料。如此一来，我才能够时不时地给我那误入歧途的朋友一点手稿。当然，前提是我能躲过未来阿瑟·柯南·道尔夫人敏锐的目光。幸运的话，那么我可以毫不含糊地说，将来仍然会有一些引人入胜的贝克街探案传奇问世。但总的来说，我猜将来读者们会察觉出小说水准的下滑。唯灵论——噢，阿瑟！"

---

① 厄斯金·齐尔德斯，即前文《沙岸之谜》的作者，爱尔兰小说家。——译注

与福尔摩斯为邻

格林豪·史密斯耸了耸肩。"随你的便吧,约翰。对了,你怎么办呢,达内?当然,你可以受人之邀写惊悚小说——能赚一大笔钱。"

"你们编辑真是锲而不舍。正如我之前所说的,写小说不是我的拿手活。"

"噢,得了吧。这跟写新闻稿没什么太大的区别。再者说,你偶尔也会来几篇侦探小说。布兰丁斯城堡周边的犯罪活动正一浪浪地推向高潮,斯特拉斯默里克勋爵的宫廷迷雾重重。当然,泽布伦·达内第一个提出此皆开膛手吉尔所为。既然你用的是笔名,那么无论发表什么作品,都完全无损于你个人的声誉,尊贵的记者先生。而且,我已经把最艰难的部分替你做完了,情节与标题都拟好了。现在 A.E.W. 梅森已经签约撰写《动力室》了,不过你最适合写《三十九级台阶》。我的基本创意是这样的:一个无辜的男人由于阴差阳错被当作凶手,一路逃避警察与敌国特工的追杀。听起来不错吧?你一定要应承下来,达内,要不然切斯特顿[1]就要抢过去写了。真要是那样,他和梅森就会带着整个公司转投我的死对头布莱克伍德门下。求求你,就当是帮朋友一把!我预测

---

[1] G.K.切斯特顿(Gilbert Keith Chesterton,1874—1936),英国作家、哲学家、演说家、诗人,同时也是一位艺术评论家,常被称为"悖论王子"。他是英国文学史上少有的博学大师,文笔讥诮,回味深远。

'约翰·巴肯'①将会成为和A.柯南·道尔一样受人欢迎的作家,并且有利可图。"

---

①《三十九级台阶》的作者,英国著名作家,后从政并曾任加拿大总督。——译注

# 读福尔摩斯长大的人

哈伦·埃里森

**本故事是为了纪念我的朋友，雷·布拉德伯里。**

一件坏事发生了。不，一件"大写的"坏事发生了。在内布拉斯加州弗里蒙特，一个男人欺骗了一位诚实的老太太，没有人能够让他改正自己的行径。就这样，那位老太太无助地过了四十多年。随后，有一天，她把这件事告诉了一个朋友。现在我会给你讲一个故事，或者说，一个真正的传奇。对于那些希望这是一个"我从来没有写过的故事"的人，你们可以随意；对于那些选择相信这是真实生活中的传奇的人，我也同样不会反对：选择权在你手上。

很久很久以前（其实也没那么久啦）……

一名男子躺在他位于纽约市某幢大厦八楼的公寓中的床上，睡得正香。他身边的电话突然响了起来。那是一个标准的20世纪的设备，不是移动电话。时间已经非常晚，几乎接近早晨了，但是太阳还未曾照亮曼哈顿那有如剪贴画一般的天际线。电话铃声再度响起。

他的手从被单下面伸过去抓起了听筒。电话另一端，一个低沉的男性声音缓慢而又清晰地说道："你醒了吗？"

"啊？"

"你是否清醒到能够听懂我的话的程度？"

"啥？谁呀？"

"你卧室的窗子是开着的……还是关着的？"

"啥？"

"看看你的窗帘！"

"啥……你说啥……"

"坐起来看看窗帘。它有没有在动？"

"我……嗯……"

"快看！"

此人的三室公寓位于曼哈顿中部的一座风井①里头。如今已是秋天了，天气相当寒冷。他卧室的窗户一直是关着的，以隔绝从楼下和街道上传来的噪声。窗帘也拉了起来。他迷迷糊糊地爬起来，看着离自己最近的那一块窗帘。它正微微地摇晃着。但是房间里并没有风。

他没有对电话说任何话。电话线的另一头传来的也只有寂静。黑暗的寂静。

一个人，或者更准确地说是一个影子，从摇晃着的窗帘

---

①建筑中预留的通道，主要用于通风、防水，紧急情况下也可用作消防、逃生通道。

后面走了出来,并朝半躺在床上的那人走去。房间里刚巧有足够的光线可以让手握电话听筒的男人看到这名黑衣人拿着一个很大的生土豆,一把双刃的剃刀从土豆的末端伸了出来。黑衣人戴着一双手套,而在手套未能覆盖的手腕处,躺在床上的这个人可以看到滑润的光泽,那里还套着处理食品的人所戴的薄薄的塑料手套。黑衣人走到床前,俯瞰着半坐起来的睡眠者,伸手接过了电话话筒。锋利的剃刀微妙地靠近了对方的颈部,另一只空着的手则将话筒放到耳边。

电话对面说道:"只说'是'或者'否'。"

"是,好的。"

"他坐起来了吗?"

"是。"

"他能看见你……以及你用来指着他喉咙的东西吗?"

"能。"

"把电话给他。别做任何事情,除非我让你做。"

"好吧。"他把话筒还给那个在刀锋之下瑟瑟发抖的男人。那人瞪大了的眼睛里充满了泪水。

电话对面说道:"你相信他是认真的吗?"

"啊?"

"我只想听到'是'或者'否'的回答。"

"你是……"

"把电话给他。"停顿。再一次重复:"把电话给他!"

受惊的男人将话筒又递了回去。

"我已经告诉他只能回答'是'或者'否'了。要是他再说些别的东西，或者嗯嗯啊啊的……你能先给他一刀么？"

"没问题。"

"第一刀不用太狠。让他看到他自己的血，得是他能吸去，并且品尝他的血的滋味的部位。"黑衣人一言未发，将话筒按在了另一个人的耳朵上。"现在，"平静的声音从不知何处传来，"你是否确信他是认真的，并且能够伤害你？是，还是否？"

"听着，不管你是谁……"

这只土豆在那人的手背上划了一下，从小指到拇指。在这道整齐而纤细，但却有大概五英寸长的线上，血开始渗了出来。他把话筒扔在床上，血染红了他的被子。他发出微弱而凄切的哀鸣声。那声音听起来就像是在下面的街道上，有一只流浪狗被路过的出租车给撞了。拿着藏在土豆里的剃刀的男人逼近了那苍白的、搏动着的喉咙，并且朝着话筒点了点头。除此之外再无其他声音。

他一边吮吸着他的指节，一边用仍在轻微出血、颤抖着的手拿起了话筒；他聆听着。全神贯注地。

"现在，仔细听。如果你说了任何除了'是'或者'否'的话，如果你试图抵赖、转移话题而不直接回答问题的话，我已经告诉他要带上一条厚毛巾，并且把它塞到你的嘴里，所以除了你自己之外，没有人能够听到他把你切成一片片的时候发出的尖叫了。他还会去切了你的兄弟比利。还有你老妈。你听明白了吗?"

他开口了。"……嗯……"土豆稍微动了一下。"是的，"他很快地以沙哑的声音说道，"是的。是的，我明白了。"

平稳而坚决的声音从远方传来："非常好。现在我们可以办正事了。"

现在，晨光已经透过了窗帘，在靠近他抖动着的喉咙的刀刃上闪出一道寒光。这个男人说道："是的。"

"你拥有一幅由一个几乎已被遗忘的廉价杂志插画家，罗伯特·吉普森·琼斯所创作的画……"那声音停顿下来，但在剃刀威胁之下的这个男人知道，这也仅仅是一个停顿。他知道若是他在这个时候说，"我不知道你在说什么"，或者"它在我住在皇后区的表弟家里"，或者"我好几年前就把它卖了"，或者"我不知道谁买了它"，或者诸如此类的任何谎言，他的身体就会像一只煮熟了的龙虾一样被切开，他会躺在自己的内脏之中，用被切去了指尖的手抱住仍在跳动的心脏。他的喉咙会被割出一个从左耳到右耳的大口子。马上。

他什么都没说，而电话另一端的声音在一瞬间之后继续响起。"已有四位竞买人向你提供了三个不同的标价。每一个出价都是公平的。你将接受中间的那个出价，保证这幅画完好无缺，而且今天早晨就要把它卖掉。你清楚了吗?"

血持续地从拿着话筒的男人手上流下来，流到床单上，他什么都没说。对面的声音命令道："把电话给……"他把听筒递给那个高踞在他上方的黑色身影。把刀刃藏在土豆里的男人拿起话筒，听了几秒钟，然后弯下腰凑近那个蜷缩在枕头上的男人，让对方看清楚他所戴的黑色水手冬帽有一条没那么黑的线，证明了他是有眼睛的。无法辨别他的眼睛是什么颜色。"清楚了吗？"随后他对着话筒说道，"他说他明白了。"然后又听了一段时间，比上一次略长。卧室中的两个男人有一个已经额头冒汗了。电话被字面意义上地"切断"了，剃刀划过听筒线，并且将之切断。床上的那个男人擦拭着他的左手手背，吮吸着仍在渗血的纤细伤口。这个穿着一身黑衣的男人说道："现在闭上你的眼睛，在听到我的命令之前不许睁开。"

当这个流着血的人终于睁开眼睛时，房间里完全已经安静有一两分钟了，尽管他觉得自己听到了公寓通往走廊的门被关上的声音，他也都没敢睁眼……他现在已经是独自一人了。

巴黎第八区蒙田大街的一家高级时装新闻编辑部里，一名编辑正大发雷霆，要求她的全体"下线"——这是一个21世纪第一大电子商务热词，意思跟"农奴"、"奴才"、"马屁精"、"杂工"、"家臣"、"挑水工"或者"仆人"差不多，现在的语言就这样——立即全体出现在她面前。她解雇了其中五个人。在南极洲埃里伯斯山的北高峰，寒风疯狂地吹着。

一小时之内，两只黑色薄皮革驾驶手套之中的一只，被从阴沟里捡来的一段绳子和从东河捡来的石头绑在一起，扔进了哈德逊河。另外一只同样颜色的手套则装满了从麦迪逊大街的一家廉价纪念品店买来的小块大理石，再用胶带封起来，扔到布鲁克林的郭瓦纳斯运河里。一些物品被丢弃在新泽西的垃圾箱里；一双极为普通的用于处理食品的一次性塑料手套，跟五棵白菜一起被放在马萨诸塞州里霍博斯的一所私人住宅的"爱适易"牌食品粉碎机里，切得粉碎。一双平淡无奇、不知名品牌的运动鞋之中，有一只被从行驶在新泽西收费公路上的一辆小轿车里扔出来，扔到了路外大约四十英尺远的淤泥中生长着的芦苇丛里。另外一只鞋则被埋在萨拉纳克湖一个垃圾箱下面两英尺深的地方。一天半过去了。这已经算很快。

但只是在曼哈顿中部的一间房门被关闭3小时21分钟之后，一个居住在八楼公寓中的男人给一个居住在弗吉尼亚州麦克莱恩的女人打了个电话，那个女人说道："在你上次说了那种话之后，我觉得你这么早就给我打这个电话有点出人意料。不是吗？"他们俩谈了大约四十分钟，虽然谈话之中提出了很多问题，但最终还是引向了一个必然的结论。最终，那个女人说："好，成交。但你知道你永远不能把它挂起来，或者展示出来，你能接受这个条件吗？"那个男人说他能够理解，两人约定在某个时间到熨斗大厦的第三个楼梯间见面，并且双方要交付的东西都需要用厚纸包裹起来。

在伦敦某间位于二楼的公寓里，一个男人从一个时尚的书套里取出了三本书之中的一本。他把这本书拿到一个很大的莫里斯安乐椅中，坐在了鹅颈灯的下方。他瞥了一眼墙壁，溢出的光线照亮了墙上挂着的一幅大而细节详尽的画，画上是一只早已灭绝的史前鳞翅目生物。他微笑起来，再度将注意力投在书本上，翻了几页之后开始阅读。在九龙的一家运输事务所里，一个年轻的女人由于没有受过足够的培训而无法应对她简单的工作，她将一份合同其中的一页纸放进了错误的马尼拉文件夹，因此几天之内三个大洲的"下线"们开始互相发飙。

纽约熨斗大厦的物品交换之后又过了六十五分钟，一块用于建造挑檐的重达70磅的三角形混凝土在被滑车吊起的时候，没有以某种不可预知的方式从芝加哥的沃巴什大道上一处在建大厦的桩上掉落；与此同时，一个穿着领口极为舒适合体的衬衫、担任某国际公司评估经理、收入丰厚的白种男人同样也没有到达他在公司的办公室，相反地，他约见了他的牙医，而且在当天晚些时候，他到他女儿之前就读的私立幼儿园给她办了退学手续；在澳大利亚中部的吉普森沙漠里什么事都没有发生，或者至少没有发生什么不寻常的事。

在伦敦，一个男人坐在一幅绘有蝴蝶的画下读书。对于每一件事情……

无论看起来是多么无关紧要……

在这个宇宙之中川流不息的时间之河里，总有一件平等而又相反的事情存在。尽管它们之间可能根本看不出有任何联系。

每一天，在里约热内卢，下午很晚的时候，都会有一场倾盆大雨。这场雨只会持续几分钟,但雨滴会像子弹一样,在基督的救赎雕像下那贫民窟的锡皮屋顶上砰砰作响。而在这一天,这一时刻,吉普森沙漠什么都没有发生,没有雨滴落下;大西洋大街①干热得反光,伯南布哥下起了冰雹。

这天晚些时候,俄亥俄州克利夫兰的一个融合摇滚乐队里面的小号手收到了一个住在奥伯林的远房表亲的消息,十年前他的这位表姐妹问他借了五十美元为一台本田思域车付首付,不过从未将这笔钱还给他。她说她将马上给他开一张支票。他很高兴,把这个故事告诉了他的朋友,乐队里的首席吉他手。四个小时后,在当晚演出中场休息期间,他俩坐在俱乐部里,你知道,一个他俩都不认识的女人飘过来,微笑着来到二人中间并且招呼道,"你们好吗?"在几分钟的交谈过程里,吉他手和小号手都数了一遍这笔偿还了多年旧债的五十美元意外之财。他们再也没有见过她。再也没有。

当天更晚些时候,一个来自斯里兰卡建于公元前4世纪的舍利佛塔,并且在1964年从阿姆斯特丹一座博物馆里丢失的吊坠,被寄到了瑞士日内瓦的一个公用邮箱,信封上盖着一个印章:"赃物,通知国际刑警"。印章是红色的,手工加印。在曼谷万豪酒店的大象酒吧,服务员找到一位泰国商人,并递给他一只红色的无绳电话。"您是曼达帕先生吧?"这个男人从他的甜味杜松子混调酒杯子里抬起眼睛,点点

---

① 里约热内卢的一条街道。——译注

头，接过了电话。"你好，是的，我是迈克尔·曼达帕……"随后，他听了几秒钟，并且露出微笑。"我认为这不可能。"他柔声说道，也不再微笑了。他又听着对方说话，随后道："没有这么快。我至少需要一周到十天的时间，我得……"他没再说下去了，只是聆听着，他的脸绷紧了，用空着的那只手的手背擦过嘴唇，然后说道："如果那里下雨了，并且是季风的话，你就得做你必须做的事情。我会尽力的。"

他聆听着，深深地叹息了一声，然后把无绳电话放回吧台上的托架里去。服务员注意到这个，走过来拿起了那只红色的电话。"没事吧?"他看到曼达帕先生脸上的责难之意，开口问道。"好，没事，好。"曼达帕先生回答道，离开了大象酒吧，没有给这个无意中救了他的命的人一点小费。

在某个地方，比这早得多的时候，一个人大踏步向前，他的靴子底下有一只蜻蜓，一只巨脉蜻蜓[1]被碾碎了。

第二天早上八点整，在内布拉斯加州弗里蒙特的一座保养得很差的老房子面前，四辆车子停了下来。周围杂草丛生。尽管在这个月通常是阳光明媚的天气，但这天天空中乌云密布。第一辆车子是弗里蒙特地方警局的警车，其上走下了一个戴男士宽檐软毡帽的男人，在他的身旁和后方，则有三名穿制服的当地警官从车上走下来。第二辆车上是两个内布拉斯加州州警。第三辆车上是穿着黑色套装的一男一女，

---

[1] 一种史前巨型蜻蜓。

两人各拿着一个公文包。第四辆车的车门迅速打开,像是张开了翅膀似的,四名穿得花里胡哨的大汉从车中走出,绕到车后方打开后备箱,取出了大号的铁锹和铲子。一群人走向那座房子,内布拉斯加弗里蒙特市的警长走在最前面。

他敲了松垂的纱门。三次。

没有人出现在关闭的内门里面。他再次敲门,又是三次。一位年长的白人妇女,弯腰驼背,脚步蹒跚,头发灰白,身上沾染着艰难岁月带来的倦意。她将内门打开了一条缝,从纱门向外望着这一大群人。她的语气介乎于惊讶和不安之间:"什么事?"

"布拉姆女士?"

"啊,是……"

"我们是带着搜查令来的,那里有两位法律界人士,对,就是那位女士和那位先生。"他转过头,并且朝穿着黑色套装的两人点了两下。"他们已经得到了法庭的批准,到你家里来寻找一些你儿子准备在易趣网还是什么地方卖掉的书,那些都是他从纽约的一位女士那里拿来的。比利在这儿吗?"

"比利早不住这了。"她准备关门。警长用手掌推着纱门,使其呈现一个椭圆形的凹陷。"我在问你比利在不在这,夫人。"

"没啊。"

"我们可以进去吗?"

"赶快给我滚,别想进我的房子!"

正当布拉姆女士朝着内布拉斯加州弗里蒙特市的警长发号施令，叫他从她的门廊上滚开的时候，在姆布吉马伊，一个靠近刚果民主共和国南部赞比亚边境的城市，无国界医生组织的一个代表正准备要到达一个小菜园，这个菜园位于一片荒凉的马铃薯田旁边的三座小茅屋之外。此人随身携带两只麻布小包，当一个皮肤棕黑如坚果的老人出现在最大的一座茅屋的入口处时，他将小包裹完全展开，用通常的方式敬礼，然后静静退开。此时，布拉姆女士还在与州警、拿铲子的人以及两个穿黑色套装的人争论，然而争论的对象主要还是内布拉斯加州弗里蒙特市的警长，那地方离赞比亚可不近，尽管如此，离他们很近的地方开始有了雷电，天上的云越来越阴暗了。空气发出狂暴的呼啸声，一滴雨水落在挡风玻璃上粉身碎骨。

争吵不会自然地结束。不可避免地，执法官们对于牛头不对马嘴的答案变得不耐烦起来，将纱门从生锈的门闩上猛地扯了下来。它倒在门廊上，布拉姆女士竭力试图关闭前门，把那些男人们挡在外面，但他们推开了她，冲了进去。喊声和尖叫声接踵而至。

一个头发乱糟糟、胡子拉碴的男人挺着大肚子从后面的一条过道里冲出来，他手中紧握着一根撬胎棒，已经举到了脑后；他口中发出号叫。一名州警使出一个伸臂抱颈阻截的动作，把这名男子仰面摔倒在走廊上。与此同时，布拉姆女士发出持续的刺耳尖叫声充当背景；一名律师——当没有人注意到的时候——用手刀切击了她的喉咙,她笨拙地倒在一块护壁板旁边。

"那不是比利,"布拉姆女士极力用喉部发出咕噜似的声音,痰和唾沫被当作辅音来使用,"那是他的兄弟!"

一名州警喊道:"把他们俩都抓起来!"他掏出手枪指着倒地的大肚子男人吼道,"你兄弟在哪?"

"你别想抓走他们,一个也不行!"老太太叫道,那是犹如铸造厂午间口哨声一般的尖叫。她从衣橱柜后面拿出了一把锈迹斑斑的斧头。州警开枪击中了她的腿。斧头落在漆布上。

四个小时后,两个拿着铲子的人在翻遍了堆积如山的杂志、挖开鼠巢、翻开烂掉的地板块之后,终于在房子后面最后一个储藏用活动房屋的角落里找到了比利。他试图挖穿墙壁逃走,其中一名工人用铲子拍了他的后脑勺。那一天的余下时间,搜查仍在继续,并且延续到了第二天,直到律师们满意为止。这座杂草丛生的房子就像一座迷宫一样,充满了即将倒塌的架子、橱柜、书架,纸板箱层层叠叠,堆得极高,以至于最底下的那些已经粉碎了。这其中装满了老旧的低俗小说杂志、用塑料书皮包装起来的漫画书、用细绳捆扎起来的报纸,还有比利从东部的那位老太太那里骗来的四十七本书。

第二天,一家三口均被逮捕。与此同一时间(但按照格林威治标准时间,时钟显示的时间却晚了8个小时),伦敦的那个正在阅读《红发会》的男人合上书本,长长地凝视着壁炉架上挂着的描绘远古蝴蝶的那幅美丽的画,随后他微笑起来并且说道:"啊,这样一切就都搞清楚了。'Omne ignotum pro magnifico①'。聪明。"

---

① 拉丁语,"所有未知的东西都震撼人心"。——译注

# 我不名誉的女祖先案

南茜·霍尔德

世上有个广为人知的真理……

……有些时候，谜题是无法解决的。

我的父母在去罗马度假庆祝他们第四十个结婚纪念日的时候被谋杀了。他们曾是那样的兴奋。"我们好像还在热恋中呢，"我母亲在电话里对我说，"我真希望你……"

说到这里，她停了下来，因为我以前就告诉过她，不知何故爱的基因似乎跳过了我这一代。我有自己的工作。我是一个纽约时报畅销书作者，那就足够了。

他们在吃完一顿美餐之后，在回宾馆路上的一条小巷中被枪打死，身上的财物都被抢走。他们曾经邀请我和他们一起去罗马（我是他们唯一的孩子，我们一直都很亲密），但是我没有去，因为我的一本书已经快要到截稿时间了，在此之前我拖延了很长时间，没有开始做这项工作。拖延症很可能救了我的命。

在我的父母被谋杀后，我放弃了一切，将自己的全部精力投入到这起案件之中。我在私人侦探和虚假线索上花了大量的钱，被骗了十几次。一年过去了，然后是两年、三年。我一直没有完成那本书。我的编辑不再询问我的进度。我的经纪人认为解约对我们双方都有好处。那时候我的户头上还有些现金，因此我决定就这样继续下去，直到从这可怕的梦魇之中醒来为止。版税收入总是会像从前那样一直不断地进入我的账户。

尽管在某种程度上确实是如此，然而我所收到的金额却每年都在下降，因为读者已经逐渐流失。但我不能轻易放弃。我所做的一切没有收到任何效果，没有人能够指出一个名字或者一种思路，所有人都没有找到任何一条可以破案的线索。虽然如此，我还是没有放弃。我缠着罗马警方，我利用各种形式的社交媒体，我保持着整件事情的热度。

这就是"黑场木匠"——一个英国法律公司——之所以将我，南茜·霍尔德，恐怖小说作家与一个维多利亚时代名叫亚历山大·霍尔德的银行家联系起来的原因。事实证明，我是这个人的后裔，事实上，是最近的一个后裔。

而亚历山大·霍尔德是夏洛克·福尔摩斯的一位客户。

华生医生在《绿玉皇冠案》一文中描写了亚历山大的委托案件。在此之前我从未听说过这篇小说，不过在"黑场木匠"接洽我之后，我立即就把它找出来读了一遍，是篇很吸引人的文字。我希望在我的时代也能有一位福尔摩斯，想必他早早就能够解决我父母的谋杀案了。

"黑场木匠"声称，虽然我能够继承的财产之中并没有太多现金，不过，我现在已经是亚历山大的维多利亚式大宅"费尔班"的合法主人了。不幸的是（这是以他们的观点而论），这幢房屋目前是一起诉讼案的标的。五年前，一家名叫费尔地产的房地产开发公司买下了伦敦南部的一大片土地，费尔班坐落于此范围之内，而开发商认为他们拥有这幢房子，有权利拆除它，并且他们正打算要这么做。

当时，一个名叫"福尔摩斯信托"并且致力于保护与这位杰出侦探有关的建筑与纪念品的团体提起了诉讼，以阻止开发商毁坏这幢房子。在艰苦的诉讼过程中，费尔班遭遇了一起火灾——已经证实了是有人故意纵火。尽管这幢石头房子未被完全烧毁，现状也已经极为糟糕了。讽刺的是，此时英国的经济出现了下滑，开发商决定彻底终止这一区域的房地产项目。

目前，福尔摩斯信托希望能与我见面，讨论各种各样的意图将房子恢复原样的"方案"。我猜他们并不知道我已接近破产边缘，我也没告诉他们。其实我并不想让整个世界知道，我那些（有了些年头的）小说布满灰尘的护封之下的照片上，那个一脸幸福微笑的女人已经不再是曾经的"非常成功的畅销书作家"了。所以我只是给予了模糊而又谦逊的回应，但仅仅是得到我的回应，他们就已欣喜若狂了。在他们看来，游戏就要开始了。

我的英国律师希望我到英国去接收这幢房子，福尔摩斯信托更是急迫地希望面见我本人。在罗马，没有任何事情发生——事实上一直都是这样，但对我来说要离开这里还是很困难。只要一兴起这个念头，我就一阵阵地恐慌。我知道这样很不理性。我知道我已经将一切事务搁置，独独让这一件事占据我的全部生活。我失去了我的朋友和事业。我只是无法将心神从这件事上移开，因为我有一种可怕的妄想：若是不能时时刻刻保持警惕，那么正义就永远都不会到来。我是（或说曾经是）一个写恐怖小说的；我写的都是些可怕的东西。因此我知道，有些时候邪恶的一方会取得胜利。

随后我才逐渐明白，福尔摩斯信托可能有兴趣从我手中买走费尔班。这也就意味着我能有更多的资金来投入战斗。我乘飞机到了伦敦，租了辆车，在倾盆大雨之中开车去了伦敦南部的斯特里特哈姆，结果发现自己身处于一片混凝土地基的荒凉之地中央，这些都是费尔地产公司留下来的。费尔班是这附近唯一一座屹立不倒的建筑，它的外墙已被烧得焦黑，周围有一道铁丝网围栏，上面挂着"禁止进入"的牌子。

这幢两层楼的大宅结构还算完好，在我等待着保安回复短信并且批准我进入房子的这段时间里，我的心神就在这些房间之间游荡，回放着当年发生在这幢屋子里的那一桩罪行。

在此之前，我已经签署了无数张表格，并且获取了这所房产的合法权利，"黑场木匠"的代表以及保安开车前来，他们在见到正在车里等候的我本人时都非常高兴。雨下得太大了，我几乎无法看清他们的面容。

寒风吹来，冰冷刺骨。当我拿起我的睡袋和行李箱时，不由得重新考虑起在此睡上一夜的浪漫想法。当那个"黑场木匠"的律师接过行李箱时,我的黑色雨伞与他的那一把撞在了一起。我可以看到自己呼出的白气。

"这里在闹鬼,你知道的。"保安打开锁着的前门时咧嘴一笑,"你可以听到脚步声。有时是哭声。"

"我知道。"尽管有罗马的那件事,我还是用力挤出一个微笑。能有另外一些鬼魂来缠着我倒也是极好的。

"有人说那是亚历山大·霍尔德,正在为他失踪的侄女玛丽感到悲哀。"他继续道,并且期待地看着我。

"我知道这个故事。"我回答,"玛丽勾结她的情人偷走了亚历山大的绿玉皇冠。那本是一笔借款的抵押物。"

"是的。那位情人就是乔治·伯恩韦尔爵士。夏洛克·福尔摩斯使得一切都走上了正轨。""黑场木匠"派来的年轻律师说道,"皇冠被归还给了'英国最崇高最尊贵'的人物,许多人都猜测那应该是威尔士亲王。银行收到了亲王归还的五万英镑借款,再加上利息。霍尔德的声望也没有遭受损害。"

我说:"亚历山大也与被他冤枉为盗窃犯的儿子阿瑟重归于好了。"

"而且从那以后,就没有人看到或者听到过玛丽和伯恩韦尔的消息。"律师补充道。

"从此之后,就有了幽灵般的悲伤。"我说。

"是的,从此之后。"他回答。这时门吱嘎一声开了。

我们三人走进了费尔班。福尔摩斯信托似乎花费了一些精力来让这幢房子变得宜居——主要是清洁打扫之类的。他们还给我买了些手电筒、一个使用电池的提灯以及一个加热器。在一张有嵌花装饰的六边形桌子上放着一个水晶花瓶，里面是鲜红的玫瑰；在花瓶旁边还有一个果篮。我将一个苹果递给律师和保安，他俩都谢绝了。除此之外没有其他家具，桌子是福尔摩斯信托借给我使用的。房子里凡是能够移动的东西都已被送往大英博物馆的夏洛克·福尔摩斯展区，不过这其中只要是我想要取回的物品都可以随时提出要求。

当我们走过这座潮湿阴暗的老房子的每一个房间时，我可以毫不夸张地说，我正走在华生医生的故事里。这个窗子，天真而容易轻信他人的玛丽·霍尔德就是从这里把那美丽的皇冠递给了潇洒却邪恶的乔治·伯恩韦尔爵士。这里，厨房的门，露西·帕尔就是从这里偷偷溜出去见她的情人，一个装着一条木头假腿的菜贩弗朗西斯·普罗斯珀，而玛丽也由此半推半就地试图将罪行推到这位女仆身上。我又到楼上去看了玛丽居住的房间，那里如今已是一片废墟。当玛丽意识到夏洛克·福尔摩斯很快就会发现她才是真正的罪犯时，就立即逃跑了。接下来是阿瑟的房间，同样已经被毁。阿瑟是这家里的儿子，曾一度被错认为是偷走绿玉的罪犯。因为他深深地爱着真正的小偷，也就是他的堂妹玛丽，所以他拒绝为自己辩护。他深陷于骑士精神之中——也因此暂时地遭到监禁。

再然后，就是精明的银行家、在该案的过程中气得差点中风的亚历山大·霍尔德本人的房间。这里同样也是烟熏火燎、四壁焦黑。

天花板上有些地方蒙上了塑料布，但对于瓢泼大雨来讲这样的防范措施显然不够有力。整座房屋都严重烧毁、潮湿并且发霉；我思考着这座费尔班大宅究竟该如何重现昔日的荣光。

我们发现楼下的房间相对干燥，尽管大多数墙壁依然潮湿发霉。在玛丽·霍尔德的那个时代，这座大宅有着与它的规模相符合的众多人口居住，仅是住在宅子里的女仆就有四名，两名分别担当马夫和随从的男仆则住在其他地方。在两个"助手"的帮助之下，我放好了加热器、电灯，铺好睡袋。我向他们保证我不会有事，并且承诺如果我需要什么的话会给他们打电话，于是他们离开了。

从罗马到伦敦只能算是一次短途飞行，但从感情上说，仿佛已经走出了很远。我一直处于恐慌状态。不知何故，我知道由于我离开了罗马，会有一个线索被遗漏，一份口供被忽略。我知道自己得了创伤后应激综合征，我的精神是不正常的。医生给我开过强力安眠药，但我几乎没有动过，因为我害怕会错过电话。现在，整个欧洲都已处于午夜时分，所以我干咽下一片安眠药，十指交叉。有些时候这会有用，有些时候没用。当我迷糊着睡去时，我对我的父母说了晚安。这是我的习惯。然后，我哭了。

这也是我的习惯。

所以，当我从抽泣声中醒来时，并不吃惊。但是在几秒钟之后，当我摆脱了药物引起的类似宿醉的症状，突然就意识到这抽泣声不是自己发出的。

雷声和闪电狂暴地落下，然而却无法掩盖那回音般的低沉哀哭声。那声音充满了悲伤和哀恸；此时，在房间的对面墙上，我的加热器发出的橘色微光映出了一个女人的身形。那不是我的影子。我屏住呼吸，将手电筒打开并且照向房间里的阴暗角落。除了我之外，并没有其他人能够在墙上投出那样的影子。

哭声越来越响亮了。

我的心脏狂跳起来，手也不争气地抖动着。我眨着眼睛，嘴唇嚅动起来，无声地说出当我第一次听说父母被害时所说的话：这不是真的。

然后，影子消失了，在墙上它原来的位置出现了一只小手的轮廓，我能够清晰地看到那些细弱的手指。

我呼出一口冷气。整个人都因为恐惧瑟瑟发抖。

在我父母亡故后，我一直等待着、希望着发生这样的事情。某些超自然的事情。某些像我在书里写过的事情：灵魂附体、女巫、诅咒。从坟墓的另一边传来的信息。低语声在耳中响起，说出杀害他们的凶手的名字，安慰我说他们已经到了更好的一个世界。我去见过灵媒，也参加过降神会，但我对这个"行当"研究得太深入了，我能够发现他们所有的小伎俩。有那么一两次，我试着将自己淹没在那些垃圾之中，寻找所有这些胡说八道之中可能存在的些微的真相，但我最终放弃了，转而专注于意大利的科学、罗马的法医学。科学。但这不是科学。这只是强迫症的另一个证明。因此我告诉自己，这都是我想象出来的。我现在仍在睡着呢。

那只手仍在墙上，它看起来并不像一个影子，反而像是一个印痕，非常黑暗、清晰。非常真实。

这一定是法律公司的人或者那些福尔摩斯的狂热粉丝设下的恶作剧。"哈喽？"我大声说道，"哈哈。"没有回应。所以我钻出睡袋，去寻找投影仪的迹象，或者也许那并不是一道刷了白灰的墙，而是一张幕布？但两者都是否定的。

随后，我踩到了一个苹果，但在我睡觉之前，地板上显然不可能有苹果。我向前倒了下去，伸出手试图保持平衡，刚巧按到了墙上的那只手。我尖叫一声，手从那层浸湿了的易碎白灰之中穿了过去。那后面有一个空间。我飞快地缩回手，抬头望着天花板上的水迹。雨水正从墙里漏下来。

但雨水不可能把苹果给弄到地板上。

我寒毛乍起，抓起电话想要报警，但事实上我已经手足无措。我有些印象，似乎英国的报警电话与意大利的不同，但是我脑子里浮现的唯一的数字是"666[①]"。我告诉自己，那苹果肯定是在我们把行李搬到楼下时偶然夹带下来的。那哭声和影子都是我噩梦的一部分。

但当我匆忙地搜查整个房子时，一直都在浑身发抖。窗

---

[①] 在基督教文化中被视为野兽之数，或撒旦之数。——译注

子和门都用木板钉了起来,除了我,没有其他人存在的迹象。我返回楼下,查看手掌在那层白灰上弄出的那个洞。那里面有许多许多的蜘蛛网,我一开始甚至以为那些是玻璃丝。我看到在洞后面那个空间的地上有一样东西,而要将这糊状的石灰夹墙弄开直到护壁板处也并非难事。

那是一个发了霉的小木盒。

"好吧,那么,游戏开始了。"我喃喃道,在恐惧——以及也许一丝丝的兴奋——之中颤抖着。

我打开了盒子。

亲爱的露西:

你于2月6日寄来的信件已经收到,我不禁双膝跪地,感谢苍天的仁慈。是我拿走了皇冠,而且,为了将自己的罪孽掩盖于阴影之中,我试图将这一桩严重的罪行嫁祸于你,然而如今你竟如此宽容地原谅了我!我叔叔去找夏洛克·福尔摩斯先生调查此案时,我害怕得都快发疯了。他是一个如蜘蛛般敏锐而又沉着的人,我预想到他会拨开我设下的重重迷网。在如此的恐惧之中,我提出你和菜贩普洛斯珀先生(你告诉我说你们已经结婚了!祝你们幸福!)可能合谋犯罪。我真的不值得你如此善待。

至于我自己,我怀疑我或许永远都与快乐无缘了。你知道我叔叔的性格,他确实是个喜怒无常的人,但直到如今我才明白他一直努力想要温柔地对待我们。我父亲在病榻上缠绵许久，最终病逝，亚历山大叔叔将我接到他家里来的时候，我觉得我应该过上那种我以前只敢去梦想的生活。舞会、音乐会、戏剧，为所欲为！我的青春已经在病床前浪费了许多，但当我想到可以在欢快的同伴陪伴下，在各种社交活动中快乐地度过青年时期，我是多么的激动！然而我很快就发现，我叔叔希望我承担起贤内助的责任，而不是继续做一个受娇宠的小女儿。想想看我有多么不情愿吧！

我想过要让他的儿子，也就是我的堂兄阿瑟担当我进入社交界的向导。但是，因为他爱上了我，公与私之间很难分得清。允许他做我的男伴，就等于同意他牵着我的手。除此之外，我还发现我亲爱的表兄有些神经质，他试图取悦那些他认为比他强的人——俱乐部里的那些有钱的花花公子——因此我意识到，我将从一个监狱换入另一个监狱：若与这样一位年轻而焦虑的男性结婚，在婚后的生活中他最终必然会认为我是一个缺乏魅力的人，因为他就是如此评价他自己，而我是和他一体的。

那种感觉是如此的苦涩：在我打理家中各种琐事，订购食品、监督仆人诸如此类，担任着组织者和观察者的责任时，我脸颊上的最后一丝红润也在以肉眼可见的速度褪去。就在这时，乔治·伯恩韦尔爵士就像一位跨着战马的骑士一样闯入了我的生活。他温文有礼，人情练达，老于世故，同时又是如此的聪明睿智！他去过所有的地方，做过所有的事情，认识所有的人。他许诺要与我共享这样一种生活。我开心得都快要疯了！

在我完全被乔治爵士迷住之后，他给我讲了一个长而复杂的故事，中心思想是我的堂兄阿瑟欠了他很多钱——他声称阿瑟设法不让他父亲得知此事。我信了他这番话，因为据我所知，阿瑟经常向亚历山大叔叔要钱。乔治爵士说，为了保护我的堂兄在俱乐部里的好名声，自己已经濒临破产。作为一个受娇纵和庇护的年轻女人，我立即想到可以把皇冠送给他，以抵销这笔债务。在我写下这些词句的时候我不由得感到这一切都是多么荒谬绝伦，但我当时已被他所导演的戏剧搞得神魂颠倒。一切都发生得太快了——皇冠被带到家里，将其卖掉并弥补那数额惊人的债务的计划——在那个时候这一切看起来并不那么疯狂。正如你现在已经知道的那样，我在夜深人静的时候像个小偷一样——话说回来，我本来就是一个小偷——离开了我叔叔的家，逃到了乔治爵士那里。

但他却告诉我，他改变了主意并且已经将皇冠归还给我叔叔了。然而我的命运却是不能改变了！我不能再回到费尔班去。我已经承认了自己的罪行。接下来，乔治爵士与我结了婚——我真是悔恨终生啊！

我知道你的工作并不简单，露西，尽管你正处于新婚燕尔之中，而且我可以确定你在读到这些话的时候肯定是不以为然。但在此时此刻，如果我有能力改变现状，我真情愿到费尔班去做一名粗使女佣！我必须直言相告，简明扼要。我的每一个字里都饱含着害怕被发现的恐惧。我们居住在一座小岛上,与世隔绝,然而我们所在的位置或许并不像人们所想象的那样远离伦敦。尽管如此,这仍是一个遗世而独立的地方。乔治爵士是个……严酷的人,而且正如人们所说的一样拮据,但他仍将我们的每一分钱都用来喝酒。同时,我惧怕还会发生更糟糕的事。我不清楚他的全部缺点,因为在我怀孕的时候,他把我赶到了一个单独的厢房里去居住。这座房子是这样的:一座正在逐渐崩塌并且滑入那将我们与陆地分隔开来的水中的大宅。我必须依靠一艘往来于这座小岛和大陆之间运送岛上居民的小渡船。船夫是个好人,我们成为了朋友……但也仅仅是朋友,我可以向你保证。

乔治爵士没有把我们岛上这所房子也赌输掉的唯一原因就是他不能这样做:这座房子是限定继承的。它必须要传给他的长子。但我们也不能离开这里,因为我们无处可去。在他发达时交到的那些酒肉朋友早就抛弃了他,或许有关他实际上是个粗鄙之人的消息已经传开了。当他的孩子,我们的儿子,亲爱的查尔斯·乔治·亚历山大出生时,他连一句恭喜的话都没听到过。

小查尔斯既漂亮又开朗,我不值得拥有这么好的一个孩子。他是我继续生存下去的唯一理由。若是没有他,我恐怕早就跳入岛外的水域里了,哪怕万劫不复。露西,我真的担心我的孩子。尽管我们继续住在大宅中最远的一个厢房里,但乔治爵士还是说查尔斯不停的哭泣简直要使他发疯了。他给他的继承人带来的只有痛苦和残暴。我想他会把我们抛弃在这里，如果他敢的话。正如我的孩子一样，法律已将我的身体和灵魂全都绑缚在他身上，但我不能把查尔斯留下来，让他独自面对乔治爵士的坏脾气。乔治比我叔叔最狂暴的时候还要可怕二十倍。因此……我做了个计划，我不知道我是否可以依赖你的援助？

感谢你如基督般的仁慈行为，我是，

玛丽·伯恩韦尔，娘家姓霍尔德

1890年4月3日

我被震惊了。福尔摩斯信托看到这封信的话会高兴疯的。没有人知道玛丽·霍尔德究竟发生了什么事，现在看来我们很有可能马上就会知道了。

接下来是另一封信：

亲爱的露西：

我发现那个替我们送信的船夫对我的同情和仁慈与日俱增（尽管我需要急切地向你保证，我们之间没有发生任何不正当的事情——他有妻子，而我有丈夫）。他和他的妻子结婚已有六年，却没有孩子，因此他提醒我，尽管我的现状有许多方面都不值得称道，但起码在这个方面可说是最为幸运的了。他本人给予我的逃跑计划以鼓励，为此我衷心地感谢他。

我是如此地感激，永远听候你的吩咐。

玛丽·伯恩韦尔，娘家姓霍尔德
5月5日

接下来是第三封信：

亲爱的露西：

我与一个我以前认为是敌人的人见了一面。我们的谈话得出了一个悲伤的结论，因此我必须改变自己的期望。我原以为我可以简单地乘坐蒸汽轮船离开这里，到达伦敦，抱着孩子去见我叔叔。在那里，我将恳求他的庇护。但经过那位人士的解释我才明白，法律对于我的丈夫非常有利。他可以把孩子从我身边带走，我肯定他会那样做的。

有了那位伟大的人作为盟友，我已经安排好了一切：让我的船夫朋友伪造我和我的小小宝贝的死亡。一旦此事成功，我将化名埃布尔·布朗夫人登上汉普斯特德号，到伦敦码头去和你会合。我的盟友已设法将我的行李箱送上汉普斯特德号并寄送给你，船只将于下个星期二到达。

至于我的孩子……目前这段时间，他将与两个爱他的人待在一起，如果我出了什么意外的话，他们会把小查尔斯当成自己的孩子养大。有了那位我本以为是敌人的人物帮助，我已设法确保他们不会因这一善行而受苦。我不敢在这里写出他们的名字，但如果时机合适，我会和盘托出的。

因此，我请你在6月10日到码头去找我。我乞求你，不要和我的叔叔或是我的堂兄阿瑟一起来。在我与他们见面之前，我必须先看看我自己能做成什么样。然后，如果上帝愿意的话，我们会找到一个办法，让我的儿子与他真正的家人重新团聚。

  我的幸福现在系于你一念之间了。

M.

5月19日

  接下来的一份文件是一份剪报，日期是1890年6月10日：

**汉普斯特德号沉没**
**无一生还!**

  我怀着冰冷与沉重的心情阅读了这篇文章：汉普斯特德号在从肯特郡驶向泰晤士河口的航程中迅速进水并且沉没。它首先是向右舷倾斜，随后翻倒并沉没，这一切都发生在短短几分钟之内，所有的船员和乘客都未能逃出生天。我屏住呼吸，目光向下去寻找遇难乘客名单。

**埃布尔·布朗夫人**

  我花了一小段时间来体会死亡。悲伤对我来说是如此熟悉，这是一种舒适的、已知的感觉。就像一个老伙伴——如果不能算是老朋友的话。

  玛丽·霍德尔没有成功。在经历了这一切之后，她还是以一种悲惨的、天降横祸式的方式死去了。

在这篇剪报边缘的空白处有一行字：我们决定不将此事告知霍德尔先生，也不让他看到行李箱。这只会让他心碎。露西·帕尔·普洛斯珀。

\* \* \*

箱子里再没有别的东西了。

我开始意识到那哭声现在已经停息，而我的脸颊沾满了泪水。

而且，有人正在用力敲门，并且高喊着："霍德尔女士？南茜·霍德尔女士？"

已经是上午十点钟了。我根本不记得我竟然在这里坐了一整夜，但我必须让自己冷静下来才能够上楼、开门。我擦了擦脸，又擤了下鼻子。显然我哭了非常长的一段时间。

来客是福尔摩斯信托的基姆·琼斯。他是一个帅气的男人，年纪与我相仿。他对于没有等到我给他回电话就冒昧前来拜访感到十分抱歉。他担心我没有为电话准备足够的电池，因此无法回电。我检查了一下电话，他确实在一小时之前打过电话给我。

这使我感到惊慌。自从谋杀案发生的那一夜开始，我从来都没有错过一个电话。我把所有的电话全都接起来了，哪怕明知是诈骗分子打来的也不例外——因为任何一个电话都有可能以某种曲折隐晦的方式解决我父母的那起悬案。即使我已经采取了帮助进入睡眠的措施，只要电话响起，我还是会立即醒来。但我没听到他的电话。

这让我惊慌失措。我简直想要马上飞回罗马去了。

我没有告诉他关于那个盒子的事，不过我已经把它放进硕大的钱包里了。我想要仔细思索一遍这个故事。我没喝过咖啡，没洗过澡，甚至都没有刷过牙。在这座寒冷的房子里并没有自来水可用。我知道英国人一般都比较礼貌并且拐弯抹角，但我以美国式的直率询问他，是否可以帮助我。他把我带到了福尔摩斯信托的办公室，那里离大英博物馆不远。这里的装饰之中有很多都是福尔摩斯本人用过的家具，一张维多利亚式的沙发以及加了软垫的椅子等等，他告诉我说如果我愿意的话，他们可以给我安排一个房间住宿，里面甚至有福尔摩斯本人用过的床。那里的人都很乐意帮助我。然而，没有人提到我的父母，我怀疑他们根本不知道。

在吃了一个牛角包，喝了咖啡之后，我终于向他们展示了那个盒子。他们欣喜若狂。

"我们得让希普利看一看。"他们一直反反复复地说着。最终，基姆向我解释，威尔·希普利是大英博物馆中福尔摩斯展区的策展人，并且此前他一直致力于研究玛莉·霍尔德的生平，将此视为某种业余爱好。他原本就在他们想让我与其见面的人员名单上。

一小群福尔摩斯信托的员工和基姆还有我一起步行去往

博物馆，那地方比我想象的要现代化得多。福尔摩斯展区面积广阔，里面的藏品包括车厢、房间内部模型、斗篷、大礼帽、猎鹿帽、手枪、一根暗藏着险恶匕首的手杖、一把斯特拉迪瓦里小提琴、无数的放大镜片、各种各样的小玻璃瓶、一个写着JHW[①]的医用手提袋，以及那只福尔摩斯用来放烟草的波斯拖鞋。

基姆敲了敲一扇门，门上的铭牌标注着：**威尔·希普利，助理馆长**。随后不久，我就将盒子及其内容交给了一位年长一些，但仍然很英俊、穿粗节灰色毛衣和黑色羊毛裤的男人。在他检查我带来的东西时，蓝眼睛闪闪发光。我没有告诉他关于哭声和幽灵的事。我仍然不知道那些事是否真实发生过。我一直在告诉自己，那些一定是真实的，因为我们拿到了这个盒子，但那又是为什么呢？为什么是现在呢？为什么当我几千次地祈求宇宙告诉我关于我的父母发生了什么的时候却没有任何回应呢？

我把颤抖的手揣进口袋里，并且说我很冷，基姆向我保证很快就会有热茶送来。

威尔·希普利戴上洁白的布手套，用两只手拿起每一封信和那份剪报，就好像它们像玻璃一样脆弱易碎。在我的想象中，罗马警方在筛选他们从我父母被杀的那条小巷里找来的各种碎片时也一定是如此极为严肃的。我去过他们的实验

---

[①] *即约翰·H.华生的姓名首字母。——译注*

室。我看过他们拍的照片。我经常打电话给他们。他们从不生气。他们用他们那意大利式的深情眼眸看着我，说他们没有新的消息可以提供给我是多么遗憾。

"一个行李箱！"希普利惊叹道，"露西·帕尔·普洛斯珀拿到了玛丽·霍德尔的行李箱。"

当我的父母被杀害时，我也曾面向大众发出请求，征集有用的线索：徒劳无功。但是福尔摩斯信托拥有巨大的数据库和全球的联系人。夏洛克·福尔摩斯备受爱戴。

一个星期过去了，哭声和阴影都没有再出现，但我还是每晚住在费尔班。等待，希望，就像我生命中此前的那几年一样。基姆、威尔，还有他们的同事们全都高度兴奋，就像福尔摩斯那样欢快地追寻他们想要追寻的宝物。我同样感受到他们对于我的深切期待：他们在等候着我做出一些关于那所房子的未来计划，并且告知他们。他们仍然不知道我已濒临破产。

罗马方面依旧没有任何进展。我最喜欢的一个警方侦探辞了职，并在米兰开了一家服装店。

\* \* \*

这是我来到英国的第九天，似乎出现了一条线索。某个农场里找到了一个行李箱，但最终考证这个行李箱属于20世纪40年代。威尔和基姆对此感到失望，但仍然彬彬有礼。

## 与福尔摩斯为邻

"我仍然相信这个'盟友'就是福尔摩斯本人。"一天晚上,威尔这样说道。"你知道,当华生医生写下关于家族的那个故事时,他提及福尔摩斯收取了一千英镑的报酬。我想他是把这一千英镑给了玛丽·霍尔德。"他对我微微一笑,"这笔钱用于支付行李箱的运费,以及登上汉普斯特德号的船票。当然也要给那两人一部分钱作为照顾她儿子的补偿。"

"她在信里没有提到过这个。"我指出。

"没有,不过她可能会在此前的一封信中提及过此事。或者,也许她对这个话题比较谨慎——维多利亚时代的人对金钱的态度很古怪。"

与我们不同,我想道。事到如今,我非常肯定他已经知道了我没有钱;他经常提出要请我吃饭。尽管我不想这样,但还是让他付了账。我已经开始思考将我在罗马租的公寓转租出去。但这时,固有的恐慌就再度出现了:我必须待在罗马,去监督我父母的案子的进展。

"她需要钱才能安排她的逃跑计划。"他说,"而我怀疑乔治爵士根本不会给她一个子儿。所以除非她直接从他的口袋里偷,否则必定以其他手段获得了一笔资金。"

那个时候,我几乎差一点就说出来了:福尔摩斯信托必须要以其他手段来维修费尔班。但是我看着他的眼睛,我想到了——或许不是结婚纪念日,而是多种的可能性。他的梦想。他的希望。福尔摩斯信托。一个比一条肮脏的小巷更加广阔的世界。

"你认为那个行李箱发生什么事了?"他问,"你是否认为普洛斯珀夫妇将它交给了福尔摩斯?如果那里面有一些令人惊奇的东西,并且帮助他解决了其他的案件,那又会如何呢?"

他是如此的兴奋。我意识到我在费尔班过夜,是为了听到那哭声;我的注意力集中于那些该死的希望和死亡之上;而他则看到了线索、谜题和兴奋。

出现了第二条线索,还有第三条。可能还有第四条。

在我取得费尔班的所有权三个星期之后,我突然意识到自己已经不再记得上次给罗马警方打电话,或者将我父母被谋杀一案的全部线索在脑子里重过一遍是什么时候的事了。我发现自己一直在等待着听到第四条线索的消息。

"你儿子后来怎样了?"我对着费尔班的潮湿空气询问道。可能会有另外一条霍尔德家族的血脉。一些我根本不知道他们存在的亲戚。

对第四条线索的搜寻彻底失败了。威尔告诉我,分配用于搜寻那个行李箱的资金几乎用尽,有人已经提到要放弃搜索。那将会是一个损失,一个重大的损失,只是想到这个我就差点无法忍受。我整晚不眠地在费尔班的里里外外来回游荡,听到了低沉的哭声。我的脸上一直挂着泪水。当太阳升起时,我把它们擦干。或许是玛丽替我把它们擦干的。

当整个纽约市已经起床并且全速运行的时候,我打了一个电话。我以前的编辑接起电话,有几秒钟时间,我们两人都尴尬地沉默着。我知道我必须要放低姿态。我必须要道歉。我影响了她在出版公司的前途：我是她的作者，而我把事情搞砸了。

"我已准备好重新开始工作了。"我向她发誓，"我想写一篇向福尔摩斯致敬的故事。这与我的某位亲属有关。她的叔叔是我数代之前的曾叔祖父，而他是福尔摩斯的一位客户。我的这位女性祖先最终证实是有罪的。"

"真的?"她听起来很热情，很感兴趣，"说来听听。"

我把玛丽·霍尔德和她的行李箱的故事告诉了我的编辑，不过没有提及鬼魂的事。我不想让她觉得我还处于疯狂中。我说："但是我现在还不知道故事将会怎样结束。"

"好吧，你是一个恐怖小说作家，你可以给故事设定一个开放式的结局。你可以说，有些时候，谜题并不是一定能被解决的。"

"是的。绝对正确。我们可以让读者来写下结局。"

"我喜欢这主意。"她听起来很兴奋。我们的游戏就要开始了。

"而且我们可以给我的房子拍个照片做封面。"我补充道，"到那个时候，它一定已经很漂亮了。"

**它现在就很漂亮。**我听到玛丽在我耳中低语。或者也许那是我自己在说话。我不知道，而且这根本不重要，一点也不。

# 交割会

莱斯利·S.克林格

麦克帕兰把车停进圣塔莫妮卡购物中心的一个空车位,熄火,拿好副驾驶座上装着文件的袋子下了车。公证公司那狭小的办公场所离此地还隔着几个铺面,但他可以透过窗子看到蕾切尔已经到了,并且正坐在角落中的一个办公室里。他推开门,对前台的女人说道:

"詹姆斯·麦克帕兰,来此参加亚利桑那大道房产交割会。贝蒂经手的。"

接待员的眼睛没从电脑显示屏上移开,只是朝后面挥了挥手。"她在会议室里。"

麦克帕兰绕过她的办公桌,走进后面的小会议室。这个房间里没有多余的家具,墙壁是透明的玻璃,带有薄百叶窗,如果需要私密感的话可以关起来,此外还有一张廉价的圆桌和八只椅子。蕾切尔坐在一边,手里握着钢笔,与此同时,另一个女人——显然就是贝蒂了——则把需要签字的文件递给她。她们两人都抬起头来看着他。

"麦克帕兰先生?"贝蒂说,"伦德夫人已经差不多要完事了。接下来我会帮助你签署文件。"

"很好。"麦克帕兰说着，在蕾切尔对面坐了下来。他的目光透过她身后的玻璃窗子，看着外面的停车场。中午的太阳虽不很大，那光芒却令人目眩。

蕾切尔签完了最后几份文件，把钢笔放在桌子上，望向麦克帕兰。他的心脏开始猛烈地跳动起来，如同往常一样。

"你好吗？"她说，"夏洛特说你出门办事去了。"

他耸耸肩。"没办法，得到纽约去见个客户。不过没耽误几天。你呢？"

蕾切尔微笑着说："很好，很好。"他爱她的微笑。"夏洛克怎么样了？"

麦克帕兰回以微笑。这是他俩之间流传已久的一句玩笑话，从还在法学院那会儿就开始了。当时她给他买了一本柯南·道尔作品集的注释版，他立即就被迷住了。特别是当他知道她的高曾叔祖父是出现在其中一个故事里的平克顿侦探的原型时，更是兴奋莫名。他对福尔摩斯，以及福尔摩斯的那个世界奇异的迷恋总是让蕾切尔忍俊不禁，他想道，特别是那个假装福尔摩斯和华生并非虚构的"福尔摩斯式游戏"。

他转向贝蒂。"你瞧，在你给我签这些东西之前，能否稍微给我们几分钟时间呢？"他说着朝堆积如山的法律文件打了个手势。

"没问题。"贝蒂说着站了起来，"我会在我的办公桌那里。"她走出房间并且把玻璃门关上了。

蕾切尔在椅子里挪动了一下身体。麦克帕兰注意到她穿的是运动服，不过正如往常一样，不管穿的是什么，她总能让她身上的衣服看起来像是高级女装。一个小小的钻石吊坠在她的脖颈处闪着光。她微微皱眉："你知道，我从来没想过你会把这套房子卖掉。"

麦克帕兰再次耸肩。"我没得选择。UCLA说了，要么把房子卖掉，要么它就会强迫我们把房子卖掉。起码价格还算合理。还记得我们是什么时候买下它的吗？"

"十三年前，"蕾切尔说，"我还记得那时候我相当紧张。买房所花费的金额看起来非常庞大，新生的婴儿也要花钱。我们付了一大笔现金，但是你一直坚持那样比较好。"

"我告诉过你，这将是一件好事。"麦克帕兰说，"你看，现在我们正在以买价的三倍卖掉它。而且不需要缴任何税，至少你不需要付。"蕾切尔流露出困惑的表情。"这是因为比尔的去世，你知道。"麦克帕兰有些尴尬地继续道，"记得吗？我给你解释过税收规则。因为房屋登记用的是你们两人的名字。"

蕾切尔点了点头。"哦，对。你给我们提了个很好的建议。在比尔生病期间。谢谢。"她对他微微笑了笑。

麦克帕兰感到自己的脸颊热了起来。他真的在脸红么？"有个做税务律师的前夫也就这点好处了。"现在是转移话题的好时机，"夏洛特怎么样？"

蕾切尔皱起了眉头。"她十四岁了，你觉得她会怎么样？

她正处于那个'老天啊,别让我变成像我妈那样'的阶段。别人都说这会过去的,但现在我们每天都像是在打仗。也许你可以在哪个周末带她出去玩一下?我真的很想暂时休息一下,脱离这场战役。"

麦克帕兰笑了笑。"我很乐意。她还没发现我其实不酷,所以我们很可能还会相处得很愉快。也许我会带她到旧金山去,她只在很小的时候去过那儿。我可以带她去看看他们那里的福尔摩斯客厅模型。"

"在她十二岁生日的时候比尔和我带她去过湾区。"蕾切尔说。她很快又补充道:"不过那仍然是个好主意。可以带她去购物——她十二岁的时候对这事不那么感兴趣。也许还可以带她去看看画廊,她似乎很喜欢学校里的艺术史课程。当然,你还可以带她去看你的朋友夏洛克的房间。"

麦克帕兰点点头。"听起来不错。我忘了你和比尔带她去过了。夏洛特看起来很好,一天比一天更像你。等她十八岁的时候,看起来就会像是你的双胞胎妹妹了。"

"我梦回十八岁的时候倒有可能。"

"不,真的。"麦克帕兰皱起了眉。

蕾切尔仔细看了看他:"你还好吗?"

麦克帕兰深吸了一口气。"我很高兴咱们能这样,"他承认道,"跟你一起独处几分钟。真正地看到你,而不是只在电话里交谈。抱歉。"

蕾切尔把手伸出来,并且放在了他的手上。

"我们是怎么走到这一步的?"麦克帕兰说,"在一家公证公司见面?"

"你知道的。"她说。

"上周是我们的十六周年纪念日。但是我很清楚你一定知道。"

蕾切尔把手收了回去。"吉米……"

"十六年前,我们一起出去吃比萨。一年后,你怀了孕。又过了两个月,我们就结婚了。然后我们就过上了幸福的生活。"他苦涩地说。

"我试过,"蕾切尔的声音里带着浓厚的感情,"我真的试过。"

麦克帕兰沉默了。"我知道,"最终,他说道,"只不过,我不是你的真命天子。"

"是的。"蕾切尔小声说道,"我不能像你爱我那么爱你。是我的错。"

"这不是任何人的错。"麦克帕兰说,"我知道我们不能选择自己会爱上谁。我也没有选择爱上你,我只是被一道闪电击中。不过我们在一起的时候很好。"

"你是说性吗?"蕾切尔问,"是的,很棒。我们创造了一个漂亮的女孩!但我一直都在欺骗你。欺骗你说我爱你。我认为你非常棒,当你和那些看不到的朋友在一起时会显得有点古怪,但是你聪明、善良、浪漫、热心——这些我都知道。我一看到你就立刻知道了。我想要爱你,因为你是那么爱我。所以我说谎了，可是在那之后，我就是没法再说谎了。"

"我不是你的真命天子。"

"是的。"

麦克帕兰犹豫了一下。"我能问一个问题吗？"

"当然。"

"比尔是你的真命天子吗？"

蕾切尔闭上了眼睛，足足有一分钟没说话。当她再次睁开眼睛时，那里面闪着光。"是的，他是。当我第一次见到他时，我无法呼吸。那种情况出现了许多次。即使是在他得了癌症之后。即使是他在医院里的最后那天。"泪水从她的眼睛里涌出来。"我很抱歉。"

麦克帕兰沉默了。最后那天……

形销骨立的比尔·隆德躺在医院的病床上，他的脸和皮肤呈现出令人不安的黄色。夏洛特去了自助餐厅，蕾切尔则有些杂事要做。麦克帕兰坐在病床边上，思索着自己为何会如此尴尬地出现在这里。

隆德用粗哑刺耳的声音说话了。

"她们走了吗？她们走了吗？"

麦克帕兰点了点头，然后说："是的。"

"我需要你为我做点事……也是为了蕾切尔和夏洛特。你是唯一一个能做这事的人。我现在太虚弱了，根本起不来。"他的声音听起来像是在撕裂他的喉咙。"在那个壁橱，我的运动裤拉链口袋里。"他睁开眼睛，将头转向他所指的那个壁橱，"里面有一些药。"

麦克帕兰等待着。

过了一会儿，隆德继续道："止痛药。一种可以帮助我的新事物。应该是每六或八个小时吃一片。如果超量服用，就会像一直想要摆脱疼痛，但却不知道这些药需要一段时间才能生效那样，整件事情看起来就像是一个意外。这样一来保险就不会有问题了。"他顿了顿。"她需要那笔钱。"

"比尔，听着，我——"

"我以为我是个硬汉。不过，看来还不够硬。这一切——"他的眼睛扫过整个房间，"都在慢慢地杀死我。"他似乎想轻笑两声，然而并没有声音从他的嘴唇里发出来。"医生说还有一两个月，不过我已经忍不了了。别告诉蕾切尔。"

麦克帕兰一动不动地坐着。"比尔，这……这会让她承受不了的。"

隆德闭上眼睛。"你会在这里照顾她们的。我知道你会的。"一滴眼泪顺着他的额头淌下来。"别让我求你。"

简直就和《戴面纱的房客》的情节一样。那是麦克帕兰最不喜欢的福尔摩斯故事，在这个故事里，一个女人想要自杀。"你的生命不属于你自己。"福尔摩斯如此提醒那个女人，道貌岸然地劝说她成为一个"坚韧而耐心地受苦"的榜样。他自己可不是那个耐心地受苦的人。

麦克帕兰起身走到衣柜前，打开门，找到那条运动裤。

他在裤子口袋里找到了一包药,标签上写着"芬太尼"。他把药放在了隆德床头的桌子上,就在水杯和吸管旁边。

隆德睁开眼睛。"你走吧。记得……照顾好我们的姑娘们。"

"我们的"姑娘们,麦克帕兰想道。他站起来走向门口。他转过身,想要说些什么,但是隆德朝他挥了挥手,叫他赶快离开。"别停下来。去找夏洛特。"

麦克帕兰离开房间,走到护士站前面。他等待了一会儿,与一名护士说了些无关紧要的话。随后他转身下楼,到餐厅里去找他的女儿。

那天晚上,比尔·隆德死了。麦克帕兰在效仿福尔摩斯坐在壁炉前的柳条椅上喝酒的时候睡着了,蕾切尔打来的电话让他顿时惊醒。她歇斯底里的发作让他的酒都醒了。"他不应该离开我,至少不是现在!"她哀哭道。

在安抚了她之后,他驾车返回医院,在家属休息室见到了她。在那里,他坐在她身边,紧紧握住她的手,而医生一遍又一遍地重复着,"由于意外过量使用吗啡和芬太尼而导致呼吸衰竭"。医院的一名负责人也在房间里,那是一个穿着皱巴巴套装的中年妇女,看起来十分担心——很可能是害怕蕾切尔会控告医院,麦克帕兰想道。"患者没有按照用药守则使用药品,"负责人解释道,"而在他入院时,这些守则都清楚地写在他的申请表上。"她扶了扶眼镜,开始读出一份手写的报告。"病人显然并不理解药物不是服下后立即起效的。他将止痛药藏在身下并且连续服用，护士根本不可能发现这一情况。另外，病人还使用静脉泵给自己最大限度地输入吗啡，结果是病人在药物作用下进入深睡眠状态，并导致呼吸衰竭。"

"吉米？"

麦克帕兰意识到自己一直失神地盯着窗外。他眨眨眼睛，赶走眼中的耀光。

"抱歉。"他说，"昨晚在飞机上没怎么睡。我们继续把这些办完吧。"他转过身，找到坐在外面办公室里的贝蒂，并挥手示意让她进来。蕾切尔站起来准备离开。他拉住她的衣袖。"你能等我把它们签完吗？我想和你再聊一会儿。"

"当然。"她说，"我去喝点咖啡。"她将他和贝蒂留在会议室里继续签署文件。

当他签完了之后，他们一起走出了公证公司。

"我的车在那儿。"蕾切尔说。他们走向那里。

麦克帕兰拉开了驾驶座的车门，但却没有让开路让她上车。

"我能问一个问题吗？"

"好吧。"她有些不情愿地说。

麦克帕兰深吸了一口气。"你愿意再次嫁给我吗？"

蕾切尔看起来有点迷惑："你是说——现在？"

麦克帕兰看起来有些尴尬："比尔去世已经有一年多了。"

蕾切尔直视着他的脸。"我知道。我也知道如果我们这样做的话，对夏洛特有什么样的意义。但我不能。我不能再欺骗你或者其他任何人了。我不能对这个世界假装我……有那么爱你。"

麦克帕兰慢慢地点了点头。"你，还有你那该死的原则。你真的以为所有已婚夫妇都是相爱的吗？也许有些夫妇在一起，只是因为他们不讨厌对方？或者……"他摇了摇头，"无所谓了。"

"吉米……"蕾切尔伸出手来想要抚摸他的肩膀。

"不，"他说，"我早知道了。"他退后一步，为她扶着车门。"我会及时通知你关于旧金山之旅的。"

蕾切尔钻进车里，打着了火。她摇下车窗，抬头看着他。"你是个好人，詹姆斯·麦克帕兰。你的朋友夏洛克会为你感到骄傲的。"他不由得畏缩了一下，若是福尔摩斯的话，在那最终的一刻，他会对比尔说些什么呢？*你的生命不属于你自己。*他弯下腰，轻轻亲吻蕾切尔的脸颊。她挂上挡，开车离去了。

麦克帕兰望着她渐行渐远的车，品味着她的话。如果福尔摩斯能在落入莱辛巴赫瀑布，并被认为已死之后三年又回来，他想道，那么也许在一切结束之前，它还没有真正结束。不过，他不会等三年那么久——他下周就会给她打电话。"再会了，伙计，"他对自己说道，"游戏开始了。"

# 我是如何遇见福尔摩斯的

加恩·威尔森

我必须承认，我不记得第一次遇到夏洛克·福尔摩斯的确切日期了，但我知道那是早在二战那时候。希特勒和他的纳粹党徒们建立起那超乎寻常的强大杀戮机器已经有一段时间了，而我只是一个小孩子，和父母一起住在伊利诺伊州埃文斯顿的一座舒适的公寓楼里，这幢楼有着非常宽敞的后院，这个后院同时也是为住客所提供的停车场。

公寓楼里住着许多户和我家一样有小孩的家庭，我们这些孩子每天兴致高昂地玩着游戏，相互之间逐渐都非常熟悉了。我对一位金发碧眼的小姑娘海伦·斯坦普产生了特别的情愫，她住在停车场角落的一座小屋里，旁边就是把我们的街区分隔开来的那条小巷。她的父亲麦特·斯坦普是我们这幢公寓楼的看门人，他是个高大强壮的年轻男子，德国口音很重。虽然他长相凶猛，也没受过高等教育，但他是一个非常聪明的人。他与我曾经有过长时间的、充满思考的有趣对话，大多数都聚焦于德国以及那里正在发生的各种非常不幸的事情，这给我幼小的心灵以提醒，世界上真的有人生活在那些国外的地方。这反过来又使得我从附近的公共图书馆借来一些关于外国人和他们的国家的书籍，并怀着极大的热情阅读它们。

我发现我的兴趣主要集中于那些关于英国的书籍，而且当我足够幸运地发现阿瑟·柯南·道尔所写的那些极有趣味的故事时，我觉得他所创造的夏洛克·福尔摩斯的形象简直是最大的荣耀！

我所经历的另一个伟大的福尔摩斯式的冒险是在我成年之后发生的，每次回想起来，仍旧让我心潮澎湃、不能自已。那天夜间，我在芝加哥参加娱乐活动玩到很晚，乘坐高架列车返回伊文斯顿。我坐在自己的座位上，列车在城市中间缓缓穿行并且停了几站，我懒洋洋地用眼睛扫视着周围的乘客——随后，我的身体就像是被冰冻住了一样，我费了好大的力气才合拢了嘴，那是因为就在离我只有五英尺的地方，有一个戴着猎鹿帽、穿维多利亚式雨衣的人，那张消瘦的脸上飞掠过一连串变换多端的表情，就像是在思索什么重大的问题一样。那是扮演福尔摩斯的巴兹尔·雷斯伯恩！

我们乘车一路到达了霍华德街，那是将芝加哥市区与郊区的伊文斯顿分隔开来的街道。他脸上的表情依旧在庄严地变化着，仿佛在沉思着一个又一个的谜题，直到最终他站起身来下了车。他站在站台上，仿佛充满心事般地张望着（在寻找莫里亚蒂？），随后便离开，进入了深沉的夜色之中。

我是一个非常幸运的人。

IN THE COMPANY OF SHERLOCK HOLMES

"我很高兴地通知你,你的小说给我带来了许多新客户,华生!"

与福尔摩斯为邻

"我从未见过如此清晰地将我们引向罪犯的踪迹!"

"恐怕也只有你能将巴斯克维尔的猎犬变成一只完美的宠物了,华生!"

IN THE COMPANY OF SHERLOCK HOLMES

# 作者简介

劳拉·卡尔德维尔是一名前民事审判律师，目前在芝加哥洛约拉大学法学院担任教授，并创立了"无罪后的生活"公益项目。她已出版了十四部长篇小说和一部非虚构类文学作品，如今她说，她终于理解了福尔摩斯的狂热。

她的个人网站是：http://www.LAURACALDWELL.com

杰夫里·迪佛。曾从事记者、民谣歌手兼律师的杰弗里·迪佛现已成为国际头号畅销书的作者。他的作品在世界各地的畅销书榜单上均榜上有名，包括《纽约时报》、《泰晤士报》、《意大利晚邮报》、《悉尼先驱晨报》和《洛杉矶时报》。他的书在150个国家有售，并被翻译成25种语言。

他著有三十三部长篇小说、两部短篇小说集以及一部非虚构类的法律书，并获得多个奖项或提名。《弃尸》获得国际惊悚作家协会年度最佳小说奖，独立小说《边缘》以及林肯·莱姆系列惊悚小说《破窗》也获得该奖项的提名。他曾获得英国犯罪小说作家协会授予的钢匕首奖以及短篇小说匕首奖、尼洛·沃尔夫奖、三次埃勒里·奎因读者选择年度最佳短篇小说奖和一次英国最佳读物奖。

迪佛笔下的林肯·莱姆乃是一个四肢瘫痪的法医侦探，该系列小说的第一部为《人骨拼图》。作者称该角色很大程度上是受到了福尔摩斯的启发，并认为福尔摩斯是任何一个用脑力解决犯罪问题的角色不可回避的基本原型。

读者可访问他的个人网站：www.jefferydeaver.com

迈克尔·德尔达于2002年加入贝克街小分队，担任"兰达尔·派克"的角色。作为《华盛顿邮报》的专栏作家，他曾赢得普利策奖，最近的一部著作是《论柯南·道尔》，获得了2012年美国推理作家协会授予的爱伦·坡奖。他的下一本书《浏览者：阅读、收集以及与书为伴的一年》，将在2015年由佩加索斯出版社出版。再接下来的著作将会是对19世纪末和20世纪初的流行小说的重新评价，书名暂定为《讲故事者的伟大时代》。请注意，在《以汝之名》中的那些暗示尽管令人震惊，然而它们却与华生为福尔摩斯所调查的各种案件所做的细致记录具有同样的真实性和史实般的准确性。

年已80岁的哈伦·埃里森的写作生涯长达68年，赢得了数以百计的奖项，作品有近两千篇已出版的短篇小说、专栏文章、论文、电影与电视剧剧本，以及102卷的故事集。他对自己的唯一介绍是："我曾活在这里；我曾有过影响。"

科妮莉亚·芬克在洛杉矶图书节遇见莱斯利·克林格时，后者正在为他注释版的福尔摩斯搞签名售书活动。因为他不介意她的德国口音以及她更喜欢写给孩子看的故事这一事实，他们成为了朋友，并且一直保持联系。那时候科妮莉亚还不知道，她的女儿有一天会到伦敦去，并且住在柯南·道尔曾经居住过的一条街道上（她经常路过门口的那块牌匾），也不知道有一天她会在英国的一个小村庄里，在他的墓碑上绊倒。当然，下一步她必须要写这样一个故事，向有史以来从书中逃离出来的最令人印象深刻的角色们致敬。科妮莉亚的六十余本书在大约70个国家以40种语言出版，但当莱斯利请求她写这篇故事的时候，她将此视为她写作生涯中最荣耀、最令人激动的时刻之一。她鞠躬表示感谢——并且期望这不会是她与辉煌的福尔摩斯（以及在她眼中同样辉煌的华生医生）的最后一次相遇。

她的个人网站地址为：http://www.corneliafunke.com

安德鲁·格兰特于1968年5月出生在贝克街221B号以北118英里的地方。他在赫特福德郡圣奥尔本斯学校磨炼自己的推理能力，后来又到谢菲尔德大学学习英语文学及戏剧专业。毕业后，安德鲁建立并经营了一家小型独立戏剧公司，为本地和全国的观众展示了一系列的原创戏剧。在爱丁堡边缘艺术节上，公司的展示获得了重大成功，但财务上却遇到挑战，因此安德鲁转而进入电信工业，作为对短期现金危机的"暂时"解决方案。十五年后，安德鲁已担任过一系列的角色——其中包括一些由于英国官方秘密法案而不得披露的职务——此时他选择急流勇退，全心投入写作，创作了广受好评的戴维·特里维廉系列小说，目前共有三本，《互不相欠》《生死疑云》以及《得不偿失》。他最新的一部作品是2014年10月出版的独立惊险小说《跑》。

安德鲁的妻子是小说家塔莎·亚历山大，他们居住在伊利诺伊州芝加哥。

进一步的信息可在他的个人网站上获取：www.andrew-grantbooks.com

丹妮丝·汉密尔顿。在她小时候，曾因阅读《巴斯克维尔的猎犬》而惧怕不已，乃至于发誓绝不会到访一座年久失修的英式大宅或者穿越沼地。幸运的是，她在读大学时有一个学期作为交换生到了伦敦，这才理解自己的错误，并且在英国各地广泛游历。

在担任《洛杉矶时报》记者多年之后，丹妮丝转向了犯罪小说。她的小说获得过爱伦·坡奖和维拉·凯瑟奖的提名。同时，她编辑的《黑色洛杉矶》以及《黑色洛杉矶2：经典》短篇小说选集获得了爱伦·坡奖。她最近的一部长篇小说《损害控制》被詹姆斯·埃尔罗伊称赞为"一部高超的心理惊悚小说"。当她没有在考虑有趣的杀人新方法时，她会为《洛杉矶时报》写关于香水的专栏。

到www.denisehamilton.com来拜访她吧。

南茜·霍尔德是一名《纽约时报》畅销书作者（与黛比·维吉耶共同撰写了《邪恶传奇》系列）。她的作品包括多部长篇的恐怖小说和青少年黑暗奇幻小说，以及超过二百篇的短篇小说。她因电视剧集和标志性人物（包括吸血鬼猎人巴菲、少狼、火箭手、佐罗、南茜·朱尔以及地狱男爵）的"连锁产品"而获奖。她曾五次获得由恐怖小说作家协会授予的布莱姆·斯托克奖，其长篇小说登上了美国图书馆协会、美国阅读协会以及纽约公共图书馆的青少年推荐书目。

她与福尔摩斯的第一次会面是在很小的时候，观看了环球影业出品的《福尔摩斯与秘密武器》，这是一系列设定于二战时期的电影之中的一部。影片是在科幻放映厅中放映的。在此之后的几年之中，她一直以为福尔摩斯和华生是来自维多利亚时代的穿越者，或是被复活以将英国从纳粹手中拯救出来。

在洛杉矶的一次图书节活动中，莱斯利·克林格解开了她的这一困惑；接下来，她受邀参加了周末的"贝克街小分队"在纽约组织的福尔摩斯生日晚宴。从那时开始，她与贝克街小分队一起度过了一段愉快的时光，他们给她观看艺术收藏品，并带她到福尔摩斯的伦敦去游览。由于福尔摩斯信托的热情帮助，她发现自己与《绿玉皇冠案》中福尔摩斯曾帮助过的那个霍尔德家族有着血缘关系。更令人惊奇的是，她偶然间获得了玛丽·霍尔德的日记。基于这位不光彩的女祖先真实生活的第二篇故事将出现在《福尔摩斯和什么医生?》中。南茜的下一本书将会是《规矩》，一部青少年惊悚小说，由企鹅兰登书屋出版。她和她的女儿贝尔一起居住在加利福尼亚州圣迭戈。

她的个人网站是：www.nancyholder.com

劳丽·R.金，一位曾获奖的畅销犯罪小说作者，最知名的作品是她的"玛丽·罗素与夏洛克·福尔摩斯"系列，此系列开端于1994年的《养蜂人的学徒》，最新的作品是《睡梦间谍》。她还写了一些主流犯罪小说，包括一个新的系列（《试金石》《巴黎之骨》），其时代与地点的背景与罗素和福尔摩斯系列相近，然而两个系列中的角色目前尚未会面。金认为若是全世界的福尔摩斯崇拜者联合起来反对她的冒失行为[1]，这个新系列倒能成为她的后备军。与此同时，她也是贝克街小分队的赞助者，在那里被称为"红圈会"。

金和莱斯利·克林格正在一同收集贝克街221B号居住者的各种遗物，不过时至如今，已经很难知道当初到底是谁把谁拉进这个共同的项目之中了。

---

[1] 在"玛丽·罗素与夏洛克·福尔摩斯"这一系列中,作者让福尔摩斯与比他小近五十岁的玛丽结婚了。

更多信息可在她的个人网站上找到：www.LaurieRKing.com

莱斯利·S.克林格以编辑《夏洛克·福尔摩斯（新注释版）》以及另外二十五本以上的图书赢得了爱伦·坡编辑奖。能被称为"世界上第一个担任顾问的福尔摩斯崇拜者"令他感到十分自豪。他在全职的法律工作之余抽出时间，在福尔摩斯、德库拉以及维多利亚时代等方面进行讲演或者写作。此前，他的写作范围仅限于注释，在这部短篇集中，他很荣幸能与其他的作者们同列。

更多关于莱斯利的信息，参见：http://www.leslieklinger.com

约翰·莱斯克洛特是一位《纽约时报》畅销书作者，他的书已被翻译为二十余种语言，总销量超过一千万本。早在他二十多岁的时候主持过一系列正式的玛莎·哈德森晚餐，也是在那时产生的对福尔摩斯的兴趣。他的第一本精装书《福尔摩斯之子》提出了一个理论，即，尼洛·沃尔夫（原名为奥古斯特·卢帕）是夏洛克·福尔摩斯和艾琳·艾德勒之子。此书的续篇《拉斯普京的复仇》将时代背景设定于第一次世界大战的最后几个月，并且拓展了莫里亚蒂、拉斯普京、福尔摩斯以及卢帕之间的联系。约翰的短篇小说《苏门答腊巨鼠案》被选入到苏·格拉夫顿选编的《1998年美国最佳短篇小说集》

之中。

利亚·摩尔和约翰·瑞裴翁是居住在英国利物浦的一对夫妻搭档。二人自2003年开始一起工作，已经写出了以伟大侦探和好医生为主角的两部长篇漫画，分别为《福尔摩斯的审判》（2009年）以及《夏洛克·福尔摩斯——利物浦的魔鬼》（2013年）。除了福尔摩斯之外，摩尔和瑞裴翁从事多种多样的项目，包括将布莱姆·斯托克的哥特风格杰作《德古拉》改编为漫画小说，以及为英国4频道（教育电视台）创新性的网络剧《惊悚通电》。

他们的主页是：http://www.moorereppion.com

（《空拖鞋疑案》是由利亚·摩尔和约翰·瑞裴翁编剧，铅笔稿由克里斯·多尔蒂绘制，墨线和嵌字者为亚当·卡德维尔。）

亚当·卡德维尔是居住在英国曼彻斯特的漫画家和分镜艺术家。他最知名的作品是他的北方吸血鬼系列《血小子》和自传体网络漫画《日常》。同时他还是大野兽出版集团的联合创始人，在2012年，他创立了英国漫画奖。在他小时候，电影《年轻的福尔摩斯》把他吓坏了，另外他在现实生活中从来未曾解决过任何疑案。

查看更多关于亚当的信息：http://www.adamcadwell.com

克里斯·多尔蒂是一位居住在英国曼彻斯特的插画家。他撰写并绘画了漫画小说《黄色录像》（2011年），并为幻影工作室、《电子羊》在线杂志和《影院下水道》制作插画和漫画。他对福尔摩斯不是非常熟悉，目前正在抓紧阅读。

　　萨拉·派瑞斯基年轻时，对伦敦的全部印象都来自于小时候阅读过的福尔摩斯故事。当她第一次访问伦敦时，曾为在街上已经找不到出租马车而感到无比失望。每当密歇根湖上卷起的雾气笼罩着芝加哥的街道，她知道"若你看重你的生命的价值或还有理性的话，远离沼地"。派瑞斯基已写成了约二十部长篇侦探小说和短篇小说集，均以其自创的侦探V.I.沃沙斯基为主角，这名女侦探可说是一个"反福尔摩斯"，靠直觉和心理学而非鉴证科学来探查罪案实情。福尔摩斯或许是维多利亚时代的终极回应，相信人类可以通过推理而达成完美；而V.I.则生活在拥有核武器并且发生过针对犹太人大屠杀的时代，她相信总会有一个精神变态者潜伏在某个角落之中，准备要杀死所有人，因为他觉得自己受到了侮辱。V.I.和福尔摩斯的相同之处是他们都有一种不达目的誓不罢休的精神，这使得他们必须立即行动——在V.I.的故事中，她因此几乎陷入沼泽、困于一座着火的大楼、从一座高山顶上跳下，以及差点淹死在海里。尽管她可能不像福尔摩斯那样拥有精湛的演绎和推理技巧，但她却具有更大的灵活性。

　　要获知关于派瑞斯基或者沃沙斯基的信息，请访问：http://www.saraparetsky.com

迈克尔·西姆斯是知名的非小说类书籍如《亨利·梭罗的冒险》以及《夏洛的网——背后故事》的作者。在他自己的书和他编著的许多选集里都有关于福尔摩斯的故事，尤以他为布鲁姆茨伯里出版社编撰的"鉴赏家的收藏"系列中那部《死去的目击证人》为最。他曾在贝克街小分队的年会中担任发言嘉宾，现在他正在写一本关于阿瑟·柯南·道尔的生活中那些给他带来灵感、帮助他创造出福尔摩斯这一形象的人们的书。

迈克尔的个人网站是：http://www.michaelsimsbooks.com

加恩·威尔森是一位美国作家、漫画家和插画家。五十多年来，他的漫画（通常描绘恐怖又有点可爱的怪兽）和散文小说经常发表在《花花公子》《纽约客》和《科利尔》等杂志上。他画了许多描绘福尔摩斯和华生的漫画，而且在他1998年出版的长篇小说《大家都喜欢的鸭子》中，创造了他自己的侦探角色以诺·博恩和他的伙伴约翰·韦斯顿。加恩于2005年获得了世界奇幻大会和美国漫画家协会授予的终身成就奖。

# 致 谢

如果没有我们的律师乔纳森·基尔施、斯科特·吉尔伯特以及他们的同事们的毅力、技巧、耐心和合理建议,这本书永远都不会得到发表。律师们也得到了一些出乎意料的志愿者的帮助,贝奇·罗森布拉特教授和达莲娜·塞普瑟律师给予了许多法律方面的补充意见。我们的朋友和"专家证人"彼得·伯劳、史蒂夫·罗斯曼相信我们的论辩并以他们自己的方式给予我们支持。佐伊·埃凯姆以非凡的努力持续对www.free-sherlock.com网站进行更新,无论是在节日、她的生日又或是临产时。我们觉得这真的是难能可贵。莱斯利的妻子莎伦对于我们的努力所付出的时间和成本从未有过任何质疑,并鼓励我们继续走下去。还有其他许多人或是捐钱,或是付出热情的努力,或是大力宣传我们的工作——我们很高兴能够把这一切形成最终的成果。

同样感谢我们的代理人唐·马斯,他帮助我们度过了一些不寻常的交易;即使在最黑暗的时刻仍然支持着我们的勇敢的出版人克莱本·汉考克;当然还有我们的家人、朋友,以及——也许是最重要的——非常非常有耐心的作者们。早在2012年,他们之中许多人便毫不犹豫地给予了肯定的回答,因为那时一切看起来都非常简单,他们创作了小小的杰作,然后却不得不一再地等待!

  最深切的感谢,致以那些使得本书能够存在的人。

L.& L.

# 绅士盗贼
## 新版重磅出击！

卷一　绅士盗贼拉莫瑞
卷二　红色天空红色海（上下册）
卷三　盗贼联盟（上下册）

[美]斯科特·林奇/著　马　骁、姚向辉/译

女士们，先生们，
请注意你们的荷包，从未失手的盗贼团即将前来！
顺手牵羊，招摇撞骗，这些小把戏不足挂齿，
绅士盗贼洛克·拉莫瑞与他的伙伴们巧手伪装，
将要设下重重惊天骗局。
奇诡幻变的卡莫尔城，紫醉金迷的塔尔维拉，
他们乔装打扮，混迹于此。
一毛不拔的大贵族，押上性命的赌局，最不可能失守的金库……
哪有难题，能挡住绅士盗贼们的脚步？

面对生死抉择，同伴莫非即将成为劲敌？
爱恨纠葛，步步惊心，即将上演的是一场真正的好戏！

**引爆欧美奇幻文坛，国内最受欢迎奇幻小说之一**
**荣登美国Goodreads书评网站最佳史诗奇幻榜**

信仰与现实之间，天平因残酷的真相倾斜

# 渡 鸦 之 影
## A RAVEN'S SHADOW
### 卷一：血歌　卷二：北塔之主

【英】安东尼·瑞恩 /著　　　露可小溪、黄公夏/译

"忠于信仰，忠于国王"——
于战士修道会"第六宗"中成长起来的维林，
自幼便接受着这样的教育。

数次逃过生死劫难后，维林听到一支持续不断的歌曲。
奇妙的歌声为他打开一片全新的天地，亦为他带来前所未有的强大之力。
但这强大背后的真相，却动摇了他迄今所坚持的、信仰的、对抗的所有。

神秘之力日益增强，维林借此寻得昔日同袍，封疆拓土，预警未来……
踏出的每一步背后，歌声如影随形。
在率领军士披荆斩棘之际，他邂逅了神秘的冰原人。
力量本源的真相近在咫尺，然而歌声，却渐渐失控……

引导他成为英雄的力量，难道终将反噬维林自身？

**英国新锐作家轰动出道作，空降亚马逊魔幻史诗类榜首！**

# 《迷雾之子三部曲》

[美]布兰登·桑德森 著

段宗忱 译

压倒性的才能、极富感染力的热血精神——《时光之轮》官方指定续写人布兰登·桑德森凭借自己鲜明的特色击败丹·布朗登上《纽约时报》畅销榜冠军，一个新时代的开启等待您的见证！

《迷雾之子》系列作为布兰登·桑德森的成名作之一，完美地体现出了"布兰登风格"：平易近人的文字，严密而新颖的魔法体系，媲美推理小说的故事布局，以及在追求黑暗叛逆的大风潮之中仍然毫不动摇的少年般的纯粹！这是一部能让您回想起阅读最初的快乐的小说。

全部译文经过重新修订，大幅提升了阅读体验，同时加入了作者最新添笔，极具收藏价值！

游戏《巫师》原著小说，奥巴马私藏的奇幻系列！
波兰国宝级大作首度登陆中国！

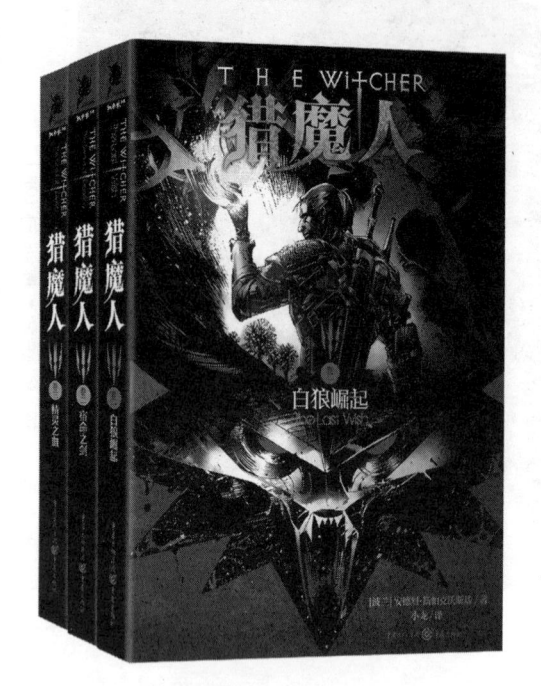

# 《猎魔人》

## 卷一_白狼崛起 / 卷二_宿命之剑 / 卷三_精灵之血

**【波兰】安德烈·斯帕克沃斯基 著    小龙、乌兰 译**

- 波兰国宝级奇幻系列，成名近三十年，风靡欧洲大陆，曾被作为国礼赠送给美国总统奥巴马！
- 全球销量破千万套的游戏大作《巫师》系列原著小说，一切魅力的原点，猎魔人的故事从这里开始真正展开！
- 游戏也无法容纳的庞大的世界观与丰富的剧情在原著小说中可一睹全貌！
- 附地图及怪物图鉴，资料翔实，玩家必收！